中国社会科学院老学者文库
ZHONGGUO SHEHUI KEXUEYUAN LAOXUEZHE WENKU

李笠翁词话

（附：耐歌词）

LILIWENG CIHUA
(FU:NAIGECI)

〔清〕李渔　撰

杜书瀛　注评

中国社会科学出版社

图书在版编目（CIP）数据

李笠翁词话:附:耐歌词/(清)李渔撰;杜书瀛注评. —北京：中国社会科学出版社，2020.2

（中国社会科学院老学者文库）

ISBN 978 - 7 - 5203 - 5302 - 1

Ⅰ.①李… Ⅱ.①李…②杜… Ⅲ.①李渔（1611 - 约1679）—诗歌研究 Ⅳ.①I207.22

中国版本图书馆 CIP 数据核字（2019）第 215292 号

出 版 人	赵剑英
选题策划	郭晓鸿
责任编辑	杨 康
责任校对	王佳玉
责任印制	戴 宽

出　　版	中国社会科学出版社
社　　址	北京鼓楼西大街甲 158 号
邮　　编	100720
网　　址	http://www.csspw.cn
发 行 部	010 - 84083685
门 市 部	010 - 84029450
经　　销	新华书店及其他书店

印　　刷	北京明恒达印务有限公司
装　　订	廊坊市广阳区广增装订厂
版　　次	2020 年 2 月第 1 版
印　　次	2020 年 2 月第 1 次印刷

开　　本	710×1000　1/16
印　　张	16.5
插　　页	2
字　　数	200 千字
定　　价	89.00 元

目　　录

前言　《李笠翁词话》之前前后后 ················· （1）

《窥词管见》二十二则 ····························· （1）

第一则　词立于诗曲二者之间 ·············· （1）

　"第一则"评：词的特点和位置 ··········· （1）

第二则　词与诗有别 ······················ （8）

　"第二则"评：诗词之别及词的起源 ········· （10）

第三则　词与曲有别 ······················ （17）

　"第三则"评：词曲之别 ·················· （18）

第四则　古词当取瑜掷瑕 ·················· （20）

　"第四则"评：创作没有定式 ·············· （22）

第五则　词意贵新 ························· （23）

　"第五则"评：说"新" ················· （24）

第六则　词语贵自然 ······················ （26）

　"第六则"评：新与旧的辩证法 ············ （26）

第七则　琢字炼句须合理 ·················· （28）

　"第七则"评："琢字炼句"与"春意闹" ······· （29）

第八则　词忌有书本气 ···················· （31）

　"第八则"评：审美意境与人生境界 ········· （31）

第九则　情景须分主客 ···················· （34）

"第九则"评:李渔"情主景客"之高明 ……………………（34）

第十则　词要可解………………………………………（36）

"第十则"评:可解不可解 ………………………………（36）

第十一则　词语贵直………………………………………（39）

"第十一则"评:文章忌平与反对套话 …………………（39）

第十二则　好词当一气如话 ……………………………（41）

"第十二则"评:"一气如话"解 …………………………（41）

第十三则　词须注重后篇………………………………（43）

"第十三则"评:注重后篇之相对性 ……………………（44）

第十四则　词要善于煞尾………………………………（45）

"第十四则"评:结尾应含蓄不尽 ………………………（45）

第十五则　结句述景最难………………………………（47）

"第十五则"评:"结句述景"之难在哪里 ………………（48）

第十六则　前后段必须联属……………………………（49）

"第十六则"评:"意脉不断"与提炼"主脑" ……………（50）

第十七则　词中宜分清人我……………………………（51）

"第十七则"评:"分清人我"难言矣 ……………………（51）

第十八则　词不宜用也字 ………………………………（52）

"第十八则"评:"越界"与由诗变词之机制 ……………（53）

第十九则　词忌连用数去声或入声 ……………………（56）

"第十九则"评:精通音律之李渔 ………………………（57）

第二十则　用韵宜守律……………………………………（59）

"第二十则"评:用韵的技巧 ………………………………（59）

第二十一则　词忌二句合音 ……………………………（60）

"第二十一则"评:善于用韵,创造音律美 ………………（60）

第二十二则　词宜耐读……………………………………（62）

"第二十二则"评:词之由"宜唱"到"耐读" ……………（63）

附　耐歌词 ……………………………………………………… （71）

　自序 …………………………………………………………… （71）

　小令 …………………………………………………………… （73）

　　花非花（四首） …………………………………………… （73）

　　荷叶杯（二首） …………………………………………… （74）

　　南乡子（第一体一首） …………………………………… （74）

　　梦江南（十二首） ………………………………………… （76）

　　捣练子（十五首） ………………………………………… （79）

　　竹枝（第二体一首） ……………………………………… （81）

　　法驾导引（三首） ………………………………………… （82）

　　忆王孙（四首） …………………………………………… （82）

　　一叶落（二首） …………………………………………… （83）

　　调笑令（一首） …………………………………………… （84）

　　如梦令（十首） …………………………………………… （84）

　　思帝乡（第一体一首第二体一首） ……………………… （86）

　　风流子（四首） …………………………………………… （87）

　　长相思（四首） …………………………………………… （88）

　　河满子（六首） …………………………………………… （90）

　　生查字（七首） …………………………………………… （92）

　　柳枝（第二体二首） ……………………………………… （94）

　　贺圣朝引（一首） ………………………………………… （94）

　　昭君怨（九首） …………………………………………… （94）

　　春光好（四首） …………………………………………… （97）

　　女冠子（二首） …………………………………………… （98）

　　点绛唇（三首） …………………………………………… （98）

　　浣溪沙（三首） …………………………………………… （99）

　　玉蝴蝶（一首） …………………………………………… （100）

　　菩萨蛮（九首） …………………………………………… （100）

卜算子(四首) ………………………………………… (102)

巫山一段云(二首) ……………………………………… (103)

添字昭君怨(一首) ……………………………………… (103)

丑奴儿令(三首) ………………………………………… (104)

减字木兰花(十三首) …………………………………… (105)

好事近(一首) …………………………………………… (108)

谒金门(二首) …………………………………………… (108)

杏园芳(一首) …………………………………………… (109)

好时光(二十首) ………………………………………… (109)

误佳期(一首) …………………………………………… (113)

忆秦娥(十一首) ………………………………………… (113)

清平乐(七首) …………………………………………… (117)

相思引(五首) …………………………………………… (119)

山花子(二首) …………………………………………… (120)

眼儿媚(一首) …………………………………………… (120)

朝中措(二首) …………………………………………… (121)

人月圆(一首) …………………………………………… (121)

喜团圆(一首) …………………………………………… (122)

三字令(一首) …………………………………………… (122)

阳台梦(一首) …………………………………………… (123)

偷声木兰花(二首) ……………………………………… (123)

少年游(四首) …………………………………………… (124)

双调望江南(一首) ……………………………………… (125)

迎春乐(一首) …………………………………………… (125)

秋夜雨(一首) …………………………………………… (125)

醉花阴(一首) …………………………………………… (126)

南柯子(一首) …………………………………………… (126)

忆余杭(二首) …………………………………………… (127)

红窗听(一首) …………………………………… (127)

浪淘沙(八首) …………………………………… (128)

一七令(一首) …………………………………… (130)

减字南乡子(一首) ……………………………… (130)

月照梨花(一首) ………………………………… (130)

恋绣衾(一首) …………………………………… (131)

虞美人(二首) …………………………………… (131)

玉楼春(五首) …………………………………… (133)

小重山(一首) …………………………………… (134)

七娘子(二首) …………………………………… (135)

踏莎行(三首) …………………………………… (135)

惜分钗(二首) …………………………………… (136)

临江仙(第三体三首) …………………………… (137)

荆州亭(一首) …………………………………… (138)

中调 ………………………………………………… (139)

一剪梅(三首) …………………………………… (139)

临江仙(第四体一首) …………………………… (140)

蝶恋花(七首) …………………………………… (140)

钗头凤(二首) …………………………………… (143)

唐多令(二首) …………………………………… (144)

后庭宴(一首) …………………………………… (144)

锦帐春(一首) …………………………………… (145)

渔家傲(三首) …………………………………… (145)

破阵子(一首) …………………………………… (146)

苏幕遮(二首) …………………………………… (147)

醉春风(六首) …………………………………… (147)

酷相思(一首) …………………………………… (149)

行香子(三首) …………………………………… (150)

青玉案(三首) …………………………………………（151）

两同心(一首) …………………………………………（152）

天仙子(八首) …………………………………………（152）

江城子(一首) …………………………………………（155）

小桃红(三首) …………………………………………（155）

千秋岁(一首) …………………………………………（156）

离亭燕(一首) …………………………………………（156）

风入松(第一体一首) …………………………………（157）

百媚娘(一首) …………………………………………（157）

剔银灯(一首) …………………………………………（157）

风入松(第二体十一首) ………………………………（158）

风入松(第三体一首) …………………………………（161）

扑蝴蝶(一首) …………………………………………（161）

一丛花(一首) …………………………………………（162）

送我入门来(四首) ……………………………………（162）

最高楼(二首) …………………………………………（164）

簇水(一首) ……………………………………………（165）

江城梅花引(一首) ……………………………………（165）

一枝花(一首) …………………………………………（165）

长调 ……………………………………………………（166）

满江红(三首) …………………………………………（166）

水调歌头(四首) ………………………………………（167）

满庭芳(八首) …………………………………………（169）

凤凰台上忆吹箫(二首) ………………………………（171）

烛影摇红(四首) ………………………………………（172）

大江东(一首) …………………………………………（174）

帝台春(二首) …………………………………………（175）

金菊对芙蓉(一首) ……………………………………（175）

玉蝴蝶（二首）……………………………………（176）

花心动（四首）……………………………………（176）

二郎神慢（一首）…………………………………（178）

归朝欢（八首）……………………………………（179）

合欢带（一首）……………………………………（181）

望远行（一首）……………………………………（182）

离别难（一首）……………………………………（182）

摸鱼儿（二首）……………………………………（183）

贺新郎（四首）……………………………………（184）

春风袅娜（三首）…………………………………（186）

多丽（二首）………………………………………（188）

莺啼序（一首）……………………………………（189）

《耐歌词》校注后记………………………………（191）

后记　…………………………………………………（218）

《李笠翁词话》之前前后后

1

李渔，号笠翁，刘世德先生在为拙著《闲情偶寄·窥词管见》校注本作的序中称之为中国古代文学史上的一位"大家"。他说："我心目中的大家，是那些文坛上的多面手。在他们生前，为文学艺术的繁荣和发展贡献着自己的力量。在他们身后，给后人留下了丰富的、有价值的文化遗产。"① 李渔确是名副其实的多面手，除了他在戏曲上获得世所公认的重大成就②之外，在小说、园林、诗词等方面也都有值得称道的贡献。而且他不但勤于创作，还善于理论思考，对于戏曲、园林、仪容等理论的阐发主要见于《闲情偶寄》，而关于词，则集中体现于《窥词管见》和《耐歌词·自序》以及《笠翁词韵·例言》中。

遗憾的是，对李渔《窥词管见》这部重要的词学理论著作，过去较少关注，据我所知，只有少数几篇专题论文涉及它，如发表于 1927 年《燕大月刊》上的顾敦鍒《李笠翁词学》③，近年邬

---

① 刘世德：《序》，见《闲情偶寄·窥词管见》（李渔撰，杜书瀛校注）卷首，中国社会科学出版社 2008 年版。

② 近代戏曲大师吴梅在《中国戏曲概论·清总论》（上海大东书局民国十五年版，近有中国人民大学出版社 2004 年版和江苏文艺出版社 2008 年版）中说："清人戏曲，大抵顺康间以骏公、西堂、又陵、红友为能，而最显著者厥惟笠翁。翁所撰述，虽涉俳谐，而排场生动，实为一朝之冠。"

③ 见《燕大月刊》第 1 卷第 2、3、4 期（1927.11—1928.1）。

国平《李渔对文学特性的认识——兼论〈窥词管见〉》①，武俊红《论李渔〈窥词管见〉》②，等等。还有一些论著，如方智范、邓乔彬等四人合著的《中国词学批评史》（中国社会科学出版社1994年版）下编第一章的"概况"和第一节，谢桃坊《中国词学史》（巴蜀书社2002年版），孙克强《清代词学》（中国社会科学出版社2004年版），朱崇才《词话史》（中华书局2006年版）第九章《清前期词话》等，对《窥词管见》或作简介和简评，或只略提几句；周振甫先生《诗词例话》也引用了《窥词管见》的一些话，提到《窥词管见》批评"红杏枝头春意闹"的意见。但是，对《窥词管见》的重视不够，而其研究水平，总的说不高。

近年来，当2011年隆重举行了李渔诞辰400周年纪念活动，2014年李渔被作为中国历史文化名人出版了他的传记，李渔越来越受到海内外广泛关注的时候，过去不太被注意的《窥词管见》也应该认真予以研究，挖掘其历史价值和学术价值，并给予词学史上的适当地位。

2

《窥词管见》作为李渔"词话"之名，来自现代著名词学家唐圭璋先生。数十年前，唐先生的《词话丛编》，把李渔《窥词管见》作为清代第一种词话编入其中③，使其在词话史和词学史上，占有了自己的位置。但是将李渔《窥词管见》作为单行本，与《李笠翁曲话》并列而命为《李笠翁词话》，加以注释评析，我乃始作俑者。

---

① 见《古代文学理论研究丛刊》第十四辑，古代文学理论研究编委会编，上海古籍出版社1989年版。

② 见《邢台学院学报》2008年第2期。

③ 唐圭璋《词话丛编》1934年自费梓印，叶恭绰题签，吴梅为之序，称"此书洵词林巨制，艺苑之功臣"，线装本，收词话六十种；中华书局于1986年补正再版，收词话达八十五种。《窥词管见》，见《词话丛编》，中华书局1986年版，第547—564页。

《窥词管见》，共 22 则，原刊于康熙十七年（1678）翼圣堂刻李渔词集《耐歌词》之卷首。

笠翁之词集，最早收入康熙十二年（1673）夏编定的翼圣堂刻《笠翁一家言》初集，名为"诗余"，绝大多数是小令，仅有三首中调和一首长调。[①] 这是李渔在康熙十二年（1673）夏以前的词作。初集刊刻时，尚未撰写《窥词管见》，大约也没有其他论词的文字。又过了四年或五年，即康熙十六年或十七年（1677 或 1678），李渔乃编成他的词作总集，命为《耐歌词》，共 119 调近 370 首；卷首出现《窥词管见》。李渔为《耐歌词》写了自序，序末署"时康熙戊午中秋前十日，湖上笠翁李渔漫题"。"康熙戊午"，即康熙十七年（1678），李渔 68 岁。可见，《窥词管见》撰写于康熙十六年（1677）左右，或至迟康熙十七年（1678）。两年之后，李渔辞世。

据有关专家考证，《耐歌词》最早应是单独印行，并未收入康熙十七年（1678）李渔亲手编成刊行的《笠翁一家言》二集之中，个中原因并不清楚，也许是因二集编于《耐歌词》之后？

以上是李渔在世时的词集刊行情况。

---

① 将词分为小令、中调、长调，始自明中叶顾从敬。吴梅《词学通论·绪论》说："况草堂旧刻，止有分类，并无小令、中调、长调之名。至嘉靖间，上海顾从敬刻《类编草堂诗余》四卷，始有小令、中调、长调之目。"（《词学通论》，华东师范大学出版社 1996 年版，第 3 页）顾从敬刻《类编草堂诗余》有《四库全书·集部别集类》本。后人多从顾之"类编"说，李渔的好友词学家毛先舒《填词名解》卷一即明确规定：五十八字以内为小令，五十九—九十字为中调，九十一字以外为长调（《填词名解》载入康熙十九年即 1679 年印行的《词学全书》，1984 年中国书店据木石居校本影印）。但与毛稚黄同时的词学家先著《词洁发凡》就说出不同意见："词无长调、中调之名，不过曰'令'、曰'慢'而已。"（唐圭璋编《词话丛编》，第 1330 页）朱彝尊、万树，也对这种分类提出批评。今人王力《汉语诗律学》（新知识出版社 1958 年版，上海教育出版社 1962 年版）则主张以 62 字为界，分为小令和慢词。也有按段分类：单调（一片）、双调（二片，即二段）、三叠（三片，即三段）、四叠（四片，即四段）。但是，所有这些分类，都存在诸多争议。列出诸说，聊备读者参考而已。

　　李渔生前，并未编辑出版过《笠翁一家言》全集①。李渔死后 50 年，即雍正八年（1730），芥子园主人重新编辑李渔的著作，将笠翁手编《一家言》初集、二集，以及《耐歌词》、《论古》、《闲情偶寄》等合并在一起，出版了《笠翁一家言全集》（但是笠翁在编辑《笠翁一家言》二集后至逝世前所写的几篇文章，如《千古奇闻·序》、醉耕堂刊本《三国志演义·序》、《芥子园画传·序》等，都没有收进去），其卷八为词集，但将《耐歌词》改称《笠翁馀集》，而《窥词管见》仍刊之。

3

　　关于词的起源、发展、成熟、繁盛、衰落、复兴等问题，历来众说纷纭，各种说法自有一定的道理。我大体赞成这样一种看法（这也是古往今来相当多的论者所持的占主流地位的观点）：词，它最初的（或较早的）名字应该叫作"今曲子"或"曲子词"②，孕生于隋唐，成熟于五代，盛于两宋，衰于元明③，复兴于清（持此类意见者又有许多细微的不同，此处恕不详说）。

---

　　①　关于李渔是否在世时亲自编辑出版过《笠翁一家言全集》，有争论。孙楷第在《李笠翁与十二楼》中认为通行本《一家言全集》非李渔所编，李渔生前只编过《一家言》初集和二集（孙楷第《沧州后集》卷三，中华书局 2009 年版，第 115—116 页）；黄强也认为翼圣堂本《笠翁一家言全集》非李渔亲手所编（黄强《李渔研究》，浙江古籍出版社 1996 年版，第 434—436 页）。而黄强的学生梁喻《笠翁著述三种考述》（硕士学位论文，扬州大学，2013 年）则不同意他老师的意见，认为北京大学所藏康熙十七年翼圣堂刻《笠翁一家言全集》，即是李渔手编。此生可畏，虽稚嫩，但精神可嘉。不过总的来说，孙楷第、黄强的考证依然有说服力。故此处采用孙楷第、黄强说。
　　②　词的名称除"今曲子"、"曲子词"之外，还有"歌词"、"乐府"、"小歌词"、"长短句"、"诗余"、"倚声"等二十几种，因为它起初以至相当长一段时间里总是与音乐联系在一起，有的学者如胡云翼在 20 世纪 20 年代《宋词研究》中按现代观念称之为"音乐的文学"或"音乐文学"。
　　③　对于明词和明词学的评价，近来有学者提出不同意见（见张仲谋《论明词的价值及其研究基础》，《西北师范大学学报》2002 年第 4 期），需要学界认真讨论。

　　自从有了文学艺术上的新品种"词",也就有了对它的研究和评论——探讨它的源流,界定它的性质、特点,研究它的创作规律,等等。最早的词论文章,当属五代十国时西蜀词人欧阳炯作于大蜀广政三年(后蜀年号)也即公元 940 年的《花间集叙》①。欧阳炯在该文中用骈文俪句,描述了他心目中词的特点,所谓"绮筵公子,绣幌佳人,递叶叶之花笺,文抽丽锦;举纤纤之玉指,拍按香檀。不无清绝之词,用助娇娆之态"——这也是那个时代一般人对词的特性及其作用的看法。就是说,在当时的上层社会,每当朋僚亲旧燕集欢聚,则为"清绝""娇娆"、男欢女悦的乐府歌词,让歌女依丝竹而歌之,所以娱宾而遣兴也;而在市井民间,小唱艺人也在酒楼瓦市、街头巷尾演唱通俗易懂的倚声小调,其内容亦多为男女情爱,迎合百姓的情趣喜好,颇为流行——以致后来北宋末叶梦得《避暑录话》中说"凡有井水饮处,即能歌柳词"②。这就定下了词为"艳科"的基调;其后虽然人们对词体、词性的认识多有变化,但"艳科"之余绪,一直影响了上千年;甚至像李冠《六州歌头》("骊山"和"项羽庙")③以及稍晚一些时候苏轼《念奴娇》("赤壁怀古")这样革命性

---

　　① 《花间集》:后蜀人赵崇祚编辑的一部词集,共十卷,收录了唐文宗开成元年(836)到后晋高祖天福五年(940)间温庭筠、皇甫松、韦庄、薛昭蕴、牛峤、张泌、毛文锡、牛希济、欧阳炯、和凝、顾夐、孙光宪、魏承班、鹿虔扆、阎选、尹鹗、毛熙震、李洵 18 位词人的 500 首词作。后蜀武德军节度判官欧阳炯(也是当时的著名词人,《花间集》作者之一)为之叙。该书现代版本有中华书局 2014 年出版的杨景龙《花间集校注》。

　　② (宋)叶梦得《避暑录话·卷下》记载:"柳永为举子时,多游狭邪,善为歌辞。教坊乐工每得新腔,必求永为辞,始行于世,于是声传一时。余仕丹徒,尝见一西夏归朝官云:'凡有井水处,即能歌柳词。'"《避暑录话》,有《津逮秘书》、《学津讨原》、《稗海》等本,收入《四库全书·子部·杂家类》;现代则有中华书局 1985 年版。叶梦得(1077—1148),宋代词人,字少蕴,号石林居士。

　　③ (宋)李冠,字世英,历城(今济南)人。生卒年均不详,约宋真宗天禧年间(1017—1021)前后在世,比苏轼(1037—1101)约早半个世纪。人们大都咬定苏轼开创"大江东去"豪放词风,其实得风气之先者乃李冠,他有两首《六州歌头》,一首是《项羽庙》:"秦亡草昧,刘项起吞并。鞭寰宇,驱龙虎,扫欃枪,斩长鲸。血(转下页)

地扩大了词的题材、创建豪放词风的一派词人词作，在许多人看来只是词之"变体"，而只有以周邦彦等为代表，以清和婉转的软语丽句描写儿女情长、离愁别恨、人生哀怨的婉约一流词人词作才是词之"正宗"。①明人徐师曾在《文体明辨序说》中云："至论其词，则有婉约者，有豪放者。婉约者欲其辞情蕴藉，豪放者欲其气象恢弘。盖虽各因其质，而词贵感人，要当以婉约为正。"②

———————————

（接上页）染中原战，视余耳，皆鹰犬，平祸乱，归炎汉，势奔倾。兵散月明，风急旌旗乱，刁斗三更。共虞姬相对，泣听楚歌声，玉帐魂惊，泪盈盈。　　念花无主，凝愁苦，挥雪刃，掩泉局。时不利，骓不逝，困阴陵，叱追兵。呜咽摧天地，望归路，忍偷生。功盖世，何处见遗灵。江静水寒烟冷，波纹细、古木凋零。遣行人到此，追念益伤情，胜负难凭。"（唐圭璋编《全宋词》，中华书局1965年版，第145页）另一首是《骊山》："凄凉绣岭，宫殿倚山阿。明皇帝，曾游地；锁烟萝，郁嵯峨。忆昔真妃子，艳倾国，方姝丽。朝复暮，嫔嫱妒，宠偏颇。三尺玉泉新浴，莲羞吐、红浸秋波。听花奴，敲羯鼓，酣奏鸣鼍（tuó）。体不胜罗，舞婆娑。　　正霓裳曳，惊烽燧，千万骑，拥雕戈。情宛转，魂空乱，蹙双蛾，奈兵何。痛惜三春暮，委妖丽，马嵬坡。平寇乱，回宸辇，忍重过。香瘗（yì）紫囊犹有，鸿都客、钿合应讹。使行人到此，千古只伤歌，事往愁多。"（唐圭璋编《全宋词》，第145页）明眼人一看便知，无论在题材还是词风上，李冠都应是苏轼的引领者。当然，与李冠差不多同时的宋范仲淹（989—1052）《渔家傲·秋思》"塞下秋来风景异，衡阳雁去无留意。四面边声连角起。千嶂里，长烟落日孤城闭。　　浊酒一杯家万里，燕然未勒归无计。羌管悠悠霜满地。人不寐，将军白发征夫泪"（唐圭璋编《全宋词》，第14页）；以及稍早于苏轼（其政坛和文学活动差不多同时）的王安石《桂枝香·金陵怀古》"登临送目，正故国晚秋，天气初肃。千里澄江似练，翠峰如簇。归帆去棹残阳里，背西风，酒旗斜矗。彩舟云淡，星河鹭起，画图难足。　　念往昔，繁华竞逐，叹门外楼头，悲恨相续。千古凭高，对此谩嗟荣辱。六朝旧事随流水，但寒烟衰草凝绿。至今商女，时时犹唱，后庭遗曲"（唐圭璋编《全宋词》，第263页），其在豪放词风建立上的功绩亦不可磨灭。

①　（明）王世贞（1526—1590）《艺苑卮言》之"词之正宗与变体"条："言其业，李氏、晏氏父子、耆卿、子野、美成、少游、易安至矣，词之正宗也。温韦艳而促，黄九精而刻；长公丽而壮，幼安辨而奇，又其次也，词之变体也。"（见唐圭璋《词话丛编》，中华书局1985年版，第385页）《艺苑卮言》之"隋炀帝望江南为词祖"条又云："故词须宛转绵丽，浅至儇俏，挟春月烟花于闺幨内奏之，一语之艳令人魂绝，一字之工令人色飞，乃为贵耳。至于慷慨磊落、纵横豪爽，抑亦其次，不作可耳。作则宁为大雅罪人勿儒冠而胡服也。"（见唐圭璋《词话丛编》，第385页）

②　（明）徐师曾（1517—1571）《文体明辨序说》，该文由罗根泽加以新式标点，收入郭绍虞主编《中国古典文学理论批评专著选辑》，人民文学出版社1962年版。

欧阳炯那个时代以及稍后的北宋，人们关于词的论述，很少有专论之文，多是零星的片言只语，散见于各种文章、信札之中，或在论著的序跋里附带提及。譬如北宋苏东坡关于词"自是一家"①的观点，就见于给朋友的信中——宋熙宁八年至十年（1075—1077）苏东坡40—43岁知密州，其间曾作《江城子·密州出猎》，并就此给好友鲜于侁（shēn）写信说："近却颇作小词，虽无柳七郎风味，亦自是一家。呵呵。数日前，猎于郊外，所获颇多。作得一阕，令东州壮士抵掌顿足而歌之，吹笛击鼓以为节，颇壮观也。"②这段话，苏轼主要从他的词与柳永词的比较中，谈两个词家不同的艺术风格和艺术风味，而他的这个观点，或许可看作之后数百年间中国词学史上逐渐成形的所谓"豪放"（人们常常以苏轼为代表）与"婉约"（人们常常以柳永为代表）两大词风（或称两大词派）的原始表述。③

后来有了专门的"词话"之类的著作。起初，词话不过是供人们饭后茶余"以资闲谈"的消遣文字，例如第一部词话，杨绘的《时贤本事曲子集》，即是如此。杨绘（字元素，号先白）是

---

① 苏轼的所谓"自是一家"意思是说，他的词与柳永词比较而言乃自成一种风格、别有一种风味；与后来李清照词"别是一家"不同——李清照乃从词的美学特征处着眼。

② （宋）苏轼：《与鲜于子骏三首》之二《苏轼文集》第四册，中华书局1986年版，第1560页。

③ 明代词学家张綖《诗馀图谱·凡例》云："按词体大略有二：一体婉约，一体豪放。"清初文坛领袖王士禛《花草蒙拾》"婉约与豪放二派"条进一步把张綖的两大"词体"引申为两大"词派"："张南湖（按：张綖字世文，自号南湖居士）论词派有二：一曰婉约，一曰豪放。"（唐圭璋《词话丛编》，第685页）后人多沿此说。究竟对"豪放"与"婉约"如何定性、定位，有许多不同意见，我个人看法，作为两大词风（即两种艺术风格）更好。关于张綖和他的《诗馀图谱》，张仲谋在《2010年词学国际学术研讨会论文集·张綖诗馀图谱研究》中说："张綖《诗馀图谱》在明代已知至少有6种刊本，其中明季王象晋'重刻本'因收入毛晋所编词籍丛刻《词苑英华》而成为通行本。近年来研究者陆续论及的有万历二十七年刊行的谢天瑞《新镌补遗诗馀图谱》，万历二十九年刊行的游元泾《增正诗馀图谱》，以及崇祯十年刊行的万惟檀改编本《诗馀图谱》"。（该文又见《文学遗产》2010年第5期）

苏轼的朋友，熙宁七年（1074）杨绘知杭州，苏轼是他的副手即杭州通判，两人是同乡，政见亦相近，遂结下友谊。苏轼贬黄州时①给杨绘的信提到他的这部词话："近一相识，录得明公（指杨绘——笔者注）所编《本事曲子》，足广奇闻，以为闲居之鼓吹也。然窃谓宜更广之，但嘱知识间令各记所闻，即所载日益广矣。辄献三事，更乞拣择，传到百四十许曲，不知传得足否？"② 当然，《时贤本事曲子集》（还有其他某些词话）不只"足广奇闻，以为闲居之鼓吹"，而且通过记述词之"本事"，保留了许多有价值的资料。后来词话逐渐成为评词、论词的主要批评形态之一，索求词的起源、评论词人词作、探讨作词方法、讨论词体性质等等。不过词话并不像西方的文学批评那样讲究逻辑严密的理性思维，而是多感性体悟、灵光一现的片刻印象，信手拈来的随意文字。其形式不拘一格，自由散漫，可长可短，活泼生动，作者意之所之，兴之所至，率性而为；其内容亦十分广泛，可以记本事、考生平、论得失、说风格、谈律吕，以至探索源流，评陟体性，不一而足。

唐圭璋先生《词话丛编》（中华书局1985年修订版），共收集、整理了自北宋杨绘《时贤本事曲子集》至近代陈匪石《声执》的词话著作85种之多③，其中包括李渔的《窥词管见》——从时间顺序上，它被排在清代之第一位。

《词话丛编》所收这85种词话，我分为3类。

第一类是李渔《窥词管见》之前的，约17种：宋代杨绘《时

---

① 苏轼因乌台诗案于宋元丰二年至七年（1079—1084）贬谪黄州。

② （宋）苏轼：《与杨元素十七首》之七《苏轼文集》第四册，第1652页。

③ 当然，唐圭璋《词话丛编》仍有诸多遗漏，张仲谋《明词史》（人民文学出版社2002年版，第343页）就曾举出明代数种词话，如单宇《菊坡词话》、黄溥《石崖词话》、陆深《俨山词话》、郎瑛《草桥词话》、俞弁《山樵暇语》、郭子章《豫章词话》、胡应麟《少室山房词话》、曹学佺《石仓词话》等，至少不下十余家，未曾编入。但唐先生所编，仍是至今最权威的本子，功莫大焉。本书所引"词话"，均出之唐圭璋编《词话丛编》1985年修订版。

贤本事曲子集》一卷、杨湜《古今词话》一卷、鲖阳居士《复雅歌词》一卷、王灼《碧鸡漫志》五卷、吴曾《能改斋词话》二卷、胡仔《苕溪渔隐词话》二卷、张侃《拙轩词话》一卷、魏庆之《魏庆之词话》一卷、周密《浩然斋词话》一卷、张炎《词源》二卷、沈义父《乐府指迷》一卷，元代吴师道《吴礼部词话》一卷、陆辅之《词旨》一卷，明代陈霆《渚山堂词话》三卷、王世贞《艺苑卮言》一卷、俞彦《爰园词话》一卷、杨慎《词品六卷拾遗》一卷。

　　第二类是与李渔《窥词管见》同时或其作者活跃于词坛、印行其词话时李渔仍在世的，约8种（不包括《窥词管见》）：毛奇龄《西河词话》二卷、王又华《古今词论》一卷、刘体仁《七颂堂词绎》一卷、沈谦《填词杂说》一卷、邹祗谟《远志斋词衷》一卷、王士禛《花草蒙拾》一卷、贺裳《皱水轩词筌》一卷、彭孙遹《金粟词话》一卷。

　　第三类是其余59种，它们都是李渔去世之后的作品。

4

　　就第一类情况看，李渔《窥词管见》较之前辈论著，有所发展、有所创造、有所深入。

　　前17种词话，除了某些著作记述本事以及"辨句法、备古今、纪盛德、录异事、正讹误"（借用宋许𫗱《许彦周诗话》[①]语）之外，在论述词的起源、性质、特点、音韵、作词方法等方面取得许多开创性成果，所论及的一系列重要词学问题，对后世（包括对李渔）产生了深远影响。今例述之。

---

　　① （宋）许𫗱《许彦周诗话》，有百川学海本（弘治华氏刻、嘉靖宗文堂刻、明刻重辑），《四库全书》"诗文评类"收入此书。现代则有王云五主编"丛书集成初编"本，商务印书馆1939年版；另有中华书局1985年版。

　　有的词话，如《魏庆之词话·李易安评》①中保留了李清照《词论》即关于词"别是一家"的理论阐述，十分可贵。

　　李清照（1084—1155?），号易安居士，是我国古代天字第一号的女词人，用明代杨慎《词品》卷二中的话说"宋人中填词，李易安亦称冠绝"，千百年来备受称赞——我被易安居士这位山东老乡的才气所震惊而叹服，甚至产生某种女性崇拜情结，所以恕我多说几句。

　　李清照的这段"词论"，约七百言，用生动事例描述词的产生、发展，提出她心目中作词的规范，其核心思想是重音律、求典雅、尚婉约。李清照"词论"七百言中，很大一部分文字是她对各家词作优劣得失的批评，尖锐中肯、入木三分；尤其可贵者，她通过对各派词家及其典型作品的分析比较，并依据自己的创作经验，总结出词"别是一家"的理论主张，即词体不同于诗文的特性。

　　易安居士主要从两个方面阐明词体与诗文的区别：第一，是从填词须合音律的角度，把词与诗文相比较，同时把音律上不太"正宗"的词（即她所谓"皆句读不葺之诗尔"）和音律上比较纯正的词相比较，以见出词体相异于诗文的特点。她说："盖诗文分平侧，而歌词分五音，又分五声，又分六律，又分清浊轻重。且如近世所谓《声声慢》、《雨中花》、《喜迁莺》，既押平声韵，又押入声韵；《玉楼春》本押平声韵，有押去声，又押入声。本押仄声韵，如押上声则协；如押入声，则不可歌矣。王介甫、曾子固，文章似西汉，若作一小歌词，则人必绝倒，不可读也。"这是她花费较多口舌所强调的重点，不惜罗列众多具体事例予以肯切、详细地论述。这里所说词体与诗文的区别，是比较明显的方面，人们很容易看到，也很容

---

　　①　《魏庆之词话·李易安评》，见唐圭璋《词话丛编》，第201页。李清照的这段词论，又见于《苕溪渔隐丛话》后集卷三十三、《诗人玉屑》卷二十一。

易理解，以往学界所注意者也多在此，兹不多说。第二，从词体与诗文之不同体裁样式的比较中，见出它们在题材、内容、风格上的差异。李清照对这层意思说得比较隐晦，寓于字里行间而不怎么显露，若不特意留心，它可能在人们眼皮底下溜掉，以致古往今来学者大都对李清照话语中的这层意思关注不够。其实它对区分词体与诗文的不同特征，甚至比第一点更重要。请注意李清照"晏元献、欧阳永叔、苏子瞻，学际天人，作为小歌词，直如酌蠡水于大海"这句话。我体会所谓"作为小歌词，直如酌蠡水于大海"的意思，乃谓填词相对于作诗，是"作为小歌词"；后面说"王介甫、曾子固，文章似西汉，若作一小歌词，则人必绝倒，不可读也"中，又一次提到填词是"作一小歌词"。很明显，李清照特别突出的是词之"小"的特点。这"小"，主要是题材之"小"，另外也蕴含着风格之"婉"。这就是人们通常所说的：词是艳科。词善于写儿女情长、风花雪月之类的"小"题材，词的特点即在于它的婉丽温软。几乎从词一诞生，人们就给它如此定性。如果说李清照认为像"欧阳永叔、苏子瞻"等善于赋诗的"学际天人"倘填词（"作为小歌词"）"直如酌蠡水于大海"，小之又小，那么，与填词之"小"相对，作诗又当如何看待？从"直如酌蠡水于大海"的相反方面推测其言外之意，她显然把作诗看得"大"许多。倘填词"直如酌蠡水于大海"，则作诗应该是大海航行般的"大"动作，是写"大"题材，用今人常说的话即"宏大叙事"。

李渔的词作除了太"俗"之外，大体属李清照所谓"小"词一路；而词学主张，也无形中受李清照词"别是一家"、崇尚婉约、讲究音律的影响。

如果说李清照《词论》作于南渡之前，那么王灼（字晦叔，号颐堂）《碧鸡漫志》则是南渡之后最值得注目的词话之一。① 它记述词坛遗事趣闻、探索词调历史渊源，花费大量笔墨考证隋唐以来 32 支燕乐曲子的来龙去脉，具有很高参考价值；特别是它从原理上探索词的起源，实际上阐述了词的来路"正当"，不应被歧视。

王灼在《碧鸡漫志》卷一《歌曲所起》一节中说："或问歌曲所起。曰：天地始分，而人生焉，人莫不有心，此歌曲所以起也。《舜典》曰：诗言志，歌永言，声依永，律和声。《诗》序曰：在心为志，发言为诗，情动于中而形于言。言之不足，故嗟叹之，嗟叹之不足，故永歌之，永歌之不足，不知手之舞之，足之蹈之。《乐记》曰：诗言其志，歌咏其声，舞动其容，三者本于心，然后乐器从之。故有心则有诗，有诗则有歌，有歌则有声律，有声律则有乐歌，永言即诗也，非于诗外求歌也。"② 王灼在这里为词体争得了"正统"地位。这在长期贬低词体价值的时候，为词说话，具有积极意义，值得关注。词体自产生以来，在一部分人那里一直被"小"视甚至"鄙"视，冠以"艳科"之名，认为它是"小道"、"末技"，有害风化；有的人甚至认为填那种艳科小词会下地狱。③ 而王灼从源头上说明词（"歌词"）是堂堂正正的"诗"之后裔，难道不应该与诗文同样受到尊重吗？

---

① （宋）李清照（1084—1155?）的《词论》，大约写于她 40 岁左右，时在南渡之前，当属北宋时的言论；王灼（1081—1160）虽比李清照年长 3 岁，但他的《碧鸡漫志》写于南宋绍兴十五年至十九年间（1145—1149），时寓居成都碧鸡坊妙胜院，因而是南宋时的作品。

② （宋）王灼：《碧鸡漫志》卷一"歌曲所起"，见唐圭璋编《词话丛编》，第73 页。

③ （宋）陈善《扪虱新话》（商务印书馆 1927 年版）卷三"诗人多寓意于酒妇人"条说："黄鲁直初作艳歌小词，道人法秀谓其以笔墨诲淫，于我法中当堕泥犁之狱。鲁直自是不复作。以鲁直之言能诲淫，则可；以为其识污下，则不可。"黄庭坚自己在《豫章黄先生文集》（商务印书馆 1936 年版）第十六卷《小山集序》中的说法是这样的："道人法秀独罪余'以笔墨劝淫，于我法中，当下犁舌之狱'。"所谓"诲淫"、"劝淫"，指作"艳"词。

王灼还深入探讨了词的产生、发展、变化的轨迹。他说："古人初不定声律，因所感发为歌，而声律从之，唐、虞三代以来是也，余波至西汉末始绝。西汉时，今之所谓古乐府者渐兴，晋魏为盛，隋氏取汉以来乐器歌章古调并入清乐，余波至李唐始绝。唐中叶虽有古乐府，而播在声律则鲜矣，士大夫作者，不过以诗一体自名耳。盖隋以来今之所谓曲子者渐兴，至唐稍盛，今则繁声淫奏，殆不可数。古歌变为古乐府，古乐府变为今曲子，其本一也。后世风俗益不及古，故相悬耳。而世之士大夫亦多不知歌词之变。"① 因为词是唱的，是依"谱"而"填"，所以王灼在书中正是抓住词的这个"倚声"（即同音乐密不可分）的特点，从诗之"言志"、"缘情"的根儿上寻求词之来源和发展脉络，这样，则古人"因所感发为歌，而声律从之"，从唐尧虞舜时起到汉魏，从古歌而古乐府，皆如是——即从乐与诗的关系上说，那时是诗在先而后乐从之，乐从诗。但是这种关系到隋唐发生了变化："古乐府变为今曲子"。这是一个重大转折。如果说隋唐之前是先有诗而以乐从之，即乐从诗；那么，隋唐出现的"今曲子"则是"先定音节，乃制词从之"，即音乐（词谱）在先，依谱填词，词从乐——请注意：从严格的意义上说，只有依谱填词才是词的诞生。在王灼看来，词的产生和发展是文学自身发展的一种自然而然的过程。这是较早的关于词的起源的理论探索，后来的许多论者，包括李渔"从诗到词"的观念，都或多或少受到王灼影响。

南宋末到元代初期，最具代表性的是张炎（字叔夏，号玉田）《词源》、沈义父（字伯时，号时斋）《乐府指迷》等词话，他们对词学的建立做出了重要贡献。张炎《词源》分上下两卷，上卷乃辑录前人著作，下卷才是张炎自己的论述，因此他的"自序"

---

① （宋）王灼：《碧鸡漫志》卷一《歌词之变》，见唐圭璋《词话丛编》，第74页。

放在下卷之首。在《词源》中，张炎主要论述词法，对制曲、句法、字面、和韵等等作了全面阐发，同时《词源》还保存了稍早时的词人杨缵"作词五要"（"要择腔"、"要择律"、"要填词按谱"、"要随律押韵"、"要立新意"）①，是重要的词学史料。《词源》可谓当时词学的一个理论小结。特别值得关注的，是他的两个词学主张：一是他提倡"雅正"，认为"古之乐章、乐府、乐曲、乐歌，皆出于雅正"②，所谓发乎情止乎礼义者也，这表现了张炎词学思想中的一种意识形态倾向；一是他提倡"清空"，说"词要清空，不要质实；清空则古雅峭拔，质实则凝涩晦昧"③，这表现了他词学中的一种艺术的审美的追求。沈义父在南宋末从吴文英游，学习作词，他的《乐府指迷》保存了吴文英的协律、典雅、含蓄、柔婉之论词四标准，并加以推演发挥，他说："癸卯，识梦窗。暇日相与倡酬，率多填词，因讲论作词之法。然后知词之作难于诗。盖音律欲其协，不协则成长短之诗。下字欲其雅，不雅则近乎缠令之体。用字不可太露，露则直突而无深长之味。发意不可太高，高则狂怪而失柔婉之意。思此，则知所以为难。"④《乐府指迷》也成为较早或最早⑤的一部专门论述作词方法的词话。张炎和沈义父对后世产生了深刻影响，特别是张炎，直接成为清初以朱彝尊为代表的浙西词派的理论来源，所谓"家白

---

① （宋）张炎：《词源》"杨守斋作词五要"条，见唐圭璋《词话丛编》，第267页。

② （宋）张炎：《词源·序》，见唐圭璋《词话丛编》，第255页。

③ （宋）张炎：《词源·清空》，见唐圭璋《词话丛编》，第259页。

④ （宋）沈义父：《乐府指迷》之"论作词之法"条，见唐圭璋《词话丛编》，第277页。

⑤ （宋）沈义父生卒年不详，但有关专家据某些文字材料推知，他大约活动于南宋嘉熙元年（1237）至淳祐二、三年（1242、1243）之间；张炎生于南宋淳祐八年（1248），约卒于元延祐七年（约1320）。因此，论学术价值和在词学史上的地位，张炎《词源》应高于沈义父《乐府指迷》；而论时间先后，则沈义父《乐府指迷》早于张炎《词源》，可以说是最早的一部具体论述作词分法的著作。只是，今天看来，沈义父所论，偏重作词"技术"层面，但能否写出好词，主要不取决于"技术"或技巧。

石而户玉田”者也。

按以往通常说法，明代是词与词学衰微的时代，明人自己说：“予尝妄谓我朝文人才士，鲜工南词。间有作者，病其赋情遣思、殊乏圆妙。甚则音律失谐，又甚则语句尘俗，求所谓清楚流丽，绮靡蕴藉，不多见也。”① 明朝的词风，特别是明中期的词风，人们常常以“淫哇”形容之，陈廷焯甚至说：“词至于明，而词亡矣。伯温（刘基字伯温）、季迪（高启字季迪），已失古意。降至升庵（杨慎号升庵）辈，句琢字炼，枝枝叶叶为之，益难语于大雅。自马浩澜（马洪字浩澜）、施阆仙（施绍莘号峰泖浪仙）辈出，淫词秽语，无足置喙。”② 与对明词的上述评价相应，人们通常也认为明代词学同样无重要的创造和开拓，最有代表性的是近人赵尊岳的观点：“明人填词者多，治词学者少，升庵、渚山（指陈霆）而已。升庵饾饤，仍蹈浅薄之习，渚山抱残，徒备补订之资。此外，弇州（王世贞）、爰园（俞彦），篇幅无几，语焉不详。”③ 赵尊岳以鄙夷的口气提到杨慎、陈霆、王世贞和俞彦四人的词话，唐圭璋《词话丛编》亦仅举此四种（恐怕受赵之影响）。其实明代的词话，除上述四种之外还有不少，张仲谋在《明词史》一书和《论明词的价值及其研究基础》一文中，都说：“可以以词话名书独立成卷的，如单宇《菊坡词话》、黄溥《石崖词话》、陆深《俨山词话》、郎瑛《草桥词话》、俞弁《山樵暇语》、郭子章《豫章词话》、胡应麟《少室山房词话》、曹学佺《石仓词话》

① （明）陈霆：《渚山堂词话》卷三“张靖之念奴娇”条，见唐圭璋《词话丛编》，第378页。

② （清）陈廷焯：《白雨斋词话》卷三之“词亡于明”条，见唐圭璋《词话丛编》，第3823页。

③ 赵尊岳：《惜阴堂明词丛书叙录》，见龙榆生编《明词季刊》第3卷第4号。赵尊岳乃晚清四大家之一况周颐的弟子，于词学建树颇多；但其人生最大污点是抗战时附逆，历任汪伪政府要职。

等，至少不下十余家。"① 而且张仲谋还为明词和明词学的不公正待遇鸣不平，认为："明人在词学理论上也有很大的发展与建树。他们已经越过了宋人感性地描述创作经验阶段，而更带有理论色彩与研究意识了。过去人们鄙薄明代词学以为不足道，在很大程度上是缺乏了解所致。"② 明词和明词学的是非曲直诸种问题，确实值得认真研究和讨论，科学考辨，得出合乎历史面貌的结论，给予公正的评价。据我个人粗浅了解，明代词和词学，与宋代和清代的词与词学相比较而言，或许有某些不能令人满意之处，可能与许多人的期望值存在距离（其中原因很复杂，需要具体分析）；但明词和明词学绝非一无是处，把它们贬抑到"淫词秽语，无足置喙"的地步，过矣。应该说，明代词人和词学家，确有自己的独到之处，做出了自己的历史贡献。例如王世贞的《艺苑卮言·附录》论词三十则，杨慎《词品》六卷，表现出精妙的艺术鉴赏力。王世贞《艺苑卮言》之评苏词"快语壮语爽语"条："子瞻'与谁同坐，明月清风我'，'明月几时有，把酒问青天'，快语也。'大江东去，浪淘尽、千古风流人物'，壮语也。'杏花疏影里，吹笛到天明'，又'高情已逐晓云空，不与梨花同梦'，爽语也。其词浓与淡之间也。"③ 确实体味出苏词妙处。杨慎评稼轩词曰："近日作词者，惟说周美成、姜尧章，而以东坡为词诗，稼轩为词论。此说固当，盖曲者曲也，固当以委曲为体。然徒狃于风情婉娈，则亦易厌。回视稼轩所作，岂非万古一清风哉！"④ 对辛词"万古一清风"的评价，公允、恰当，在明代尤其难得。

---

① 张仲谋：《明词史》，人民文学出版社 2002 年版，第 343 页；这段话亦见于同一作者《论明词的价值及其研究基础》一文，《西北师大学报》（社会科学版）2002 年第 5 期。

② 同上。

③ （明）王世贞：《艺苑卮言》之"快语壮语爽语"条，见唐圭璋《词话丛编》，第 388 页。

④ （明）杨慎：《词品》卷四之"评稼轩词"条，见唐圭璋《词话丛编》，第 502 页。

杨慎还提出"诗词同工而异曲，共源而分派"①，戮力提高词的地位，也很有见识。其他词学家也有各自建树。并且，因为上述词学家大多数自身都是填词里手，有丰富的艺术创作经验，所以对词的许多评论，中肯切实，于后人多有启示。

总体而言，李渔之前的多数词话重在本事记述和掌故、趣闻之描绘，它们虽具有宝贵的史料价值，而理论性却不强；一些词话大量篇幅都用在对词作"警策"之鉴赏，有的还绘声绘色描述片时片刻对词作字句的审美印象和体验，虽常常使人觉得其精彩如颗颗珠宝，然究竟大都是散金碎玉，缺乏系统——本文因不是写词话史，恕不逐部一一分析。

李渔《窥词管见》当然吸取了他的前辈的许多有益的思想；然而相比较而言，它较之大多数前辈词话，具有更强的理论性和系统性。

《窥词管见》第一则至第三则从词与诗、曲的比较中论说词体特性，所谓词须"上不似诗，下不类曲，不淄不磷，立于二者之中"以及"诗有诗之腔调，曲有曲之腔调，诗之腔调宜古雅，曲之腔调宜近俗，词之腔调则在雅俗相和之间"；第四则谈如何取法古人，第五、六则论创新，所谓"文字莫不贵新，而词为尤甚。不新可以不作，意新为上，语新次之，字句之新又次之。所谓意新者，非于寻常闻见之外，别有所闻所见，而后谓之新也。即在饮食居处之内，布帛菽粟之间，尽有事之极奇，情之极艳，询诸耳目，则为习见习闻，考诸诗词，实为罕听罕睹，以此为新，方是词内之新，非齐谐志怪、南华志诞之所谓新也"；第七则谈琢字炼句须合理，所谓"琢句炼字，虽贵新奇，亦须新而妥，奇而确。妥与确，总不越一理字，欲望句之惊人，先求理之服众"——这些思想的阐发，较之前辈词话如王灼《碧鸡漫志》关于词体性质

---

① （明）杨慎：《词品序》，见唐圭璋《词话丛编》，第408页。

及词的起源、张炎《词源》的"雅正"、"清空"以及它所传达出来的杨缵"作词五要"、沈义父《乐府指迷》的"词之作难于诗"以及它所发挥的吴文英的论词四标准、陆辅之《词旨》"夫词亦难言矣，正取近雅，而又不远俗"等相关论述，一方面有所发展变化，另一方面也更为细致和深入。

《窥词管见》第八、第九两则谈"情景"关系尤其值得注意，李渔所谓"词虽不出情景二字，然二字亦分主客：情为主，景是客。说景即是说情，非借物遣怀，即将人喻物。有全篇不露秋毫情意，而实句句是情，字字关情者。切勿泥定即景咏物之说，为题字所误，认真做向外面去……"这些论述较之以前的词话有新的创造；而且，如果我们认定二百多年以后王国维《人间词话》中所谓"一切景语皆情语"受到李渔（当然还有其他词论家类似思想）的影响，不是可以或隐或显地找到些踪迹、寻出些线索吗？

《窥词管见》第十则至第十七则论词的创作特点和规律，最后五则涉及词的音韵问题，也涉及音乐与词的分家，即词越来越成为一种可读而不一定可歌的文学体裁——这些论述也比前辈词话说得更为清晰。特别是第二十二则谈"曲宜耐唱，词宜耐读。耐唱与耐读，有相同处，有绝不相同处。盖同一字也，读是此音，而唱入曲中，全与此音不合者，故不得不为歌儿体贴，宁使读时碍口，以图歌时利吻。词则全为吟诵而设，止求便读而已"等，在继承前人思想基础上，说得更为透辟。

《窥词管见》虽不具有现代文艺学、美学论文那样清晰的逻辑系统，但大体已经具备相当高的理论完整性；而且在某些理论问题的把握上，也较前人有所进展和提升，例如关于"情景"关系的论述，关于词须"上不似诗，下不类曲"以及"词之腔调则在雅俗相和之间"的论述；谈创新强调"即在饮食居处之内，布帛菽粟之间，尽有事之极奇，……以此为新，方是词内之新"；强调"词之最忌者，有道学气，有书本气，有禅和子气"；关于好词当

"一气如话"；关于"曲宜耐唱，词宜耐读"的论述，等等。这些都是相当精彩的理论见解，在李渔那个时代达到了相当高的理论水平，后面正文评述时将会细说。

5

就第二类而言，较之他的同辈，李渔词论也有自己的特点，在他同时代的许多词话中，《窥词管见》是理论色彩比较浓厚、系统性比较强的作品。与李渔《窥词管见》在时间上最为接近的，大概属毛奇龄（字大可，号秋晴，又号初晴，以郡望西河，人称西河先生）《西河词话》、刘体仁（字公勇，号蒲庵）《七颂堂词绎》、沈谦（字去矜，号东江）《填词杂说》、王士禛（字子真，号阮亭，又号渔洋山人）《花草蒙拾》、王又华（字静斋）《古今词论》、彭孙遹（字骏孙，号羡门，又号金粟山人）《金粟词话》和邹祗谟（字吁士，号程村）《远志斋词衷》了。西河有些段落（如"沈去矜词韵失古意"、"古乐府语近"、"词之声调不在语句"、"词曲转变"等等）对词韵、声调、词的创作等等问题的论述也自有贡献；但其多数段落仍如以前词话重在本事、掌故、趣闻，而不在理论阐发。就此而言，他不及李渔，或至少没有超越李渔。《七颂堂词绎》篇幅不长，刘体仁根据亲身读词心得作出自己关于词体性质和作词法的判断，如"词与古诗同妙"、"词忌复"、"词字字有眼，一字轻下不得"、"词忌直说"等等，均有可取之处；他谈"词境诗不能至"，提出"词中境界"这一概念，谈"词有初盛中晚"，提出词史分期问题；但是，总体说，其理论性不及《窥词管见》；刘体仁也说到"中调长调须一气呵成"、"词不可参一死句"、"词须不类诗与曲。词须上脱香奁，下不落元曲，乃称作手"[1] 等，与李渔思想相近，但不及李渔论述细密。

---

[1] （清）刘体仁：《七颂堂词绎》之"词境诗不能至"条，见唐圭璋《词话丛编》，第 619 页。

沈谦是李渔同时代的另一位重要词学家，小李渔9岁而早去世10年，李渔《笠翁词韵·例言》中充分肯定了沈谦在词韵方面的贡献①；沈谦词话《填词杂说》写作时间比李渔《窥词管见》稍早，该书有不少精彩见解，却显得零碎；有的观点，如谈词与诗和曲的关系的一条："承诗启曲者，词也，上不可似诗，下不可似曲。然诗曲又俱可入词，贵人自运。"② 李渔《窥词管见》第一则观点与之相近，或许受沈谦启发，但李渔说得显然比沈谦更为深入具体。与李渔有所交往而小李渔23岁的王士禛是清初文坛领袖，顺康间"主持风雅数十年"③。他在顺治十六年（1659）任扬州推官时，昼了公事、夜接词人，团结了一群词家如陈维崧、邹祗谟、彭孙遹等在其周围，组成广陵词坛，切磋词学、品评词作。他的《花草蒙拾》是读《花间集》和《草堂诗余》的笔记，于评词的字里行间，宣扬其"神韵"说；但其"神韵"又无清晰界定，而是让人在鉴赏中体悟，例如他赞赏北宋欧晏正派，妙处俱在神韵，批评明末词人卓珂月"去宋人门庑尚远，神韵兴象，都未梦见"，但始终不能明确说出"神韵"到底具有怎样的理论规定性。王士禛也谈到诗、词、曲的区别，但也无理论说明，而是举出作品，让人在阅读中体会："或问诗词、词曲分界，予曰：'无可奈何花落去，似曾相识燕归来'，定非《香奁》诗；'良辰美景奈何天，赏心乐事谁家院'，定非《草堂》词也。"④ 王又华《古今词论》，主要摘录前人词论著作辑而成书，虽然通过评论以往词人词作，也提出自己的心得和许多精彩见解，并且在保存以往词论遗产方

---

① （清）李渔：《笠翁词韵·例言》，见《李渔全集》第十八卷，浙江古籍出版社1991年版，第363页。

② （清）沈谦：《填词杂说》之"词承诗启曲"条，见唐圭璋《词话丛编》，第629页。

③ 《清史稿》卷二百六十六《列传》五十三"王士禛"，见上海古籍出版社、上海书店编《二十五史》，上海古籍出版社1986年版，第1107页。

④ （清）王士禛：《花草蒙拾》之"诗词曲分界"条，见唐圭璋《词话丛编》，第686页。

面有其价值，但毕竟缺少自己的创造，与李渔比，不能算是好的理论著作。彭孙遹《金粟词话》自有妙语："词以自然为宗，但自然不从追琢中来，便率易无味。如所云绚烂之极，乃造平澹耳。若使语意澹远者，稍加刻画，镂金错绣者，渐近天然，则骎骎乎绝唱矣。"① 然而理论阐发不多。邹祗谟是清初著名词人，其《远志斋词衷》主要在词谱的考证、词韵词律的辨析等方面有不少有价值的见解，然理论性不强。

以上列举的当时诸多词话，亦如《窥词管见》，各有不足之处，也都各有优长、各有精彩，皆有其自身价值，都应在词学史上找到自己适宜的位置。

6

第三类，李渔之后的数十部词话著作，在理论视野、理论深度和广度、理论观念等等方面，都有较大进展、较大超越。有清一代最有名的两大词派浙西词派（朱彝尊、汪森等）② 和常州词派（张惠言、周济等），既有创作实践，又有理论主张，他们的词学理论各有特色，对词学做出自己的贡献。

浙西词派起于清初康熙年间，该派名称乃由康熙十八年（1679）龚翔麟刻《浙西六家词》而来。③ 该派领袖朱彝尊（字锡鬯，号

---

① （清）彭孙遹：《金粟词话》之"词以自然为宗"条，见唐圭璋《词话丛编》，第 721 页。

② 这里需要说明：浙西词派的主要人物如曹溶、朱彝尊、汪森、李良年、李符、柯崇朴、曹尔堪、周员等活跃于词坛并且完成《词综》编辑（康熙十八年）的时候，李渔还在世；朱彝尊、汪森等通过《序言》、信札、文章谈论他们的词学主张，李渔或许也可以看到。本书此处所述浙西词派朱彝尊、汪森的理论主张，应该与李渔同时。我之所以把浙西词派的词论著作放在李渔之后，是因为阐述浙西词派理论的词话——许昂霄《词综偶评》是在李渔死后问世的。

③ 康熙十八年（1679）龚翔麟将浙西一帮词人的作品，包括朱彝尊《江湖载酒集》三卷、李良年《秋锦山房词》一卷、沈暤日《柘西精舍词》一卷、李符《耒边词》二卷、沈岸登《黑蝶斋词》一卷、龚翔麟《红藕庄词》三卷合刻为《浙西六家词》。

竹垞）自称"家白石而户玉田"、"学姜氏而得其神明者"、"不师秦七，不师黄九，倚新声玉田差近"。[1] 他在《词综·发凡》中说："世人言词，必称北宋；然词至南宋始极其工，至宋季而始极其变。姜尧章氏最为杰出。"[2]

浙西词派的最早倡导者为曹溶，朱彝尊是他的学生。朱彝尊为他的老师曹溶《静惕堂词》作的序中曾回忆和老师一起探讨词的经过，透露出浙西词派的主张，他说："余壮日从先生南游岭表，西北至云中，酒阑灯灺（xiè），往往以小令、慢词更迭唱和。有井水处，辄为银筝、檀板所歌。念倚声虽小道，当其为之，必崇尔雅，斥淫哇，极其能事，则亦足以宣昭六义，鼓吹元音。往者明三百招，词学失传，先生搜辑遗集，余曾表而出之。数十年来，浙西填词者，家白石而户玉田，春容大雅，风气之变，实由于此。"该序还说，填词"必崇尔雅，斥淫哇，极其能事，则亦足以宣昭六义，鼓吹元音"（《静惕堂词序》）[3]；在《词综·发凡》中朱彝尊还标榜"以雅为目"："言情之作，易流于秽。此宋人选词多以雅为目，法秀道人语涪翁（按黄庭坚别号）曰：作艳词当坠犁舌地狱。"朱彝尊和另一浙西派主将汪森（字晋贤，号碧巢），都力主长短句与诗同源，尊崇词体。该派的理论主张，如崇

---

① （清）朱彝尊《解佩令·自题词集》："十年磨剑，五陵结客，把平生、涕泪都飘尽。老去填词，一半是，空中传恨。几曾围、燕钗蝉鬓？　不师秦七，不师黄九，倚新声、玉田差近。落拓江湖，且分付、歌筵红粉。料封侯、白头无分！"

② （清）朱彝尊：《词综·发凡》，载于《词综》卷首。该书乃朱彝尊编、汪森增订，有康熙三十年裘杼楼刊本，有《四部备要》本，有1978年上海古籍出版社李庆甲校点本。

③ （清）朱彝尊：《静惕堂词序》，见曹溶《静惕堂词》卷首，该书载《清名家词》上海书店1982年版（据开明书店1937年初版影印）。《清名家词》于1937年由开明书店印行共十册，汇编清代著名词家的词集一百种，始于李雯的《蓼斋词》，终于王国维的《观堂长短句》；吴伟业、曹溶、龚鼎孳、陈维崧、朱彝尊、彭孙遹、王士祯、曹贞吉、顾贞观、纳兰性德、厉鹗、张惠言、郭麐、周济、龚自珍、项廷纪、蒋春霖、谭献、冯煦、文廷式、郑文焯、朱祖谋、况周颐等人的集子都已选入，每种词集前，附有作者简介。

尚神情韵味，标举神韵、清空、淡远、清丽，等等，由许昂霄（号蒿庐）《词综偶评》阐发。以厉鹗（字太鸿，又字雄飞，号樊榭、南湖花隐等）为代表的后期浙西词派词人，发展和修正了浙西词派的主张，使之得以广大，气势甚盛。然厉鹗之后，此派日渐衰颓。人们对浙西词派的创作和理论主张颇称颂，吴衡照（字夏治，号子律）《莲子居词话》卷三"浙派三家"条说："竹垞有名士气，渊雅深稳，字句密致。自明季左道言词，先生标举准绳，起衰振声，厥功良伟。"①

嘉庆间，常州词派兴起，促进了词学的繁荣。该派强调意内言外、比兴寄托，"感物而发"、"缘情造端"。该派创始者张惠言（字皋文，号茗柯）在《词选序》② 中说："词者，盖出于唐之诗人，采《乐府》之音以制新律，因系其词，故曰'词'。《传》曰：'意内而言外谓之词。'其缘情造端，兴于微言，以相感动，极命风谣，里巷男女哀乐，以道贤人君子幽约怨悱不能自言之情，低徊要眇以喻其致。盖《诗》之比、兴、变风之义，骚人之歌则近之矣。然以其文小，其声哀，放者为之，或跌荡靡丽，杂以昌狂俳优，然要其至者，莫不恻隐盱愉，感物而发，触类条鬯，各有所归，非苟为雕琢曼辞而已。"③ 该派主将周济（字保绪，一字介存，号未斋，晚号止庵）《介存斋论词杂著》"词亦有史"条说："感慨所寄，不过盛衰：或绸缪未雨，或太息厝薪，或己溺己饥，或独清独醒，随其人之性情学问境地，莫不有由衷之言。见

---

① （清）吴衡照：《莲子居词话》卷三"浙派三家"，见唐圭璋《词话丛编》，第2459页。

② 《词选》由张惠言选编，清嘉庆二年（1797）刊行，张惠言叙，载该书卷首，署"嘉庆二年八月"。该书选唐李白、温庭筠、无名氏三家等词人作品二十首；五代词人李璟、李煜、韦庄等八家，词作二十六首；宋词人三十三家，词作七十首。该书有《四库全书》本，有清道光刊本，有《四部备要》本，现代有中华书局1957年版，还有《百花洲文库》本（江西人民出版社1984年版）。本书所引张惠言《词选叙》乃唐圭璋《词话丛编》之《张惠言论词·附录·词选序》。

③ 《张惠言论词·附录·词选序》，见唐圭璋《词话丛编》，第1617页。

事多，识理透，可为后人论世之资。诗有史，词亦有史，庶乎自树一帜矣。"① 张惠言《论词》和周济《介存斋论词杂著》（均见唐圭璋编《词话丛编》）传达出常州词派的思想，在词学史上影响颇大。吴梅（字瞿安，号霜厓）《词学通论》说："皋文《词选》一编，扫靡曼之浮音，接风骚之真脉，直具冠古之识力者也。词亡于明。至清初诸老，具复古之才，惜穷究源流。干嘉以还，日就衰颓。皋文与翰风（按张惠言的弟弟张琦字字翰风，二人共编《词选》）出，而溯源竟委，辨别真伪，论文范文常州词派成，与浙词分镳争先矣。"② 张惠言《词选序》的理论主张在当时就得到许多词人如黄景仁、恽敬等的赞同，后又经他的外甥和学生董士锡以及他的后继者周济等修正、宏大，为许多词家接受，同治、光绪间谭献、庄棫、冯煦、陈廷焯和晚清四大家王鹏运、郑文焯、朱祖谋、况周颐可谓常州词派理论思想的继承和发扬者。

到19世纪，像刘熙载（字伯简，号融斋，晚号寤崖子）《词概》之"词品"说（即人品与词品相统一），陈廷焯（字亦峰，又字伯与）《白雨斋词话》之"沉郁"说，王鹏运（字佑遐，一字幼霞，自号半塘老人，晚年又号鹜翁、半塘僧鹜、半塘）之力尊词体、尚体格、提倡"自然从追琢中来"，况周颐（字夔笙，一字揆孙，别号玉梅词人、玉梅词隐，晚号蕙风词隐）《蕙风词话》之"作词有三要，曰重、拙、大"，以及张德瀛（字采珊，号清音堂）《词徵》、郑文焯（字俊臣，号小坡，又号叔问，晚号鹤自号石芝崦主及大鹤山人）《大鹤山人词话》、朱祖谟（原名朱孝臧，字藿生，号沤尹，又号彊村）《彊村老人评词》，等等，自有诸多建树，都有独到之处。特别是到了19世纪末20世纪初，

---

① （清）周济：《介存斋论词杂著》"词亦有史"条，见唐圭璋《词话丛编》，第1630页。

② 吴梅：《词学通论》，华东师范大学出版社1996年版，第171页。

王国维（初名国桢，字静安，亦字伯隅，初号礼堂，晚号观堂，又号永观）《人间词话》引进了西方的一些美学观念如"理想"、"写实"、"主观"、"客观"等，深化和完成了词之"境界"说，与当年之李渔更是不可同日而语。

　　然而，我们应该看到后来的词话或词学家受到李渔的影响。前已说到王国维"一切景语皆情语"与李渔关于情景关系的论述之间的承续脉络，兹不再赘言。关于诗词曲之别，清晚期杜文澜（字小舫）《憩园词话》卷一"论词三十则"有一段论述："近人每以诗词词曲连类而言，实则各有蹊径。《古今词话》载周永年曰：'词与诗曲界限甚分明，惟上不摹香奁，下不落元曲，方称作手。'（按，这段话亦见于清沈雄《古今词话·词品下卷·禁忌》）又曹秋岳司农云：'上不牵累唐诗，下不滥侵元曲，此词之正位也。'二说诗曲并论，皆以不可犯曲为重。余谓诗词分际，在疾徐收纵轻重肥瘦之间，娴于两途，自能体认。至词之与曲，则同源别派，清浊判然。自元以来，院本传奇原有佳句可入词林，但曲之迳太宽，易涉粗鄙油滑，何可混羼入词。"① 周永年、曹秋岳、杜文澜等人的观点不但与李渔相近，而且用语何其相似乃尔！还有，近代曲学大师吴梅《词学通论》第一章《绪论》直接引用（袭用）了李渔的话："作词之难，在上不似诗，下不类曲。不淄不磷，立于二者之间。要须辨其气韵，大抵空疏者作词易近于曲，博雅者填词不离乎诗。浅者深之，高者下之，处于才不才之间，斯词之三昧矣。"② 周永年、曹秋岳差不多与李渔同时，是否受到

---

① （清）杜文澜：《憩园词话》卷一"论词三十则"，见唐圭璋《词话丛编》，第2859页。

② 吴梅的话见吴梅《词学通论》，华东师范大学出版社1996年版，第2页。

李渔《窥词管见》第一则的原话是："作词之难，难于上不似诗，下不类曲，不淄不磷，立于二者之中。大约空疏者作词，无意肖曲，而不觉仿佛乎曲。有学问人作词，尽力避诗，而究竟不离于诗。一则苦于习久难变，一则迫于舍此实无也。欲为天下词人去此二弊，当令浅者深之，高者下之，一俯一仰，而处于才不才之间，词之三昧得矣。"

李渔影响，尚不敢断定，但杜文澜晚于李渔二百年，说他以及清代中晚期许多词家受到李渔的影响，恐怕不是没有缘由吧。

7

笠翁通过《窥词管见》，建立了他自己的富有特色"李渔词学"，我这部《李笠翁词话》所作注评的主要内容即是对《窥词管见》的价值和贡献进行较详细的解析；此外，李渔还写过一部《笠翁词韵》[①]，该书谈到明末清初有关"词韵"著作的情况，具有重要参考价值。他在《笠翁词韵·例言》中说："词韵非止向无成书，且未有言及此者。自沈子去矜[②]，殚心斯道，与予友毛子稚黄[③]，朝夕辩论，穷幽极妙。沈子著有《韵略》一篇，毛子著有《词韵概略》及《韵学通指》诸书，词学始得昌明于世。然皆附于诗文诸刻之中，并无专刻，是以见者寥寥。迨赵子千门，始

---

① 《笠翁词韵》不见于雍正八年（1730）芥子园本《笠翁一家言全集》。浙江古籍出版社1991年版的《李渔全集》将它编入第十八卷，本书据此。《李渔全集》校勘者说：《笠翁词韵》见于康熙十七年（1678）翼圣堂本《笠翁一家言全集》。但是，前已指出，李渔在世时是否编辑出版过《笠翁一家言全集》，是有争论的。倘如此，《李渔全集》校勘者的所谓"《笠翁词韵》见于康熙十七年（1678）翼圣堂本《笠翁一家言全集》"就要打上一个问号。这个问题需要学者们进一步考证。李渔自己提及《词韵》，是在康熙十七年戊午序刻的《耐歌词》附录《窥词管见》中，谓"《笠翁诗韵》一书刊以问世，当再续《词韵》一种，了此一段公案"。初版未见。估计是杂汇《全集》者将初刻本纳入。

② 沈谦（1620—1670），字去矜，号东江，仁和临平人，明末清初韵学家。

③ 毛稚黄：名先舒（1620—1688），钱塘人，工诗文，乃"西泠十子"领袖，与毛际可、毛奇龄共称"浙中三毛，东南文豪"。清吴衡照《莲子居词话》之《毛稚黄词》条曰："二毛（指毛际可、毛奇龄）皆出仕，独先生（指毛稚黄）中年失音，杜门十载后始愈，盛夏至拥絮草褥二十八重，同人为作草荐先生传。"李渔《笠翁词韵·词韵例言》中曾赞扬沈子著有《韵略》一篇，毛子著有《词韵概略》及《韵学通指》诸书，词学始得昌明于世。毛稚黄是李渔的老友、好友，过往密切，多有诗书赠答，而且在书信中多次讨论词学问题。二人对彼此生活也互相关心备至。李渔曾寄诗曰"百事都忘病后身，因怀朋旧忽伤神"，"识君似饮中山酒，千日沉酣只为醇"；李渔还曾写信给毛稚黄，请他为《一家言》二集作评。而最能表现二人友情的，是笠翁听说毛稚黄婢女朱弦病逝，立即写了一篇《朱静子传》以为纪念，写得楚楚殷殷，动人心魄。

刻《词韵便遵》①一书，合两家论议而成之，但其编辑之法，仍不离休文诗韵②，未能变通作者之意，是可惜耳。"③ 李渔在这里说"词韵非止向无成书，且未有言及此者"，此言也不完全确切。其实在宋代，朱敦儒（1081—1183，字希真）曾有"词韵十六条"，虽亡佚，但元代陶宗仪曾见过。据沈雄《古今词话》之《词品》记载："陶宗仪韵记曰：本朝应制颁韵，仅十之二三，而人争习之。户录一编以粘壁，故无定本。后见东都朱希真复为拟韵，亦仅十有六条。其闭口侵寻监咸廉纤三韵，不便混入，未遑校雠也。鄱阳张辑，始为衍义以释之。洎冯取洽重为缮录增补，而韵学稍为明备通行矣。值流离日，载于掌大薄，蹄藏于树根盆中，湿朽虫蚀，字无全行，笔无明画，又以杂叶细书如半菽许，愿一有心世道者，详而补之。然见所书十六条，与周德清所辑，小异大同，要以中原之音，而列以入声四韵为准。观南村所记，知宋人制词无待韵本，若张冯所记者，亦泯灭久矣。"④ 朱敦儒的"词韵十六条"颇有影响，人们根据朱敦儒的词集《樵歌》用韵情况，复原其十六条原貌，现代著名学者夏承焘、黎锦熙还专门进行研究。在李渔当时，除了他提到的沈谦《韵略》和毛稚黄《词韵概略》及《韵学通指》外，尚有仲恒《词韵》、吴烺与程世

① 《词韵便遵》（或名《赵氏词韵》），清赵钥撰。赵钥字千门，号南金，山东莱阳人，顺治十五年与邹祗谟、王士祯同科中进士，官南昌府推官。（关于赵千门资料，乃蒋寅教授提供，谨表谢忱）。许宗元《中国词史》提到沈谦和李渔的词韵著作，并且说之后仲恒《词韵》以沈谦为蓝本；道光年间有戈载《词林正韵》，乃吸收前人成果而集大成。

② 魏晋南北朝南朝沈约（441—513），字休文，吴兴武康（今浙江德清）人，南朝史学家、文学家。仕宋齐梁三朝。沈约与同时代其他文人发现四声，对中国诗韵贡献多多。李渔所谓"休文诗韵"大概指他的《四声谱》。

③ （清）李渔：《词韵例言》，见《李渔全集》第十八卷，浙江古籍出版社1991年版，第363页。

④ （清）沈雄：《古今词话》之《词品》上卷"详韵"条，见唐圭璋《词话丛编》，第831页。又见张德瀛《词徵》卷三"陶宗仪韵记"，载唐圭璋《词话丛编》，第4122页。

明《学宋斋词韵》、郑春波《绿绮亭词韵》诸书。沈谦《词韵》在当时颇受关注，对后来者影响很大；而《笠翁词韵》也是其中富有自己特色的一种。有的学者已经注意到李渔的这部词韵，如许宗元《中国词史》就简单回顾了"词韵"的历史，说："自明末清初沈谦、李渔等作词韵后，有清一代，词韵著作迭起……"①孙克强《清代词学》也说"清代是词韵研究发达的时期"，"举其著名者"，第一部就标出《笠翁词韵》。

《笠翁词韵》是一部工具书，然而李渔不但在词韵学上写得具有新意，富有创新精神，而且竟然在美学上也写得具有某种理论性。

第一，李渔在《笠翁词韵》中，从音韵学的角度，通过诗韵、词韵、曲韵的比较，找出诗韵与词韵的差别，进行理论总结，他说："诗韵严，曲韵宽，词韵介乎宽严之间，此一定之理也。"又说："予谓词则词，诗则诗，既名词韵，胡复云诗？且作词之法，务求声韵铿锵，宫商迭奏，始见其妙。"他洋洋自得地宣称："是集（指《笠翁词韵》——笔者注）操纵得宜，宽严有度，务使严不似诗，而宽不类曲，词之面目，已全现乎声韵中矣。"这是词韵学中的美学理论。

第二，李渔参照古韵而不泥古，认真继承而又大胆变革，他批评说："窃怪宋人作词，竟有全用'十灰'一韵，以梅、回、陪、催等字，与开、来、栽、才等字同押者，此失于过严不可取法者也。……若无词韵一书作准绳，则泥古之士，必为前人所误，得词之名而失其实矣。今人作词，无所取法，又有以《中原音韵》为式者，至入声字与平上去同押，是又失于太宽。因无绳墨，无可奈何而为之，非得已也。总之，诗体肇于《三百篇》，乃上古之文也。上古之文，其音务合古人之口。词则始于唐宋，乃后世之

---

① 许宗元：《中国词史》，黄山书社1996年版，第11页。

文也。后世之文，其韵务谐后世之音。"他还说："诗韵之必不可通于词韵者，不止梅、回等字。如'四纸'之士、氏、仕，'七麌'之巨、炬、据、宁、苎、仁，'十贿'之待、怠、殆，'七阳'之象、像、丈，皆作上声，诗体则然，词则万无是理，此周德清之不收入上而入去也。迩来词韵都仍旧贯，总之移来易去，其于休文诗韵，只能动其皮毛，不能伤其筋骨，此因才胜于胆，胆为才制而然。予则才细如丝，胆大于斗，故敢纵意为之。知我罪我，悉听于人，有延颈待诛而已。"① 因此，他的"词韵"同他的"诗韵"一样，颇有创新之意，"非取古人已定之四声，稍稍更易之而攘为己有"，而是与时俱进，通过变通革新而合乎"今人之口"，以适合"今人"之用。② 只有"才细如丝，胆大于斗"如李渔者，才能进行如此大胆尝试；而只有进行尝试，通过填词实践不断检验修正，才能对学术有所推进。

《笠翁词韵》也保存了李渔那个时代音韵学的一些资料，我建议今天的学者，特别是音韵学界的朋友们，研究一下《笠翁词韵》。

8

清是词复兴的时代，优秀词人云集，词论著作接踵问世。李渔不仅是杰出的戏曲家、小说家，而且善于填词，并有不少优秀作品；当时许多著名词人如吴伟业（字骏公，号梅村）、陈维崧（字其年，号迦陵）、丁澎（字飞涛，号药园）、尤侗（字展成，号悔庵）、毛奇龄（字大可，号秋晴）、毛先舒（一名骙，字稚黄）、余怀（字澹心，号曼翁）、顾贞观（字远平，号梁汾）等等也与李渔交好，并对《耐歌词》和《窥词管见》作过眉批，有的还相唱和。但李渔毕竟主要不是以词作和词论名世。人们更为称

① （清）李渔：《词韵例言》，见《李渔全集》第十八卷，第361—363页。

② （清）李渔：《诗韵序》，见《李渔全集》第十八卷，第207页。

赞的是李渔的传奇作品、小说作品和《闲情偶寄》。李渔之后，某些论家虽有许多词学观点与李渔相同或相近，或许受到过李渔的影响；但专门赞扬李渔词作、词论者不多，直接引述李渔词论者更少（我印象只有王又华《古今词论》有"李笠翁词论"① 一节）。所以不能不说，李渔在词的创作和词学理论方面的影响是相当有限的。

然而，如果我们今天从词学学术史的总体看，用历史主义的标准来评价李渔词论，我要说《窥词管见》在中国词学史上应该占有一席之地；如果把《窥词管见》放回它那个时代，可以看到它仍然发着自己异样的光彩。李渔的词学思想同他的戏剧美学、园林美学、仪容美学一样，有许多精彩之处值得重视、值得借鉴、值得发扬。

现代以来研究李渔《窥词管见》者，以 80 多年前（1927）顾敦鍒那篇发表在《燕大月刊》第 1 卷第 2 至 4 期上的《李笠翁词学》最好。该文比较全面地考察了《窥词管见》的主要思想观点，列表总结李渔词学在"词的界说"、"词料运用"、"词贵创新"、"词须明白"、"词须一贯"、"词须后劲"、"词的音韵"7 个方面的内容，指出它"成为一个颇有系统的组织；与随想随写，杂乱无章的笔记文字不同"，甚至说"看表中加的标题，笠翁居然像一个现代的新文学理论家"；在评述李渔词学观点时还能以李渔自己的词作为例证，结合作品进行分析，增加了说服力。但是该文没有把李渔词学放在中国词学思想理论史和学术史上来考察，缺乏历史意识，所以不能见出《窥词管见》和李渔词学的真正学术史价值、理论贡献、历史地位和现实意义。

如果有哪位学者重写中国词学史，请把李渔在中国词学史上本来应有的光彩擦亮。不知读者诸君是否认同我的这个意见。

---

① （清）王又华：《古今词论》"李笠翁词论"，见唐圭璋《词话丛编》，第 607 页。

9

李渔不但是清初重要的词学家，而且是重要的词作者。其词学，除了继承和借鉴以往的理论成果，总结历代词人创作实践，也渗透了自己的填词体验。因此，为了更好地把握笠翁词学，特把笠翁词集《耐歌词》附于后，请读者诸君亲自检验一下李渔是否（或者怎样）在填词实践中贯彻自己的词学主张，也一睹他的词作风采。

（2017 年 5 月草，6 月 29 日改，9 月 17 日又改）

《窥词管见》二十二则

第一则　词立于诗曲二者之间[①]

作词之难，难于上不似诗，下不类曲，不淄不磷，立于二者之中。大约空疏者作词，无意肖曲，而不觉仿佛乎曲。有学问人作词，尽力避诗，而究竟不离于诗。一则苦于习久难变，一则迫于舍此实无也。欲为天下词人去此二弊，当令浅者深之，高者下之，一俯一仰，而处于才不才之间，词之三昧得矣。（毛稚黄[②]评：词学少薪传，作者皆于暗中摸索。笠翁童而习此，老犹不衰，今尽出底蕴以公世，几于暗室一灯，真可谓大公无我。是书一出，此道昌矣。）

"第一则"评：词的特点和位置

《窥词管见》作为李渔最重要的词学著作，提出了许多今天仍有价值的思想。李渔的好友毛稚黄对第一则所作眉批"词学少薪传，作者皆于暗中摸索。笠翁童而习此，老犹不衰，今尽出底蕴

---

① 唐圭璋《词话丛编》将《窥词管见》每一则下都加了小标题，点出本则主旨。第一则小标题是："词立于诗曲二者之间"。后面每一则下的小标题，都引自唐圭璋《词话丛编》，不再注出。

② （清）毛稚黄：毛先舒，字稚黄，又字驰黄，李渔的好友。毛稚黄作为清初重要词学家，其批语是有分量的。

以公世，几于暗室一灯，真可谓大公无我。是书一出，此道昌矣"，虽然其中某些语句如"暗室一灯"、"是书一出，此道昌矣"带有私情溢美的成分，但其言并不离谱。毛稚黄作为清初的重要词学家，一直密切关注填词实践和词学理论，当时曾经发生过毛稚黄与沈谦之间关于词学见解的争辩，毛写了《与沈去矜论填词书》①，沈有《答毛稚黄论填词书》②，对词家个性和风格多样性等问题进行讨论，他们都是行家。可知，毛稚黄深谙填词之道。总体说，毛稚黄的批语基本符合《窥词管见》的实际品性和价值。譬如本则中李渔关于把握词的本性，将诗、词、曲三者进行比较而寻找词的特点的那些文字，就相当精彩，而且对后人发生了积极影响，近人吴梅《词学通论》③ 第一章《绪论》曰"作词之难，在上不似诗，下不类曲，不淄不磷，立于二者之间"，没有注明出处，一看便知是直接袭用了李渔的话。

《窥词管见》前三则即在比较中讲词与诗和曲的关系及区别，对词的性质、特点、位置进行界说。

词是什么？词是中国古典诗歌的一种。假如套用今天人们简单而通俗的说法，就是"歌词"（即"歌"之"词"）；或按唐代敦煌古籍里的说法是"曲子词"，即"曲子"之"词"也。这是它最初的名字，或曰本名。词的名称很多，许宗元《中国词史》就列出29种：曲子词、曲子、诗客曲子词、词、长短句、诗余、今曲子、歌词、乐府、新乐府、今乐府、乐府词、近体乐府、寓声乐府、倚声、歌曲、乐章、樵歌、大曲、渔唱、渔谱、笛谱、渔

---

① （清）毛稚黄：《与沈去矜论填词书》，见《毛驰黄集》卷五，该书有康熙刻本，国家图书馆和山东省图书馆均有藏本。

② （清）沈谦：《答毛稚黄论填词书》，见《东江集钞》卷七，该书有清康熙十五年刻本，国家图书馆、上海图书馆和浙江图书馆均有藏本。

③ 《词学通论》最早由东南大学1912年铅印，1932年由商务印书馆正式出版，后来商务印书馆、台湾商务印书馆、华东师范大学出版社、复旦大学出版社等分别予以再版。本书引自《词学通论》华东师范大学出版社1996年版，第2页。

笛谱、遗音、别调、语业、痴语、绮语债、琴趣，等等。①

　　一般而言，中国古代，"诗乐舞"不分家，诗总是与舞、与乐联系在一起；所谓与乐联系在一起，就是说，它总是唱的，《墨子·公孟篇》"诵诗三百，弦诗三百，歌诗三百，舞诗三百"②中所谓"歌"者，即"唱"也。先秦时《诗三百》的"风雅颂"，是与不同音乐相配歌唱的诗（词），与"风"诗（词）相配的是民间音乐，与"雅"诗（词）相配的是朝廷宴乐，与"颂"诗（词）相配的是庙堂颂乐。后来一般通称先秦配诗（词）的古乐为"雅乐"。汉代，乐府起，与乐府诗（词）相配的是"清乐"。至隋唐，古乐式微，越来越不受人们的待见，元稹《立部伎》（和李校书新题乐府十二首之七）有句曰："太常雅乐备宫悬，九奏未终百僚惰。恹滞难令季札辨，迟回但恐文侯卧。工师尽取聋昧人，岂是先王作之过。宋沈尝传天宝季，法曲胡音忽相和。"③可见，那种使得"九奏未终百僚惰"的"太常雅乐"，真是到了穷途末日了，而"法曲胡音"，也就是一种新的音乐"燕乐"，兴盛起来，大受欢迎。当时与"燕乐"相配的诗，就是词。

　　燕乐是怎么回事？它就是当时新兴的流行音乐。或许它最早起于民间，后官方也有意识地进行制作。据记载，唐贞观年间协律郎张文收奉召制燕乐。所谓燕乐，与单纯、清雅、古板的雅乐、清乐不同，除了奉召而制之外，又糅合民间音乐、西域音乐、少数民族音乐以至宗教音乐等等而成，成分驳杂，富于变化，机动灵通，活泼多样，颇受当时一般人的喜爱，是以流行。词的早期，譬如初唐乃至盛唐，词与齐言诗（绝句、律

---

① 许宗元：《中国词史》，第13—14页。
② 《墨子》，上海古籍出版社1989年版，第100页。
③ （唐）元稹《立部伎》（和李校书新题乐府十二首之七），见《全唐诗》卷四百十九，中华书局1960年版，第4617页。

诗等）混为一体，诗、词兼于一身，词常常混于诗集之中，如贺知章的《咏柳》"碧玉妆成一树高，万条垂下绿丝绦。不知细叶谁裁出，二月春风似剪刀"①，《全唐诗》列为绝句，但《咏柳》题下又注曰"一作《柳枝词》"。燕乐大行之后，为了与这种灵通多样的音乐相配，就不能完全依照"齐诗"（如五七言律诗绝句等）写词，而是依乐谱的节奏、旋律的变化，而填上字数不等的文字；也有人说是依乐谱的节奏、旋律而加入"和声"、"虚声"、"泛声"、"散声"等等，变化为长短不齐的句子。宋沈括《梦溪笔谈》曰："诗之外又有和声，则所谓曲也。古乐府皆有声有词，连属书之，如'贺贺贺、何何何'之类，皆和声也。近管弦之中缠声，亦其遗法也。唐人乃以词填入曲中，不复用和声。"② 明胡震亨《唐音癸签》也说："古乐府诗，四言、五言，有一定之句，难以入歌，中间必添和声，然后可歌。如'妃呼豨'、'伊何那'之类是也。唐初歌曲，多用五七言绝句，律诗亦间有采者，想亦有剩字剩句于其间，方成腔调。其后即以所剩者作为实字，填入曲中歌之，不复别用和声……此填词所由兴也。"③这就是"曲子词"，或称"曲子"、"长短句"、"倚声"、"乐府"等等，宋之后至今天，专称之为"词"；而且要"倚声填词"。所谓"倚声填词"之"声"，就有各种不同的"曲调"，各种不同的"词牌"。这就是词的产生和兴起。宋代王灼《碧鸡漫志》说：

---

① （唐）贺知章：《咏柳》，《全唐诗》卷一百十二，中华书局1960年版，第1147页。

② （宋）沈括（1031—1095）《梦溪笔谈》现存最古版本乃元大德九年（1305）陈仁子东山书院刻本，现藏中国国家图书馆，文物出版社1976年、国家图书馆2003年影印该刻本。中华书局1957年出版了《梦溪笔谈》，同年中华书局又出版了胡道静校注的《新校正梦溪笔谈》，2009年中华书局出版了《梦溪笔谈》张富祥译注本。本书引文《新校正梦溪笔谈》卷五"乐律"一，出自中华书局1957年版，第62页。

③ （明）胡震亨：《唐音癸签》卷十五"乐通四"，上海古籍出版社1981年版，第168页。

"盖隋以来，今之所谓曲子者渐兴。"① 据考，敦煌曲中的《斗百草》、《水调》、《杨柳枝》就是隋代民间曲子。当时的统治者也不甘寂寞。据《教坊记》"安公子"条："隋大业末，炀帝将幸扬州，乐人王令言以年老不去，其子从焉。其子在家弹琵琶，令言惊问：'其曲何名？'其子曰：'内里新翻曲子，名《安公子》。'"② 这就是最高统治者对新兴曲子的倡导和推动。唐开元、天宝年间，玄宗于旧国乐机构"太常寺"之外，另设俗乐机构"教坊"和"梨园"，燕乐大行，《霓裳羽衣曲》即是代表性作品之一。据宋郭茂倩《乐府诗集》说，玄宗的教坊有一万多"音声人"。上之所好，下必甚焉。"倚声填词"遂盛，"声辞繁杂，不可胜纪"。③虽经安史之乱，亡失殆尽，幸有崔令钦《教坊记·曲名表》得以留存三百多个曲名。

　　李渔一贯善于从比较之中找出所论事物的特点。如何比？要找最相近的两个事物相互考虑。就词而言，如果将词与古文、小说等等明显不同的文体放在一起，很容易看出差别，那对于真切把握词的特征没有多大意义，因为差别大的东西，人们一眼即可见出各自特点，而差别小的东西才最易相混，把最易相混的东西区分开来，即能抓住它的本质特性。词与什么文体相近？诗与曲也。所以李渔界定词的特点，开宗明义，第一则即拿词与诗和曲

---

　　① （宋）王灼：《碧鸡漫志》卷一"歌词之变"，见唐圭璋《词话丛编》，第74页。

　　② （唐）崔令钦：《教坊记》"安公子"条，见中国戏曲研究院编《中国古典戏曲论著集成》（一），中国戏剧出版社1959年版，第8页。

　　③ （宋）郭茂倩《乐府诗集》卷七十九《近代曲辞》一："唐武德（唐高祖李渊年号）初，因隋旧制，用九部乐。太宗（李世民）增《高昌乐》，又造《燕乐》而去《毕礼曲》。其著令者十部：一曰《燕乐》，二曰《清商》，三曰《西凉》，四曰《天竺》，五曰《高丽》，六曰《龟兹》，七曰《安国》，八曰《疏勒》，九曰《高昌》，十曰《康国》，而总谓之燕乐。声辞繁杂，不可胜纪。凡燕乐诸曲，始于武德、贞观（太宗年号），盛于开元、天宝（明皇李隆基年号）。其著录者十四调、二百二十二曲。"该书有中华书局1979年版。

比较，说它"上不似诗，下不类曲，不淄不磷，立于二者之中"。李渔这里以"上"、"中"、"下"摆放诗、词、曲的位置，而词居其"中"。李渔之前，许多词论者也注意到词的这个特点，特别是把词与诗区别开来，他们一个通常的观念即是所谓诗庄而词媚、诗雅而词俗；而曲，则比词还要俗。后来的一些词论者，也重复说着差不多同样的话，如清中叶的谢元淮《填词浅说》之首节《词为诗余》中就说："是知词之为体，上不可入诗，下不可入曲。要于诗与曲之间，自成一境。守定词场疆界，方称本色当行。"① 在李渔看来，诗更高雅一些，曲则浅俗一些，词则在雅俗之间。故李渔告诉填词者："当令浅者深之，高者下之，一俯一仰，而处于才不才之间，词之三昧得矣。"

前引李渔《笠翁词韵》中，还从音韵学的角度，通过诗韵、词韵、曲韵的比较，找出诗韵与词韵的差别，所谓"诗韵严，曲韵宽，词韵介乎宽严之间，此一定之理也"，"操纵得宜，宽严有度，务使严不似诗，而宽不类曲，词之面目，已全现乎声韵中矣"。②

李渔之前，也有不少人界定词的特点。例如李清照倡言词"别是一家"："……逮至本朝，礼乐文武大备。又涵养百余年，始有柳屯田永者，变旧声作新声，出《乐章集》，大得声称于世；虽协音律，而词语尘下。又有张子野、宋子京兄弟，沈唐、元绛、晁次膺辈继出，虽时时有妙语，而破碎何足名家！至晏元献、欧阳永叔、苏子瞻，学际天人，作为小歌词，直如酌蠡水于大海，然皆句读不葺之诗尔。又往往不协音律者，何耶？盖诗文分平侧，而歌词分五音，又分五声，又分六律，又分清浊轻重。且如近世所谓《声声慢》、《雨中花》、《喜迁莺》，既押平声韵，又押入声韵；《玉楼春》本押平声韵，又押上去声，又押入声。本押仄声韵，如押上声则协；如押入声，则不可歌矣。王介甫、曾子固，

---

① （清）谢元淮：《填词浅说》"词为诗余"条，见唐圭璋《词话丛编》，第2509页。
② （清）李渔：《词韵例言》，见《李渔全集》第十八卷，第361—362页。

文章似西汉，若作一小歌词，则人必绝倒，不可读也。乃知别是一家，知之者少。后晏叔原、贺方回、秦少游、黄鲁直出，始能知之。又晏苦无铺叙，贺苦少重典，秦即专主情致，而少故实，譬如贫家美女，非不妍丽，而终乏富贵态。黄即尚故实而多疵病，譬如良玉有瑕，价自减半矣。"① 可以看出，易安居士主要从填词须合音律的角度，把不太"正宗"的词（即她所谓"皆句读不茸之诗尔"）和比较纯正的词相比较，见出词的特点。之后，张炎《词源》（卷下）"赋情"条说"簸弄风月，陶写性情，词婉于诗"②；陆辅之《词旨》（上）开头便讲"夫词亦难言矣，正取近雅，而又不远俗"③；《艺苑卮言》在谈明词与元曲时谓"元有曲而无词，如虞、赵诸公辈，不免以才情属曲，而以气概属词，词所以亡也"④；明杨慎《词品》（卷之四）"评稼轩词"条中，说"近日作词者，惟说周美成、姜尧章，而以东坡为词诗，稼轩为词论。此说固当，盖曲者曲也，固当以委曲为体。然徒狃于风情婉娈，则亦易厌。回视稼轩所作，岂非万古一清风哉"⑤。

上述列举各家，从比较中指出词之特征，各有妙处，李清照说得尤其精到；而李渔在继承前人基础上有所发展、有所前进，特别是从内在精神上秉受李清照词"别是一家"的理念而随时代之变化加以推衍，提出词乃"上不似诗，下不类曲"，相当准确地抓住词的基本特征，论述得十分明确、清楚、干脆、利落。

第一则是李渔把词、诗、曲放在一起，从总体上对词的把握。下面两则，则分述之。

---

① 《魏庆之词话》之"李易安评"条，见唐圭璋《词话丛编》，第202页。
② （宋）张炎：《词源》卷下"赋情"条，见唐圭璋《词话丛编》，第2263页。
③ （宋）陆辅之：《词旨》（上），见唐圭璋《词话丛编》，第301页。
④ （明）王世贞：《艺苑卮言》"评明人词"条，见唐圭璋《词话丛编》，第393页。
⑤ （明）杨慎：《词品》（卷之四）"评稼轩词"条，见唐圭璋《词话丛编》，第503页。

第二则　词与诗有别

词之关键，首在有别于诗固已。但有名则为词，而考其体段，按其声律，则又俨然一诗，欲觅相去之垠而不得者。如《生查子》① 前后二段，与两首五言绝句何异。《竹枝》② 第二体、《柳枝》③ 第一体、《小秦王》④、《清平调》⑤、《八拍蛮》⑥、

---

① 《生查子》：词牌（或称词调）名，原为唐教坊曲。又名《楚云深》、《梅柳和》、《晴色入青山》、《绿罗裙》、《陌上郎》、《遇仙楂》、《愁风月》等，双调四十字，前后阕格式相同，各两仄韵，上去通押。如晏几道之《生查子》：关山魂梦长，塞雁音书少。两鬓可怜青，只为相思老。归傍碧纱窗，说与人人道："真个别离难，不似相逢好。"《四库全书》之《钦定词谱》卷三下对《生查子》词牌也有简略解释。

② 《竹枝》：据清《四库全书》之《钦定词谱》卷一（上）："竹枝，唐教坊曲名。元郭茂倩《乐府诗集》云：竹枝本出于巴渝，唐贞元中，刘禹锡在沅、湘，以里歌鄙陋，乃依骚人九歌，作竹枝新调九章，教里中儿歌之。由是盛于贞元元和之间。按《刘禹锡集》，与白居易唱和竹枝甚多，其自叙云：竹枝，巴歈也。巴儿联歌，吹短笛击鼓以赴节，歌者扬袂睢舞。其音协黄钟羽，但刘白词俱无和声。"（本书关于词牌的解释，多采自清《四库全书》之《钦定词谱》，特此说明）其实，像"竹枝"、"柳枝"之类词调，最初都是民间歌调。

③ 《柳枝》：亦称"柳枝词"，清丽委婉，可以歌唱。亦由巴渝民歌演变而来，其与"竹枝词"体同而实异，以其专咏杨柳也。唐五代文人（如刘禹锡等）有不少"柳枝词"之作。《全唐五代词》词牌目录《柳枝词》二十五首。今举清厉鹗《西湖柳枝词》（之一）为例：相识东风万万条，游冶付与玉骢骄。等闲回首情难尽，行过长桥又短桥。（厉鹗《樊榭山房集》之"词集"，见上海古籍出版社1992年版）

④ 《小秦王》：又名《阳关曲》。据清《四库全书》之《钦定词谱》卷一（下）："阳关曲，本名《渭城曲》。宋秦观云：《渭城曲》绝句，近世又歌入《小秦王》，更名《阳关曲》。属双调，又属大石调。按，唐教坊记，有《小秦王曲》，即《秦王小破阵乐》也，属坐部伎。"

⑤ 《清平调》：词牌名。唐教坊曲，用作词调。又名《清平乐令》、《醉东风》、《忆萝月》。此调易与李白《清平调》相混，张君房《脞说》，即指此为《清平乐》曲。平仄转换格。双调，四十六字，平仄韵转换，先仄后平。上片四句二十二字，仄韵，每句用韵；下片四句二十四字，转平韵，三句用韵。

⑥ 《八拍蛮》：唐教坊曲名，始于八拍之"蛮"歌，后用为词牌。七言四句，二十八字，单调，平韵。其一、三句皆仄起。其名称由来，与《八拍子》、《十拍子》相类。《钦定词谱》卷二（下）谓："孙光宪词，所咏俱越中事，或即八拍之蛮歌也。"所列孙词，单调，二十八字，四句三平韵。又列五代阎选词一首为别体，单调，二十八字，四句两平韵。并注云："《花间集》孙光宪词一首，阎选词两首，俱拗体七言绝句，不似《竹枝》、《柳枝》，平仄可以不拘也。作者辨之。"

《阿那曲》①，与一首七言绝句何异。《玉楼春》②、《采莲子》③，与两首七言绝句何异。《字字双》④ 亦与七言绝同，只有每句叠一字之别。《瑞鹧鸪》⑤ 即七言律，《鹧鸪天》⑥ 亦即七言律，惟减第五句之一字。凡作此等词，更难下笔，肖诗既不可，欲不肖诗又不能，则将何自而可？曰：不难，有摹腔炼吻之法在。诗有诗之腔调，曲有曲之腔调，诗之腔调宜古雅，曲之腔调宜近俗，词之腔调则在雅俗相和之间。如畏摹腔炼吻之法难，请从字句入手。（方绍村⑦评：大慈悲窠。）取曲中常用之字、习见之句，去其甚俗而存其稍雅又不数见于诗者，入于诸调之中，则是俨然一词，而非诗矣。是词皆然，不独以上诸调。人问：以上诸调明明是诗，必欲强命为词者何故？予曰：此中根据，未尝深考，然以意逆之，当有不出范围者。昔日诗变为词，定由此数调始。取诗之协律便歌者，被诸管弦，得此数首，因其可词而词之，则今日之词名，仍是昔日之诗题

---

　① 《阿那曲》：词牌名，又名《鸡叫子》，七言四句，二十八字，亦很像七言绝句。

　② 《玉楼春》：词牌名，亦称《木兰花》、《春晓曲》、《西湖曲》、《惜春容》、《归朝欢令》。双调五十六字，前后阕格式相同，各三仄韵，一韵到底。例：宋晏几道《木兰花》："秋千院落重帘暮，彩笔闲来题绣户。墙头丹杏雨余花，门外绿杨风后絮。朝云信断知何处，应作襄王春梦去。紫骝认得旧游踪，嘶过画桥东畔路。"

　③ 《采莲子》：词牌名，唐时教坊曲名，有和声，与《竹枝词》相仿。如唐皇甫松《采莲子》："船动湖光滟滟秋，贪看年少信船流。无端隔水抛莲子，遥被人知半日羞。"

　④ 《字字双》：词牌名，七言四句二十八字，每句叠一字，如《全唐诗》卷八九九有一首王丽真女郎的《字字双》："床头锦衾斑复斑，架上朱衣殷复殷。空庭明月闲复闲，夜长路远山复山。"

　⑤ 《瑞鹧鸪》：词牌名。据《钦定词谱》说，《瑞鹧鸪》原本七言律诗，因唐人用来歌唱，遂成词调。双调，五十六字，前段四句三平韵，后段四句两平韵。中间两联例用对偶。

　⑥ 《鹧鸪天》：词牌名，据传取自唐朝郑隅诗"春游鸡鹿塞，家在鹧鸪天"，又称《思越人》、《剪朝霞》、《骊歌一叠》、《醉梅花》、《思佳客》。双调，上片四句，押三平韵，二十八字，下片五句，押三平韵，二十七字，共五十五字。

　⑦ 方绍村：名亨咸，吉偶。顺治四年进士，官获鹿知县，陕西道御史，有政声。工诗文，与李渔多有交往，为其作评。

耳。（何省斋①评：旗亭画壁②诸公，当能会心此论。）

"第二则"评：诗词之别及词的起源

这一则专论词与诗的区别，唐圭璋先生《词话丛编》给它的小标题是："词与诗有别"。

李渔此则中说："诗有诗之腔调，曲有曲之腔调，诗之腔调宜古雅，曲之腔调宜近俗，词之腔调则在雅俗相和之间。如畏摹腔炼吻之法难，请从字句入手。取曲中常用之字，习见之句，去其甚俗，而存其稍雅又不数见于诗者，入于诸调之中，则是俨然一词，而非诗也。"李渔在《笠翁词韵》中也畅言"诗韵严，曲韵宽，词韵介乎宽严之间"③，从"腔调"和"声韵"上指出词与诗、与曲的差别，并且告诉读者填词怎样才能有别于作诗和制曲

① 何省斋：名采（1626—?），同城人，顺治六年进士，官左春坊、侍读，然不谐于时，刚三十岁即辞官。工诗词，有《南涧集》、《南涧词》、《让邨集》等，与李渔诗书应答，是李渔作品主要评家，交往密切。

② 旗亭画壁：唐薛用弱《集异记》卷二记王昌龄、高适、王之涣"旗亭赌唱"故事：开元中，诗人王昌龄、高适、王之涣齐名。一日，三诗人共诣旗亭，贳酒小饮。忽有梨园伶官十数人，登楼会燕。三诗人因避席隈映，拥火炉以观焉。俄有妙妓四辈寻续而至，奢华艳曳，都冶颇极。旋则乐奏，皆当时之名部也。昌龄等私相约曰："我辈各擅诗名，每不自定其甲乙，今者可以密观诸伶所讴，若诗入歌词之多者，则为优矣。"俄而一伶拊节而唱曰："寒雨连江夜入吴，平明送客楚山孤。洛阳亲友如相问，一片冰心在玉壶。"昌龄则引手画壁曰："一绝句。"寻又一伶讴之曰："开箧泪沾臆，见君前日书。夜台今寂寞，独是子云居。"适则引手画壁曰："一绝句。"寻又一伶讴曰："奉帚平明金殿开奉帚平明金殿开，且将团扇暂裴回。玉颜不及寒鸦色，犹带昭阳日影来。"昌龄则又引手画壁曰："二绝句。"涣之自以得名已久，因谓诸人曰："此辈皆潦倒乐官，所唱皆巴人下里之词耳，岂阳春白雪之曲，俗物敢近哉！"因指诸伎之中最佳者曰："待此子所唱，如非我诗，吾即终身不敢与子争衡矣。脱是吾诗，子等当须拜床下，奉吾为师。"因欢笑俟之。须臾，次至双鬟发声，则曰："黄河远上白云间，一片孤城万仞山。羌笛何须怨杨柳，春光不度玉门关。"（唐薛用弱《集异记》三卷，与《博异志》合刊，王达津点校，中华书局1980年版）上述引文见于《集异记》卷二，第11—12页。作者薛用弱，字中胜，河东人。穆宗长庆中（823）任光州刺史，文宗大和中（830）以仪曹郎出守弋阳郡，"为政严而不残，尚称爱民之官"。）

③ （清）李渔：《词韵例言》，见《李渔全集》第十八卷，第361—362页。

的"窍门"。

李渔非常具体地教人如何从字句入手——取曲中常用之字句、去其甚俗而存其稍雅者入于诸调之中，则是词而非诗矣。譬如李渔自己的那首《玉楼春·春眠》就是以"去其甚俗，而存其稍雅"者入词："生来见事烦生恼，坐不相宜眠正好。怕识天明不养鸡，谁知又被莺啼晓。　由人勤俭由人早，懒我百年犹嫌少。蒙头不喜看青天，天愈年少人愈老。"这里的"怕识天明不养鸡，谁知又被莺啼晓。由人勤俭由人早，懒我百年犹嫌少"等等用语，既不像诗那么雅，也不似曲那么俗。不过，填词是一种艺术创造，光靠讲究段落、字句之"技巧"是不够的，也是不行的。譬如上面所举李渔之词，写得很有趣，但是并无深意，游戏文字而已。要写出真正好作品，应如古人所云"功夫在诗外"，而不止于文字技巧。凡艺术创造，皆然。

除了此则将诗词对照见其差别之外，李渔还在第十四则从体裁之段落句式结构上谈到诗词之别："盖词之段落，与诗不同。诗之结句有定体，如五七言律诗，中四句对，末二句收，读到此处，谁不知其是尾？词则长短无定格，单双无定体，有望其歇而不歇，不知其歇而竟歇者，故较诗体为难。"

关于诗词之别，李渔之前也有不少论述。宋代陈师道《后山诗话》批评"退之以文为诗，子瞻以诗为词，如教坊雷大使之舞，虽极天下之工，要非本色"[1]，《魏庆之词话》"东坡"条引了上面这段话之后反驳道："余谓后山之言过矣。"并列举苏东坡"大江东去"等佳作，说："凡此十余词，皆绝去笔墨畦迳间，直造古人不到处，真可使人一唱而三叹。若谓以诗为词，是大不然。子瞻自言平生不善唱曲，故间有不入腔处，非尽如此。后山乃比之教

---

[1]　（宋）陈师道：《后山诗话》，载清何文焕辑《历代诗话》上卷，中华书局 1981 年版，第 309 页。

坊雷大使舞，是何每况愈下，盖其谬也。"① 不管陈师道还是《魏庆之词话》，虽然对苏词意见相反，但有一点是一致的：诗与词应有区别，不能以诗为词。

稍后，沈义父《乐府指迷》"论作词之法"条从另外的角度谈到诗、词的区别："……癸卯，识梦窗。暇日相与倡酬，率多填词，因讲论作词之法。然后知词之作难于诗。盖音律欲其协，不协则成长短之诗。下字欲其雅，不雅则近乎缠令之体。用字不可太露，露则直突而无深长之味。发意不可太高，高则狂怪而失柔婉之意。"② 沈义父主张作词"下字欲其雅"，李渔则强调在"雅俗之间"，好像意见不同；但其余几点，似无"你死我活"的矛盾。沈义父在《乐府指迷》"咏花卉及赋情"条又云："作词与诗不同，纵是花卉之类，亦须略用情意，或要入闺房之意。然多流淫艳之语，当自斟酌。如只直咏花卉，而不着些艳语，又不似词家体例，所以为难。又有直为情赋曲者，尤宜宛转回互可也。"③这里是从"词是艳体"的角度谈诗词之别，而"艳"与"俗"常常相联系，这或许对几百年后的李渔有所启发；然而李渔更强调诗、词、曲的比较，然后把词定位于"雅俗之间"，并没有过多强调词之"艳"。

此外元代陆辅之《词旨》（上）把词定位于"正取近雅，而又不远俗"④，应该是李渔所本。

明代词学家强调诗词之别，一是认为诗"庄"而词"媚"、诗"雅"而词"俗"。说诗性"庄"与"雅"而词性"媚"与

---

① 《魏庆之词话》之"东坡"条，见唐圭璋《词话丛编》，第203—204页。"雷大使"指的是宋教坊艺人雷中庆，宋人蔡绦笔记小说《铁围山丛谈》（中华书局1983年版）卷六："教坊琵琶则有刘继安。舞有雷中庆，世皆呼之为'雷大使'。"

② （宋）沈义父：《乐府指迷》"论作词之法"条，见唐圭璋《词话丛编》，第277页。

③ （宋）沈义父：《乐府指迷》"咏花卉及赋情"条，见唐圭璋《词话丛编》，第281页。

④ （元）陆辅之：《词旨》（上），见唐圭璋《词话丛编》，第301页。

"俗"，是自词产生以来比较传统且比较流行的观点，所谓词乃
"艳科"，而明人特别加以强调而已。王世贞《艺苑卮言》所谓
"其柔靡而近俗也"① 即将"柔靡"和"俗"突出了出来。二是认
为诗"言志"而词"缘情"。"缘情"本是晋人陆机论诗之语，所
谓"诗缘情而绮靡"，其实人们并未将情志对立起来；唐人孔颖达
说"情志一也"；但明人却常常把"情"与"志"分开，"志"
归于诗而"情"归于词，他们特别强调词主情。王世贞《艺苑卮
言》说："即词号诗余，然而诗人不为也。何者？其婉娈近情，足
以移情而夺嗜。"② 杨慎《词品》也说："大抵人自情中生，焉能
无情，但不过甚而已。宋儒云：'禅家有为绝欲之说者，欲之所以
益炽也；道家有忘情之说者，情之所以益荡也。圣贤但云寡欲养
心，约情合中而已。'予友朱良矩尝云：'天之风月、地之花柳与
人之歌舞，无此不成三才。'虽戏言亦有理也。"③ 明人的诗性
"庄"与"雅"而词性"媚"与"俗"的思想，以及诗"言志"
而词"缘情"的思想，对李渔词学产生一定的影响。

　　稍后于李渔的王士祯在《花草蒙拾》中也谈到词与诗的关系，
但他是从褒诗而抑词的立场出发的："词中佳语，多从诗出"④，
"词本诗而劣于诗"⑤，这种观点值得商榷。与王士祯差不多同时
的汪森在《词综序》中说："自古诗变而为近体，而五七绝句传
于伶官乐部，长短句无所依，不得不更为词。当开元盛时，王之
涣等诗句，流播旗亭，而李白菩萨蛮等词，亦被之歌曲。诗之于

---

　　① （明）王世贞：《艺苑卮言》之"词之正宗与变体"条，见唐圭璋《词话丛
编》，第 385 页。
　　② 同上。
　　③ （明）杨慎：《词品》卷二"韩范二公词"条评点韩、范二公词语，见唐圭璋
《词话丛编》，第 467 页。
　　④ （清）王士祯：《花草蒙拾》之"词语从诗出"条，见唐圭璋《词话丛编》，第
675 页。
　　⑤ （清）王士祯：《花草蒙拾》之"词本诗而劣于诗"条，见唐圭璋《词话丛
编》，第 676 页。

乐府，近体之于词，齐镳并骋，非有先后。谓诗降为词，以词为诗之余，殆非通论矣。"① 汪森的意见明显不同于王士禛。清末民初王国维《人间词话》对诗词之别又有另一番新的见解："词为体，要眇宜修。能言诗之所不能言，而不能尽言诗之所能言。诗之境阔，词之言长。"②

在这一则中李渔还说："昔日诗变为词，定由此数调始。"主张词由诗"变"来。这个说法当然不全面，也太笼统。前已指出：词的产生，关键在于"燕乐"的介入。

关于词的起源，我在第一则述评时，已略涉及，现再作补充陈述。词，人们起初多把这种与燕乐相配的诗称之为曲子词、或曲子、或倚声、或乐府等等，它与诗最显著的不同在于依乐谱而填词——乐谱已定而文词从之；宋之后，它逐渐被人们专门称之为词，或诗余，或长短句等等。在词的成长过程中，渐渐形成许多固定的乐谱、曲调、词牌，即词的各种各样的格式，人们要依照这些格式作词，即所谓按谱填词③——这就是填词这个术语的由来。填词起于隋唐，至五代及宋，极盛。

词是先起于民间还是先起于文人？很难确切回答。我猜想，可能最早从民间起。敦煌曲子词中，相当大一部分（或者说绝大部分）作品属于民间，而且有一部分是隋时的曲子；唐代，特

---

① （清）汪森：《词综序》，见上海古籍出版社 1978 年版《词综》，第 1 页。该书由朱彝尊编选二十六卷，汪森增补十卷，选辑唐、五代、宋、金、元诸家词三十卷，补入三卷，补词三卷，共三十六卷。有康熙三十年（1691）经汪森等增订的刊本，有《四部备要》本，上海古籍出版社 1978 年校点本。

② 王国维：《人间词话·删稿》之"词体与诗体不同"条，见唐圭璋《词话丛编》，第 4258 页。

③ 隋唐之前的雅乐，一般是先有词后谱曲；隋唐后之燕乐，先有谱，后填词。当然，唐时也有不少乐工或歌伎取现成声诗入乐的情况，如王维《送元二使安西》，即被乐工配曲成《阳关三叠》而传唱；《碧鸡漫志》卷一说："李唐伶伎，取当时名士诗句入歌曲，盖常俗也。"唐薛用弱的《集异记》卷二记王昌龄、高适、王之涣"旗亭赌唱"故事，也是将绝句配乐。

别是中唐以后，文人也开始填词，其著名者，盛唐时李白（《菩萨蛮》等），中唐时张志和（《渔父》）、刘禹锡（《竹枝词》等）、白居易（《忆江南》等）……都有词作流传至今。至晚唐五代温庭筠、韦庄辈出，填词之风大胜，遂成定制。正如近人吴梅《词学通论》第六章《概论一·唐五代》所说："大抵初唐诸作，不过破五七言为之，中盛以后，词式始定，迨温庭筠出，而体格大备。"①

李渔之前许多人探讨过词从何而来，今摘其著名者，例举之，可作今人研究之参考。

宋代王灼《碧鸡漫志》卷一"歌曲所起"条云："天地始分，而人生焉，人莫不有心，此歌曲所以起也"；"故有心则有诗，有诗则有歌，有歌则有声律，有声律则有乐歌"；"古诗或名曰乐府，谓诗之可歌也。故乐府中有歌有谣，有音有引，有行有曲。今人于古乐府，特指为诗之流，而以词就音，始名乐府，非古也"。②"歌词之变"条又云："……盖隋以来，今之所谓曲子者渐兴，至唐稍盛。今则繁声淫奏，殆不可数。古歌变为古乐府，古乐府变为今曲子，其本一也。"③王灼认为词最早的源头是古歌：由古歌变为古乐府，再变，即是为曲子（词）。

宋代胡仔《苕溪渔隐词话》卷二"唐初无长短句"条说："唐初歌辞多是五言诗，或七言诗，初无长短句。自中叶以后，至五代，渐变成长短句。及本朝则尽为此体。今所存止《瑞鹧鸪》、《小秦王》二阕，是七言八句诗，并七言绝句而已。"④胡仔的观点不同于王灼《碧鸡漫志》，认为唐中叶以后至五代，才产生了词。李渔也提到《瑞鹧鸪》和《小秦王》，是否受《苕溪渔隐词

---

① 吴梅：《词学通论》，华东师范大学出版社 1996 年版，第 47 页。

② （宋）王灼：《碧鸡漫志》卷一"歌曲所起"条，见唐圭璋《词话丛编》，第 73 页。

③ 同上书，第 74 页。

④ （宋）胡仔：《苕溪渔隐词话》卷二"唐初无长短句"条，见唐圭璋《词话丛编》，第 177 页。

语》影响？

宋代张侃《拙轩词话》"倚声起源"条，在引述了陆放翁"倚声起于唐之季世"和周文忠"乐府起于汉魏"的主张之后，提出："以予考之，乃赓载歌，熏兮解愠，在虞舜时，此体固已萌芽，岂止三代遗韵而已。"① 他把词（"倚声"）的源头更往前推。这种说法太玄乎。作为一种文学样式，词哪有那么古老？

宋代张炎《词源》（下）开头便云："古之乐章、乐府、乐歌、乐曲，皆出于雅正。粤自隋唐以来，声诗间为长短句。至唐人则有尊前、花间集。迄于崇宁，立大晟府，命周美成诸人讨论古音，审定古调，沦落之后，少得存者。"② 他主张词（长短句）产生于隋唐，盛于宋。张炎在《词源》（下）"虚字"条又曰："词与诗不同，词之句语，有二字、三字、四字，至六字、七、八字者，若堆叠实字，读且不通，况付之雪儿乎。"③ 这里是说，诗为了便于歌唱，加虚字而成词。词是否真如张炎所说——诗为了便于歌唱加虚字而成，还须研究，但很有道理，可备一说；而且张炎之前的朱熹和胡仔，就有类似说法。朱熹说："古乐府只是诗，中间却添许多泛声，后来人怕失了那泛声，逐一声添个实字，遂成长短句，今曲子便是。"④ 胡仔也说："《瑞鹧鸪》就依字易歌，若《小秦王》，必须杂以虚声乃可歌耳。"⑤

明代陈霆《渚山堂词话》自序中说："始余著词话，谓南词起于唐，盖本诸玉林之说。至其以李白《菩萨蛮》为百代词曲祖，以今考之，殆非也。隋炀帝筑西苑，凿五湖，上环十六院。帝尝泛舟湖中，作《望江南》等阕，令宫人倚声为棹歌。《望江南》

---

① （宋）张侃：《拙轩词话》"倚声起源"条，见唐圭璋《词话丛编》，第 189 页。

② （宋）张炎：《词源》（下），见唐圭璋《词话丛编》，第 255 页。

③ 同上书，第 259 页。

④ （宋）朱熹：《朱子语类》卷一百四十，中华书局 1985 年版，第 3333 页。

⑤ （宋）胡仔：《苕溪渔隐丛话后集》卷三十九，人民文学出版社 1962 年版，第 323 页。

列今乐府。以是又疑南词起于隋。然亦非也。北齐兰陵王长恭及周战而胜，于军中作《兰陵王》曲歌之。今乐府《兰陵王》是也。然则南词始于南北朝，转入隋而著，至唐宋昉制耳。"① 陈霆最后的结论是词"始于"南北朝，"著"于隋，"昉制"于唐宋。

明代王世贞《艺苑卮言》则认为隋炀帝《望江南》为词祖。②

李渔之后也有许多人探讨过词的起源问题，但他们的观点大体不出上述范围，或为上述某种意见之变种，似无更多新见。

第三则　词与曲有别

词既求别于诗，又务肖曲中腔调，是曲不招我，而我自往就，求为不类，其可得乎。曰：不然。当其摹腔炼吻之时，原未尝撇却词字，求其相似，又防其太似，所谓存稍雅而去甚俗，正为此也。有同一字义而可词可曲者，有止宜在曲，断断不可混用于词者。（毛稚黄评：诗词曲之界甚严，微笠翁不能深辨。然余谓诗语可入词，词语不可入诗；词语可入曲，曲语不可入词；总以从高而降为善耳。）试举一二言之：如闺人口中之自呼为妾，呼婿为郎，此可词可曲之称也；若稍异其文，而自呼为奴家，呼婿为夫君，则止宜在曲，断断不可混用于词矣。如称彼此二处为这厢、那厢，此可词可曲之文也；若略换一字，为这里、那里，亦止宜在曲，断断不可混用于词矣。大率如尔我之称者，奴字、你字，不宜多用；呼物之名者，猫儿、狗儿诸"儿"字，不宜多用；用作尾句者，罢了、来了诸"了"字，不宜多用。诸如此类，实难枚举，仅可举一概百。近见名人词刻中，犯此等微疵者不少，皆以未经提破耳。一字一句之微，即是词曲分岐③之界，此

----

① （明）陈霆：《渚山堂词话》自序，见唐圭璋《词话丛编》，第347页。
② （明）王世贞：《艺苑卮言》，见唐圭璋《词话丛编》，第385页。
③ 岐：通歧。

就浅者而言；至论神情气度，则纸上之忧乐笑啼，与场上之悲欢离合，亦有似同而实别，可意会而不可言诠者。慧业之人，自能默探其秘。

"第三则"评：词曲之别

这一则专论词与曲的区别，唐圭璋先生《词话丛编》给它的小标题是："词与曲有别"。

在这一则，李渔主要从用字上区别词与曲。他以许多具体例子，说明填词用字必须避免用那些太俗的字，"所谓存稍雅而去甚俗"。曲的出现是社会文化进一步世俗化的表现，是宋元及其之后社会中市民阶层逐渐增强、市民文化和商业文化逐渐发展的结果，也是在文学艺术内部，形式更为解放、更为通俗化的表现。李渔是在曲这种文体盛行之后，在词与曲比较中谈填词用字之特点。在曲体盛行之前，宋代沈义父《乐府指迷》"咏花卉及赋情"条中也谈到填词要慎用太俗的字："如怎字、恁字、奈字、这字、你字之类，虽是词家语，亦不可多用，亦宜斟酌，不得已而用之。"①李渔与沈义父，虽然一个是有曲体作为参照物，一个尚不知曲体为何物，但是他们所论的主要意思，可谓一脉相承。

在第二十二则李渔还从"耐读"还是"耐唱"的角度，对词与曲作了区分："曲宜耐唱，词宜耐读。耐唱与耐读，有相同处，有绝不相同处。盖同一字也，读是此音，而唱入曲中，全与此音不合者，故不得不为歌儿体贴，宁使读时碍口，以图歌时利吻。词则全为吟诵而设，止求便读而已。"

关于诗词曲之别，李渔的好友毛稚黄在评语中提出自己的主张："诗词曲之界甚严，微笠翁不能深辨。然余谓诗语可入词，词语不可入诗；词语可入曲，曲语不可入词；总以从高而降为善

---

① （宋）沈义父：《乐府指迷》"咏花卉及赋情"条，见唐圭璋《词话丛编》，第281页。

耳。"这就是"从高而降为善"的原则。毛稚黄在其诗学著作《诗辨坻》中还说："诗必求格，而情语近昵，则易于卑弱；词则昵乃当行，高顾反失之。"① 这就是毛稚黄所谓"词有别肠"——这个重要断语乃评杨慎填词与作诗之才情差别时提出来的，他说："成都杨慎作长短句，有沐兰浴芳、吐云含雪之妙，其流丽辉映，足雄一代，较于《花间》、《草堂》，可谓俱撮其长矣。……而长篇钜什，顾以芜累纤靡而失之，迹其蒐（sōu）猎弹射，亦多所挂漏，未足称功，瑕不胜摘。独于填词，染笔称俊，岂其技之独工，词有别肠耶？"② 即是说，词与诗比、与曲比，另有自己的特殊体性。与李渔、毛稚黄差不多同时的沈谦《填词杂说》曰："承诗启曲者，词也，上不可似诗，下不可似曲。然诗曲又俱可入词，贵人自运。"③ 其实李渔、毛稚黄、沈谦三人的主张大体一致，稍有差别。

清晚期杜文澜《憩园词话》卷一"论词三十则"有一段论述："近人每以诗词词曲连类而言，实则各有蹊径。《古今词话》载周永年曰：'词与诗曲界限甚分明，惟上不摹香奁，下不落元曲，方称作手。'（按，这段话见于清沈雄《古今词话·词品下卷·禁忌》）又曹秋岳司农云：'上不牵累唐诗，下不滥侵元曲，此词之正位也。'二说诗曲并论，皆以不可犯曲为重。余谓诗词分际，在疾徐收纵轻重肥瘦之间，娴于两途，自能体认。至词之与曲，则同源别派，清浊判然。自元以来，院本传奇原有佳句可入词林，

---

① （清）毛稚黄：《诗辨坻》卷三"唐后"条，见郭绍虞编《清诗话续编》，上海古籍出版社 1983 年版，第 60 页。李渔与毛稚黄有几十年的交往，诗书往来，切磋学问。《诗辨坻》乃毛稚黄诗学著作，该书前有陆圻序，书末有作者《自叙》。据其自叙称，此书写了八年，"虽中多作辍，然用意甚勤矣"。何谓"诗辨坻"，陆圻序阐释说："昔子云之目《方言》曰：'如鼠坻之与牛场也，用则实五稼、饱邦民，不用遂为粪壤，抵之于道。'兹毛子乃取义于坻，殆莫必其传邪？"

② 毛稚黄：《诗辨坻》卷四"词曲"条，见郭绍虞编《清诗话续编》，第 60 页。

③ 沈谦：《填词杂说》之"词承诗启曲"条，见唐圭璋《词话丛编》，第 629 页。

但曲之迳太宽，易涉粗鄙油滑，何可混羼入词。"① 周永年、曹秋岳、杜文澜等人的观点与李渔相近。周永年、曹秋岳与李渔差不多同时，清代后期之杜文澜很可能受到包括李渔在内的前辈的影响。近代以来，许多学者在继承先辈思想的基础上，对词曲之别又有了更深入的认识，如任中敏（半塘）在1931年由上海商务印书馆出版的《词曲通议》中，乃从"源流、体制、牌调、音谱、意境、性质、派别"等七端详细论述了词与曲之不同特点，今举"性质"一端，略窥其核心思想："词静而曲动；词敛而曲放；词纵而曲横；词深而曲广；词内旋而曲外旋；词阴柔而曲阳刚；词以婉约为主，别体则为豪放；曲以豪放为主，别体则为婉约；词尚意内言外；曲竟为言外而意亦外……"②

第四则　古词当取瑜掷瑕

词当取法于古是已。然古人佳处宜法，常有瑕瑜并见处，则当取瑜掷瑕。若谓古人在在堪师，语语足法，吾不信也。试举一二言之。唐人《菩萨蛮》③云："牡丹滴露真珠颗，佳人折向筵前过，含笑问檀郎：花强妾貌强？檀郎故相恼，只道花枝好。一面发娇嗔，碎挼花打人。"此词脍炙人口者素矣，予谓此戏场花面之态，非绣阁丽人之容。从来尤物，美不自知，知亦不肯自形于口，未有直夸其美而谓我胜于花者。况揉碎花枝，是何等不韵之事？挼花打人，是何等暴戾之形？幽闲之义何居？温柔二字安在？陈

---

① （清）杜文澜：《憩园词话》卷一"论词三十则"，见唐圭璋《词话丛编》，第2859页。

② 任忠敏：《散曲研究》，凤凰出版社2013年版，第99页。

③ 唐人《菩萨蛮》：唐宣宗时无名氏词《菩萨蛮》："牡丹含露真珠颗，美人折向庭前过。含笑问檀郎：'花强妾貌强？'檀郎故相恼，刚（应为'则'或'只'）道花枝好。一向发娇嗔，碎挼花打人。"（见《全唐五代词》，中华书局1999年版，第87页）（宋）章渊《槁简赘笔》（该书收入"四库全书·集部·诗文评类"）记述有关此词趣事："宣宗时，有妇人断夫两足者，上戏语宰相曰：无乃碎挼花打人？"

后主《一斛珠》①之结句云："绣床斜倚娇无那。烂嚼红绒，笑向檀郎唾。"此词亦为人所竞赏。予曰，此娼妇倚门腔，梨园献丑态也。嚼红绒以唾郎，与倚市门而大嚼，唾枣核瓜子以调路人者，其间不能以寸。优人演剧，每作此状，以发笑端，是深知其丑，而故意为之者也。不料填词之家，竟以此事谤美人，而后之读词者，又止重情趣，不问妍媸②，复相传为韵事，谬乎？不谬乎？无论情节难堪，即就字句之浅者论之，"烂嚼"、"打人"诸腔口，几于俗杀，岂雅人词内所宜？（丁药园③评：具此明眼，方可读古人书；有此快笔，始可论天下事。何省斋评：此予意中语也，笠翁衔口说出，使我沉滞豁然，何啻凭栏一唾。）后人作《春绣》绝句云："闲情正在停针处，笑嚼红绒唾碧窗。"④改"烂嚼"为"笑嚼"，易"唾郎"为"唾窗"，同一事也，辨在有意无意之间，不啻苏合、蜣螂⑤之

---

①　陈后主《一斛珠》：此应为李后主《一斛珠》："晚妆初过，沉檀轻注些儿个。向人微露丁香颗，一曲清歌，暂引樱桃破。罗袖裛残殷色可，杯深旋被香醪涴。绣床斜凭娇无那，烂嚼红茸，笑向檀郎唾。"（《全唐五代词》，第742页）据说这首词是李煜登皇帝位之前写与妻子娥皇情爱生活的。娥皇是大臣周某之女，深谙音律，能歌善舞，深得李煜宠爱。

②　不问妍媸：芥子园本作"不问妍强"，中华民国会文堂石印本亦作"不问妍强"，误；翼圣堂本作"不问妍媸"，是。

③　丁药园：丁澎（1622—1686）字飞涛、淡汝，号药园，浙江仁和人，顺治十二年进士，著名回族诗人，与陆圻、紫绍炳、陈廷会、孙治、沈谦、毛先舒、虞黄吴、张纲孙、吴百朋合称为"西泠十子"，又有"燕台七子"、"辇下十子"之名。有《扶荔堂集》、《扶荔词别录》、《白燕楼诗》、《信美轩集》等，早与李渔相识于金华，晚年相会于杭州，为李渔诗集作序、作评。

④　"后人作《春绣》"三句：指元末明初文人杨基所作绝句《春绣》。清贺裳《皱水轩词筌》"翻词入诗"说："词家多翻诗意入词，虽名家不免。吾常爱李后主《一斛珠》末句云'绣床斜凭娇无那，烂嚼红绒，笑向檀郎唾'；杨孟载《春绣》绝句云'闲情正在停针处，笑嚼红绒唾碧窗'，此却翻词入诗，弥子瑕竟效颦于南子。"（唐圭璋《词话丛编》，第696页）杨基，字孟载（1326—1378），号眉庵，吴（今江苏苏州）人，少有才名，与高启、徐贲、张羽并称"吴中四杰"，入明官至山西按察使，后贬死。有《眉庵集》。

⑤　苏合、蜣螂：苏合是一种树名，它分泌的树脂经采集加工后，即成苏合香，可做香料，亦可入药。蜣螂，俗称屎壳郎、垄屎虫，它吃粪屎和动物的尸体，常把粪滚成球形，产卵其中。

别矣。古词不尽可读，后人亦能胜前，迹此可概见矣。

"第四则"评：创作没有定式

这一则专论师古的问题，唐圭璋先生《词话丛编》给它的小标题是："古词当取瑜掷瑕"。

师古当"取瑜掷瑕"，原则是不错的，但是李渔所举的几个例子，批评"不该这样"、"不该那样"云云，依鄙见，似乎不能当作填词规则遵行；而且他所批评的，也大可商榷。例如，李后主《一斛珠》词"晚妆初过，沉檀轻注些儿个。向人微露丁香颗，一曲清歌，暂引樱桃破。罗袖裛残殷色可，杯深旋被香醪涴。绣床斜凭娇无那，烂嚼红茸，笑向檀郎唾"，我在注释中说这首词是李煜登皇帝位之前写与妻子娥皇的情爱生活的。不管事实是否如此，但李煜在这里，用"绣床斜凭娇无那，烂嚼红茸，笑向檀郎唾"数句，塑造了一个陷于爱恋之中而天真无忌、富有个性的女子形象，还是很生动的；若依李渔"易'唾郎'为'唾窗'"，不仅不会取得"苏合、蜣螂之别"那样香臭分明的效果，反而在艺术上令人有索然之感。

艺术没有定则。前曾说过，"言当如是而偏偏不如是"的事情，在艺术中比比皆是；即使现实生活中，也不鲜见。例如我的老师蔡仪先生，平时不苟言笑，从没有见过他同别人开玩笑，别人也从不同他开玩笑。但是我们在五七干校时他却开了一个任谁也想不到的大玩笑：村民中一个叫狗蛋的男孩子，是个独生子，又似乎几代单传，七八岁了，头上留一个小辫子，据说那是他的"命根子"，谁也不能动的；一天，蔡仪先生见狗蛋的小辫子不顺眼，用糖果和玩具取得狗蛋信任，居然把小辫子剪掉了。这可惹来大祸：狗蛋父母、爷爷奶奶、街坊邻居数十口子人，围困干校，要找"剪辫子"的人算账，说是把孩子的命根子剪掉了。

当时文学研究所在干校的上百号人，没有一个想到此事乃蔡仪先生所为。

生活中的事情，有时就是这样"没谱"。

艺术创作中，就更"没谱"。

艺术创作难言矣，它没有定式，也不应该、不允许有定式。一有定式，就是艺术创造的末日。

第五则　词意贵新

文字莫不贵新，而词为尤甚。不新可以不作，意新为上，语新次之，字句之新又次之。所谓意新者，非于寻常闻见之外，别有所闻所见，而后谓之新也。即在饮食居处之内，布帛菽粟之间，尽有事之极奇，情之极艳，询诸耳目，则为习见习闻，考诸诗词，实为罕听罕睹，以此为新，方是词内之新，非齐谐志怪、南华志诞之所谓新也。人皆谓眼前事、口头语都被前人说尽，焉能复有遗漏者？予独谓遗漏者多，说过者少。唐宋及明初诸贤，既是前人，吾不复道；只据眼前词客论之，如董文友、王西樵、王阮亭、曹顾庵、丁药园、尤悔庵、吴薗次、何醒斋、毛稚黄、陈其年、宋荔裳、彭羡门诸君集中，言人所未言，而又不出寻常见闻之外者，不知凡几。由斯以谭，则前人常漏吞舟，造物尽留余地，奈何泥于前人说尽四字，自设藩篱，而委道旁金玉于路人哉。词语字句之新，亦复如是。同是一语，人人如此说，我之说法独异。或人正我反，人直我曲，或隐跃其词以出之，或颠倒字句而出之，为法不一。（何省斋评：陆生《新语》，扬子奇字，岂诘句聱牙者所可优孟。尤悔庵[①]评：此确论也，但可为知者道。）昔人点铁成

---

　　① 尤侗（1618—1704），字展成，一字同人，号悔庵，晚号良斋、西堂老人、鹤栖老人、梅花道人等，长洲（今属苏州市）人，明末清初著名诗人、词人、戏曲家，曾被顺治誉为"真才子"；康熙十八年举博学鸿儒（又称博学鸿词），授检讨。著作丰富，有《西堂全集》等数十部。他是李渔好友，来往甚密，互校书稿，诗书唱和，为李渔主要评家之一。

金之说①，我能悟之。不必铁果成金，但有惟铁是用之时，人以金试而不效，我投以铁，铁即金矣。彼持不龟（jūn）手之药②而往觅封侯者，岂非神于点铁者哉？（方绍村评：细玩稼轩"要愁那得工夫"③及"十字上加一撇"④诸调，即会笠翁此首矣。又评：笠翁著述等身，无一不是点铁，此现身说法语也。钟离以指授人，人苦不能受耳。）所最忌者，不能于浅近处求新，而于一切古冢秘笈之中，搜其隐事僻句，及人所不经见之冷⑤字，入于词中，以示新艳，高则高，贵则贵矣，其如人之不欲见何。

"第五则"评：说"新"

这一则谈创新问题，唐圭璋先生《词话丛编》给它的小标题是："词意贵新"。

李渔之论创新，的确十分高明，当时的几位词评家何省斋、尤悔庵、方绍村等人对李渔的观点倍加赞赏，特别强调笠翁关于创新的话乃"现身说法语也"。的确如此。上述几位词评家都是李

---

① 此处化用汉钟离点石成金故事。传说八仙之一汉钟离让徒弟吕洞宾肩背一块重物长达三年之久，当吕洞宾发现是块顽石后，问师父何用，汉钟离说我可以点石成金，用手一指，此石果然成金。但汉钟离说，此金与真金不同，真金永远不变，此金五百年后仍变为石。

② 不龟（jūn）手之药：防止皮肤冻裂的药。故事源于《庄子·逍遥游》："宋人有善为不龟手之药者，世世以洴澼绒（píng pì kuàng）为事。客闻之，请买其方百金。聚族而谋曰：'我世世为洴澼绒，不过数金；今一朝而鬻（yù）技百金，请与之。'客得之，以说吴王。越有难，吴王使之将。冬与越人水战，大败越人，裂地而封之。能不龟手一也，或以封，或不免于洴澼绒，则所用之异也。"李渔借此说明：同一种东西，看你怎么用，用得不对，它是块顽石或铁蛋；用得对，它就是金子。

③ 辛弃疾《西江月·遣兴》："醉里且贪欢笑，要愁那得工夫。近来始觉古人书，信著全无是处。昨夜松边醉倒，问松我醉何如。只疑松动要来扶。以手推松曰去。"（《全宋词》，中华书局1999年版，第1944页）

④ 辛弃疾《品令·族姑庆八十，来索俳语》："更休说。便是个、住世观音菩萨。甚今年、容貌八十岁，见底道、才十八。莫献寿星香烛。莫祝灵龟椿鹤。只消得、把笔轻轻去，十字上、添一撇。"（《全宋词》，第1922页）

⑤ 冷：芥子园本和会文堂本均作"令"，误；翼圣堂本作"冷"，是。

渔的词友，他们对李渔的词作十分熟悉，深知李渔填词处处以
"尖新"出之，故曰李渔论创新，是"现身说法语"。今天的人们
读李渔《耐歌词》，细细体味他每首词的立意构思、遣词用字，大
概也会得出同样的结论。

近人顾敦鍒《李笠翁词学》对李渔的创新理论予以总结，谓：
"一、新的基本：'意新为上，语新次之，字句之新又次之。'二、
怎样的新？又怎样新法？答复是：1. 要在寻常中求新：'询诸耳
目，则为习见习闻；考诸诗词，实为罕听罕睹。'2. 要新得自然：
'虽然极新极奇，却似词中原有之句，读来不觉生涩。'要'有如
数十年后重遇故人'那样的新。3. 要新得合理：'须新而妥，奇
而确，总不越一理字。'4. 要在变化中求新：'同是一语，人人如
此说，我之说法独异。或人正我反，人直我曲，或隐跃其词以出
之，或颠倒字句而出之，为法不一。'三、人群生活丰富，'造物
尽留余地'。所以词的新路很广阔，用不着也切不可走怪诞隐僻的
窄路。新词自有舍难就易的康庄大道。"① 顾敦鍒总结得很好。我
在《李渔美学思想研究》一书中也已经对李渔戏剧理论中的创新
思想进行过比较详细的论述，着重突出"意新"，倘"意"不新
而只在字句上下功夫，不过是加上了一层新的包装纸而已。兹不
赘言。不过我要在这里申说另一层意思，即李渔所谓"所最忌者，
不能于浅近处求新，而于一切古冢秘笈之中，搜其隐事僻句，及
人所不经见之冷字，入于词中，以示新艳，高则高，贵则贵矣，
其如人之不欲见何"。李渔强调"于浅近处求新"，不能故意搜刮
些"隐事僻句"和冷字奇句"以示新艳"。读李渔《耐歌词》，你
会发现李渔处处践行此说。他的词，以"俗"事"俗"语而出新
意，语言"浅近"而内容"新艳"。所以，他的词表面看来，俗
则俗矣，浅则浅矣，但能于浅近处见新，人之欲见、人之喜闻乐

---

① 顾敦鍒：《李笠翁词学》，见《燕大月刊》第 1 卷第 2、3、4 期。

见；比那些以"隐事僻句"和冷字奇句"以示新艳"、以显"高贵"的词更加高明。

第六则　词语贵自然

意新语新，而又字句皆新，是谓诸美皆备，由武而进于韶矣①。然具八斗才者，亦不能在在如是。以鄙见论之，意之极新者，反不妨词语稍旧，尤物衣敝衣，愈觉美好。且新奇未睹之语，务使一目了然，不烦思绎；若复追琢字句而后出之，恐稍稍不近自然，反使玉宇琼楼堕入云雾，非胜算也。如其意不能新，仍是本等情事，则全以琢句炼字为工，然又须琢得句成，炼得字就。虽然极新极奇，却似词中原有之句，读来不觉生涩，有如数十年后，重遇古人，此词中化境，即诗赋古文之化境也。（顾梁汾②评：南宋词最工，然逊于北。梦窗、白石闻言俯首。）当吾世而幸有其人，那得不执鞭恐后。

"第六则"评：新与旧的辩证法

这一则仍论创新，又谈及"贵自然"的问题，唐圭璋先生《词话丛编》给它的小标题是："词语贵自然"。

此则谈创新不同于前者，在于阐述了"新"与"旧"的辩证法。李渔所重，乃"意新"也。李渔认为：倘能做到"意新"，词语

----

① 武而进于韶：意出《论语·八佾》："子谓《韶》尽美矣，又尽善也。谓《武》尽美矣，未尽善也。"

② 顾梁汾：清代文学家顾贞观（1637—1714）的号，李渔的朋友，多有交往。他原名华文，字远平、华峰，亦作华封，无锡人。明末东林党人顾宪成四世孙。工诗文，尤工词，著有《弹指集》、《积书岩集》等，与陈维崧、朱彝尊并称明末清初"词家三绝"，又与纳兰性德、曹贞吉共为"京华三绝"。顾梁汾眉批中所谓"南宋词最工，然逊于北"，立论比较客观公允。清初一些人推崇北宋，至朱彝尊浙派则宗南宋，嘉庆间张惠言常州词派宗北宋但也不排斥南宋。其实，南宋、北宋，其词乃时代的产物，应取其优长而在自己的时代加以发展。

不妨"稍旧",所谓"尤物衣敝衣,愈觉美好",即以看来平常的语句,表达极新的意思,乃"以故为新"、"以常为异"也。这使我想起明代杨慎《词品》卷之三"李易安词"条一段话:"(李易安)晚年自南渡后,怀京洛旧事,赋元宵永遇乐词云:'落日镕金,暮云合璧。'已自工致。至于'染柳烟轻,吹梅笛怨,春意知几许',气象更好。后叠云:'如今憔悴,风鬟霜鬓,怕见夜间出去。'皆以寻常言语,度人音律。炼句精巧则易,平淡入妙者难。山谷所谓以故为新,以俗为雅者,易安先得之矣。"杨慎以李易安词为例,形象解说了"精巧"与"平淡"、"故"与"新"、"常"与"异"、"俗"与"雅"的辩证关系。

这里也有一个各种关系之内外表里辩证结合的问题,还有一个孰轻孰重的问题。我是说,词人应该多做"内功",要从根柢下手。创新的功夫,根本是在内里而不在表层,在情思不在巧语。创新的力气应该主要用在新思想、新情感、新感悟的开掘上,而不是主要用在字句的新巧奇特甚至生僻怪异上。

当然,内里与外表、情思与巧语、意新与字(句)新、内容与形式等等,又是不可决然分开的。一般而言,常常是新内容自然而然催生了新形式,新情思自然而然催生了新词语;而不是相反。文学艺术中真正的创新,是自然"生长"出来的,而不是人工"做"出来的。

总之,功夫应该从"里"往"外"做、从"根"往"梢"做。这样,你的创新才有底气、才深厚、才自然天成,你的作品才能使人感到"新"得踏实、"新"得天经地义、"新"得让最挑剔的人看了也没有脾气。这即第七则开头所言:"琢句炼字,虽贵新奇,亦须新而妥,奇而确。妥与确,总不越一理字,欲望句之惊人,先求理之服众。"任何文学样式——诗词古文小说戏曲等等,其创新必须有这个"理"字约束、管教。《红楼梦》中生在诗书之乡、官宦之家的贾宝玉偏偏厌恶仕途经济,在当时够新奇、怪异的，但他并不背"理"——不违背大观园那个典型环境里的"人情物理"。

第七则　琢字炼句须合理

琢句炼字，虽贵新奇，亦须新而妥，奇而确。妥与确，总不越一理字，欲望句之惊人，先求理之服众。时贤勿论，吾论古人。古人多工于此技，有最服予心者，"'云破月来花弄影'郎中"①是也。有蜚声千载上下，而不能服强项之笠翁者，"'红杏枝头春意闹'尚书"②是也。"云破月来"句，词极尖新，而实为理之所有。若红杏之在枝头，忽然加一"闹"字，此语殊难着解。争斗有声之谓闹，桃李争春则有之，红杏闹春，予实未之见也。"闹"字可用，则"吵"字、"斗"字、"打"字，皆可用矣。宋子京当日以此噪名，人不呼其姓氏，竟以此作"尚书"美号，

---

① "云破月来花弄影"郎中：张先，天圣八年（1030）进士，"能诗及乐府，至老不衰"[语见《石林诗话》卷下，载（清）何文焕辑《历代诗话》上卷，中华书局1981年版，第431页]，张先著有《张子野词》，存词一百八十多首。宋祁极为赞赏其《天仙子》"云破月来花弄影"句，称之为"'云破月来花弄影'郎中"。又，张先自称"张三影"。（清）冯金伯辑《词苑萃编》卷四《品藻》二："客谓张子野曰：'人咸目公为张三中。谓公词有心中事，眼中泪，意中人也。'子野曰：'何不谓之张三影。'客不喻。子野曰：'云破月来花弄影。娇柔懒起，帘压卷花影。柳径无人，坠絮轻无影。'此生平得意者。"（唐圭璋《词话丛编》，第1837页）其平生所得意之三词："云破月来花弄影"乃《天仙子》词，"娇柔懒起，帘幕卷花影"乃《归朝欢》词，"柔柳摇摇，坠轻絮无影"乃《剪牡丹》词。清代陆心源撰《宋史翼》（中华书局1991年影印清光绪刊本）卷二十六"文苑·张先"条载其事。
② "红杏枝头春意闹"尚书：（宋）宋祁《玉楼春》："东城渐觉风光好，縠绉波纹迎客棹。绿杨烟外晓寒轻，红杏枝头春意闹。浮生长恨欢娱少，肯爱千金轻一笑，为君持酒劝斜阳，且向花间留晚照。"（《全宋词》，第116页）因"红杏枝头春意闹"一句最为传神，时人因此称之为"'红杏枝头春意闹'尚书"。宋祁（998—1061），字子京，开封雍丘（今河南杞县）人，后徙安州之安陆（今属湖北）。仁宗天圣二年（1024）与兄庠同举进士，礼部奏名第一，章献太后以为弟不可先兄，乃擢庠第一而置祁第十，时号"大小宋"。

岂由"尚书"二字起见邪？予谓"闹"字极粗极俗，且听不入耳，非但不可加于此句，并不当见之诗词。（何省斋评：子京千古风流，被笠翁只字抹煞。）近日词中，争尚此字，皆子京一人之流毒也。

"第七则"评："琢字炼句"与"春意闹"

唐圭璋先生《词话丛编》给此则的小标题是："琢字炼句须合理"。

填词高手琢字炼句功夫，令人叹服。例如宋代杨湜《古今词话》"苏轼"条记述苏轼一首《蝶恋花》词，评曰"极有理趣"①。该词云："花褪残红青杏小，燕子来时，绿水人家绕。枝上柳绵吹又少。天涯何处无芳草。墙里秋千墙外道。墙外行人，墙里佳人笑。笑渐不闻声渐悄。多情却被无情恼。"② 这首词的高明，根本在于"炼意"。杨湜说它"极有理趣"，甚是。正由于"炼意"好，所以催生其"琢字炼句"新奇合理。尤其是"炼句"功夫，十分了得——单拿出某字，也许还不觉什么；看整句，则令人心折。像"花褪残红青杏小"、"枝上柳绵吹又少"、"笑渐不闻声渐悄"、"多情却被无情恼"，愈看愈有味道。明代杨慎《词品》卷之二"李易安词"条赞"宋人中填词，李易安亦称冠绝，使在衣冠，当与秦七、黄九争雄，不独雄于闺阁也"。杨慎特别推崇"声声慢一词，最为婉妙"。妙在哪里？琢字炼句也，尤其是一连十四个叠字用得绝。杨慎引了《声声慢》全词后写道："荃翁张端义贵耳集云：此词首下十四个叠字，乃公孙大娘舞剑手。本朝非无能词之士，未曾有下十四个叠字者。"③ 明代王世贞《艺苑卮言》

---

① （宋）杨湜：《古今词话》"苏轼"条，见唐圭璋《词话丛编》，第31页。

② （宋）苏轼：《蝶恋花·春景》，见《全宋词》，第300页。

③ （明）杨慎：《词品》卷之二"李易安词"条，见唐圭璋《词话丛编》，第450页。

举出前人词中三个"瘦"字："……词内'人瘦也，比梅花，瘦几分'，又'天还知道，和天也瘦'，又'莫道不消魂，帘卷西风，人比黄花瘦'，三瘦字俱妙。"① 有趣的是，与李渔差不多同时的毛先舒，也因词中三个"瘦"字闻名，人称"毛三瘦"：一是"不信我真如影瘦"，一是"书来墨淡知伊瘦"，一是"鹤背山腰同一瘦"。"瘦"字的确用得绝，既奇妙，又合理。

宋子京（祁）"红杏枝头春意闹"之"闹"字，用得也是极好的，历来为人称道，并得到"'红杏枝头春意闹'尚书"美名；但李渔却不服，偏要唱反调。李渔关于"闹"字的一番说辞，卓然独立，与众不同。然仅为一家言耳。李渔说："若红杏之在枝头，忽然加一'闹'字，此语殊难着解。争斗有声之谓闹，桃李争春则有之，红杏闹春，予实未之见也。'闹'字可用，则'吵'字、'斗'字、'打'字，皆可用矣。"然而在我看来，作为艺术修辞，"闹"的使用其实并不难理解，因为它符合现代学者钱锺书先生所揭示的"通感"规律。李渔自己的词中也常用此手法，他的《捣练子·早春》劈头便说："花学笑，柳含颦，半面寒飔半面春。"按李渔上面的逻辑，"花"怎么会"笑"？"柳"何能"含颦"？但"花学笑，柳含颦"却合"艺术情理"。还有，李渔的一首《竹枝词》云："新裁罗縠试春三，欲称蛾眉不染蓝。自是淡人浓不得，非关爱着杏黄衫。"其第三句"自是淡人浓不得"尤妙。若按常理，人哪能用"浓"、"淡"形容？然李渔此句出人意料而让人信服，新奇而贴切。

我倒是赞成近人王国维的观点：着一"闹"字，境界全出矣。"闹"字用得好。

---

① （明）王世贞：《艺苑卮言》"三瘦字"条，见唐圭璋《词话丛编》，第390页。

第八则　词忌有书本气

词之最忌者，有道学气，有书本气，有禅和子①气。吾观近日之词，禅和子气绝无，道学气亦少，所不能尽除者，惟书本气耳。每见有一首长调中，用古事以百纪，填古人姓名以十纪者，即中调小令②亦未尝肯放过古事，饶过古人。岂算博士、点鬼簿③之二说，独非古人古事乎？何记诸书最熟，而独忘此二事忽此二人也？若谓读书人作词，自然不离本色，然则唐宋明初诸才人，亦尝无书不读，而求其所读之书于词内，则又一字全无也。（方绍村评：才人习气，须此顶门一针，方能截断前后。）文贵高洁，诗尚清真，况于词乎？作词之料，不过情景二字，非对眼前写景，即据心上说情，说得情出，写得景明，即是好词。情景都是现在事，舍现在不求，而求诸千里之外、百世之上，是舍易求难，路头先左，安得复有好词！

"第八则"评：审美意境与人生境界

唐圭璋先生《词话丛编》给此则的小标题是："词忌有书本气"。

李渔多次批评词与曲的创作中之道学气、书本气、禅和子气，甚是。文艺创作乃审美创造，应与上述三"气"绝缘。此节又特别拈出"书本气"加以针砭。文学家（诗人、词人）并非不读书，甚至"唐宋明初诸才人亦尝无书不读"，但是绝不陷于掉书

---

①　禅和子：俗称参禅的人。

②　长调、中调、小令：许多人根据词的长短，词分为小令、中调、长调。已见前注。

③　"算博士"二句：初唐四杰王、杨、卢、骆，人议其疵曰：杨炯（650—692）好用古人姓名，谓之"点鬼簿"；骆宾王（约626或627—684后）好用数对，谓之"算博士"。

袋，而是融化于自己的创作之中，以至达到"求其所读之书于词内，则又一字全无也"。李渔说"一字全无"，乃夸张之词，但是把所读之书溶解在自己的血液里，即使带出前人个别字词，亦无妨。《苕溪渔隐词话》卷二《后主用颜氏家训语》条："复斋漫录云：'颜氏家训云：别易会难，古人所重，江南饯送，下泣言离。北间风俗，不屑此事，歧路言离，欢笑分首。李后主盖用此语耳，故长短句云：别时容易见时难。'"① 后主乃融化《颜氏家训》之意于自己血液中矣。

李渔在这一则还有几句话："作词之料，不过情景二字，非对眼前写景，即据心上说情，说得情出，写得景明，即是好词。"读此，使我想起李渔之后二百多年王国维关于"境"、"境界"、"意境"的两段话，一段是《人间词话》里的："境非独谓景物也。喜怒哀乐，亦人心中之一境界。故能写真景物、真感情者，谓之有境界。"② 一段是《宋元戏曲考》里的："然元剧最佳之处，不在其思想结构，而在其文章。其文章之妙，亦一言以蔽之，曰：有意境而已矣。何以谓之有意境？曰：写情则沁人心脾，写景则在人耳目，述事则如其口出是也。古诗词之佳者，无不如是。"③ 将王国维的这两段话与上面李渔的话对照，从语气、语意甚至选字造句上，你不觉得如出一辙吗？但是王国维更明确点出了"境"、"境界"、"意境"，而且王国维比李渔更高明。高明在哪里？高明在：他将"意境"的侧重艺术品鉴，推进到"境界"的艺术与人生相统一之审美品鉴。《人间词话》将人生境界分为三重，又以三句古典诗词来诠释，曰："古今之成大事业、大学问者，必经过三种之境界：'昨夜西风凋碧树，独上高楼，望尽天涯

---

① （宋）胡仔：《苕溪渔隐词话》卷二《后主用颜氏家训语》条，见唐圭璋《词话丛编》，第170页。

② 王国维：《人间词话》"境非独谓景物"，见唐圭璋《词话丛编》，第4240页。

③ 王国维：《宋元戏曲考》"元剧之文章"，见《王国维文集》第一卷，中国文史出版社1997年版，第388页。

路'，此第一境也。'衣带渐宽终不悔，为伊消得人憔悴'，此第二境也。'众里寻他千百度，蓦然回首，那人却在，灯火阑珊处'，此第三境也。"① 明确地将艺术意蕴的品鉴与人格情致、人生况味的品鉴相融合，从诗词、艺术的意境来通致人生、生命的境界。"真景物"、"真感情"为境界之本，"忧生"、"忧世"的"赤子之心"为创境之源。对于王国维而言，境界之美实际上也成为人生之美的映照。②

所以中国美学根本是人生美学，艺术美学不过是人生美学之一种表现形态而已。不了解这一关键之处，即不了解中国美学之精髓。所以王国维又总是把诗词写作同宇宙人生紧紧联系在一起，说："诗人对宇宙人生，须入乎其内，又须出乎其外。入乎其内，故能写之；出乎其外，故能观之。入乎其内，故有生气；出乎其外，故有高致。"③ 在王国维看来，"境界"其实是为众人而设的，只是常人似乎感觉得到，却抓不住、写不出；而诗人能够抓得住、写得出。他引黄山谷一句话"天下清景，不择贤愚而与之"之后说："诚哉是言。抑岂独清景而已，一切境界，无不为诗人设。世无诗人，即无此种境界。夫境界之呈于吾心而见于外物者，皆须臾之物，惟诗人能以此须臾之物，镌诸不朽之文字，使读者自得之。遂觉诗人之言，字字为我心中所欲言，而又非我之所能言，此大诗人之秘妙也。境界有二：有诗人之境界，有常人之境界。诗人之境界，惟诗人能感之而能写之。"④ 从此我们可以悟出：没有人生之境界，哪有艺术之境界？要写出艺术之境界，先把握人生之境界。

---

① 王国维：《人间词话》"词中三境界"，见唐圭璋《词话丛编》，第 4244 页。
② 金雅：《〈中国现代美学名家文丛〉总序》，浙江大学出版社 2008 年版。
③ 王国维：《人间词话》"诗人对宇宙人生"，见唐圭璋《词话丛编》，第 4253 页。
④ 同上书，第 4271 页。

第九则　情景须分主客

　　词虽不出情景二字，然二字亦分主客：情为主，景是客。说景即是说情，非借物遣怀，即将人喻物。有全篇不露秋毫情意，而实句句是情，字字关情者。切勿泥定即景咏物之说，为题字所误，认真做向外面去。

"第九则"评：李渔"情主景客"之高明

　　唐圭璋先生《词话丛编》给此则的小标题是："情景须分主客"。

　　"情为主，景是客"，一针见血，说出诗词本性。后来王国维《人间词话》"昔人论诗词，有景语、情语之别。不知一切景语皆情语也"①，又是与李渔"情主景客"的思想如出一辙。

　　李渔之前早有人论述过情景问题。宋代张炎《词源》卷下"离情"条引了姜夔《琵琶仙》和秦少游《八六子》两首词后谈情景关系云："离情当如此作，全在情景交炼，得言外意。"② 明代谢榛也谈到情景关系，提出"景乃诗之媒，情乃诗之胚"，"情融乎内而深且长，景耀乎外而远且大"。③ 与李渔差不多同时的王夫之论情景关系时亦云："情景虽有在心在物之分，而景生情、情生景，哀乐之触，荣悴之迎，互藏其宅"；"情景名为二，而实不可离。神乎诗者，妙合无垠。巧者则有情中景、景中情"；"景中生情，情中含景，故曰，景者情之景，情者景之情也"。④ 张炎、谢榛、王夫之都对情景关系作了很好的论述。只是，似乎

---

　　① 王国维：《人间词话》"景语皆情语"，见唐圭璋《词话丛编》，第4257页。

　　② （宋）张炎：《词源》卷下"离情"条，见唐圭璋《词话丛编》，第264页。

　　③ （明）谢榛：《四溟诗话》卷三，人民文学出版社1961年版，第69页。

　　④ （清）王夫之：《姜斋诗话笺注》，人民文学出版社1981年版，第33、72页。

他们没有如李渔、王国维这么明确地说出"情主"、"景客"的意思。

　　李渔之后，也有很多人谈情景关系，如周济《宋四家词选目录序论》云："耆卿镕情入景，故淡远。方回镕景入情，故秾丽。"①刘熙载《词概》云："词或前景后情，或前情后景，或情景齐到，相见相容，各有其妙。"②沈祥龙《论词随笔》云："词虽浓丽而乏趣味者，以其但知做情景两分语，不知作景中有情、情中有景语耳。'雨打梨花深闭门'，'落红万点愁如海'，皆情景双绘，故称好句，而趣味无穷。"③田同之《西圃词说》云："美成能做景语，不能做情语。愚谓词中情景不可太分，深于言情者，正在善于写景。"④况周颐《蕙风词话》云："盖写景与言情，非二事也。善言情者，但写景而情在其中。"⑤但我觉得都不如李渔和王国维直接点出"情主景客"来得透亮、精辟。因此，我觉得还是李渔、王国维更加高明。

　　这里我还要补充说明：不论创作中还是理论上，词中所谓"前景后情"、"前情后景"、"以景写情"、"情景交融"、"景中情"、"情中景"……大都是文人填词极盛之后的事情。有学者发现，词之初期，唐代民间词（例如敦煌曲子词），写景极少，叙事特多，许多词的意境创造都是通过叙事抒情来完成的，而且往往是情节曲折，有首有尾，这与后来文人词强调"即景抒情"、"情景交融"有很大不同。⑥例如敦煌曲子词中的《倾杯乐》：

---

　　① （清）周济：《宋四家词选目录序论》，见唐圭璋《词话丛编》，第1643页。

　　② （清）刘熙载：《词概》"词须情景相融"，见唐圭璋《词话丛编》，第3699页。

　　③ （清）沈祥龙：《论词随笔》"词须情景双绘"，见唐圭璋《词话丛编》，第4056页。

　　④ （清）田同之：《西圃词说》"情景不可太分"，见唐圭璋《词话丛编》，第1455页。

　　⑤ （清）况周颐：《蕙风词话》卷二"韩持国词深静"，见唐圭璋《词话丛编》，第4425页。

　　⑥ 黄拔荆：《中国词史》（上），福建人民出版社2003年版，第40页。

忆昔笄年，未省离合，生长深闺苑。闲凭着绣床，时拈金针，拟貌舞凤飞鸾。对妆台重整娇姿面。知身貌算料，岂交人见。又被良媒，苦出言词相诱诒。

每道说水际鸳鸯，惟指梁间双燕。被父母将儿匹配，便认多生宿姻眷。一旦娉得狂夫，攻书业抛妾求名宦。纵然选得，一时朝要，荣华争稳便。[①]

这里写女子待字闺中，嫁后丈夫求宦远别等等，几乎没有景物描写，后来宋代柳永的许多慢词就继承了敦煌曲子词的这个特点。

第十则　词要可解

诗词未论美恶，先要使人可解。白香山一言，破尽千古词人魔障——爨妪尚使能解[②]，况稍稍知书识字者乎？尝有意极精深，词涉隐晦，翻绎数过，而不得其意之所在。此等诗词，询之作者，自有妙论，然不能日叩玄亭[③]，问此累帙盈篇之奇字也。有束诸高阁，俟再读数年，然后窥其涯涘而已。

"第十则"评：可解不可解

唐圭璋先生《词话丛编》给此则的小标题是："词要可解"。

李渔主张"诗词未论美恶，先要使人可解"。一般而言，这是对的。我也喜欢那些既可解又意味无穷的诗词。

---

① 敦煌曲子词《倾杯乐》，见《全唐五代词》，中华书局1999年版，第812页。

② "白香山一言"三句：相传白居易每作诗，令一老妪解之，妪曰解，则录之；不解，则易之。（见宋惠洪《冷斋夜话》卷一）

③ 玄亭：汉扬雄曾著《太玄》，其在四川成都住宅遂称"草玄堂"或"草玄亭"，亦简称"玄亭"。（清）方文《归里偕邓简之吴子远山行得巢字》诗："白业闻僧梵，玄亭解客嘲。"（清）刘献廷《江沛思并诸同人小集》诗："玄亭问字樽徒载，绣佛逃禅调自殊。"（清）孙枝蔚《挽房兴公朱姬》诗："独坐玄亭肠易断，扬雄不止惜童乌。"（参考百度"玄亭"条）

但是，还应看到，正如董仲舒《春秋繁露》所言："诗无达诂"①。

诗词，广义地说包括一切文学艺术作品在内，就其"通常"状态而言，其所谓"可解"，与科学论文之"可解"，决然不同。诗词往往在可解不可解之间。还有某些比较"特殊"的诗人和"特殊"的诗词，像李商隐和他的某些诗如《锦瑟》（"锦瑟无端五十弦，一弦一柱思华年。庄生晓梦迷蝴蝶，望帝春心托杜鹃。沧海月明珠有泪，蓝田日暖玉生烟。此情可待成追忆，只是当时已惘然"），就"不好解"或几于"不可解"，历来注家争论不休，莫衷一是；当代的所谓"朦胧诗"亦如是。而"不好解"或几于"不可解"的诗，并不就是坏诗。还有，西方的某些荒诞剧，如《等待戈多》，按常理殊不可解。剧中，戈多始终没有出现。戈多是谁？为何等待？让人丈二和尚摸不着头脑。然这几于"不可解"的剧情，在这个荒诞的社会里，自有其意义在。你去慢慢琢磨吧。

诗词以及其他文学艺术作品之所以常常"无达诂"和"不可解"，或者说介于可解不可解之间，原因是多方面的，最主要的是这样几条。

一是就文学艺术特性而言，它要表现人的情感（当然不只是表现情感），而人的情感是最复杂多变的，常常让人费尽心思捉摸不透。

二是由文学艺术特性所决定，文学艺术语言与科学语言比较起来，是多义的，有时其意义是"游弋"的。譬如辛弃疾词《寻芳草·调陈莘叟忆内》："有得许多泪，更闲却、许多鸳被；枕头儿、放处都不是，旧家时，怎生睡？　更也没书来！那堪被、雁儿调戏，道无书、却有书中意，排几个人人字。"词中的"雁

---

① （汉）董仲舒《春秋繁露》卷三《精华》曰："《诗》无达诂，《易》无达占，《春秋》无达辞。"（上海古籍出版社1989年版，第24页）

儿"，既是自然界的大雁，也是传信的雁儿，在下半阕，它的意思来回游弋，要凭读者把握。再如何其芳诗《我们最伟大的节日》第一句："中华人民共和国，在隆隆的雷声里诞生。"这"隆隆的雷声"，既是自然界的，也是社会革命的。作者在这首诗的小序中说："一九四九年九月二十一日，中国人民政治协商会议第一届全体会议在北京开幕。毛泽东主席在开幕词中说：'我们团结起来，以人民解放战争和人民大革命打倒了内外压迫者，宣布中华人民共和国成立了。'他讲话以后，一阵短促的暴风雨突然来临，我们坐在会场里面也听到了由远而近的雷声。"显然，何其芳诗中所写，既指"暴风雨突然来临"时天空中"由远而近的雷声"，也指诗人在会场所听到的毛主席"宣布中华人民共和国成立"这种社会的雷声。这两种"雷声"在诗中交融在一起。

三是诗词写的往往是作者片刻感受、刹那领悟，或者是一时难于界定、难以说清的缕缕情思，譬如李清照那首《武陵春》："风住尘香花已尽，日晚倦梳头。物是人非事事休，欲语泪先流。闻说双溪春尚好，也拟泛轻舟。只恐双溪舴艋舟，载不动，许多愁。"①你看她"日晚倦梳头"、"欲语泪先流"，想趁"尚好"之春日"泛轻舟"，忽儿一变："只恐双溪舴艋舟，载不动，许多愁"。这变幻莫测的情思，一时谁能说得清楚、说得确切？

四是从接受美学的角度看，读者的个人情况复杂多样，阅读的时间地点氛围各不相同，对同一篇作品解读也各式各样，很难获得大家统一的理解，因此给人造成诗无达诂、诗无定解的印象。还是以李清照为例，看她最著名的《声声慢》："寻寻觅觅，冷冷清清，凄凄惨惨戚戚。乍暖还寒时候，最难将息。三杯两盏淡酒，怎敌他晚来风急？雁过也，正伤心，却是旧时相识。　　满地黄花堆积，憔悴损，而今有谁堪摘？守着窗儿，独自怎生得黑！梧

---

① （宋）李清照：《武陵春·春晚》，见《全宋词》，第931页。

桐更兼细雨，到黄昏点点滴滴，这次第，怎一个愁字了得！"① 大多数人都说这首词写于李清照晚年，她在述说国恨家仇的凄凉晚景；但是我的一位老同学、李清照研究家陈祖美研究员却提出不同见解：此乃李清照中年所写，述说她与赵明诚夫妻情感之事。陈祖美自有其根据，我听后觉得不无道理。"有一千个读者就有一千个哈姆雷特"，信然。

五是诗词和其他文学艺术作品本来就应该"言有尽而意无穷"，读者也不可能用"有尽之言"说完"无尽之意"。这应该是"诗无达诂"最基本的理由。

第十一则　词语贵直

意之曲者词贵直，事之顺者语宜逆，此词家一定之理。不折不回，表里如一之法，以之为人不可无，以之作诗作词，则断断不可有也。（方绍村评：文情逆乃生，诚哉。）

"第十一则"评：文章忌平与反对套话

这一则仍论填词之创作技巧，唐圭璋先生《词话丛编》给它的小标题是："词语贵直"。

其实李渔这里说的主要不是"词语贵直"，而是强调填词时应该做到"曲"与"直"互相映衬、互相彰显，即通过"意曲词直"、"事顺语逆"，以造成变化起伏、跌宕有致的效果，恰如方绍村眉批所谓："文情逆乃生，诚哉。"李渔说："不折不回，表里如一之法，以之为人不可无，以之作诗作词，则断断不可有也。"此言深得诗词创作之三昧。毛稚黄《诗辨坻》也说到这层意思："尝论词贵开宕，不沾滞，忽悲忽喜，乍远乍近，斯为妙

① （宋）李清照：《声声慢》，见《全宋词》，第 932 页。

耳。……李（清照）春情词本闺怨，结云：‘多少游春意’，‘更看今日晴未’，忽而拓开，不但不为题束，并不为本意所苦，直如行云舒卷自如，人不觉耳。”①

譬如李渔自己的一首小令《忆王孙·苦雨》：“看花天气雨偏长，徒面青青薜荔墙。燕子愁寒不下梁。惜时光，等得闲来事又忙。”这首小词不过短短三十一个字，五句话；但是波澜回旋，曲折荡漾。先是赏花偏遇天寒雨长，“徒面青青薜荔墙”；等得天暖雨晴，可以趁这好时光看花了，可是“等得闲来事又忙”——又没空儿赏花了。真是：人有空儿，天偏没空儿；天有空儿，人却没空儿了。末句“等得闲来事又忙”最有味道。

而且何止诗词需要波澜起伏，大概一切文章的写作，都如此。20世纪70年代，我曾到何其芳同志家请教文章写法，并拿去拙作请他指点。其芳同志的一个重要意见是文章一定要有波澜，要跌宕有致，切忌“一马平川”。他一面说，一面用手比画，做出波澜起伏的样子。其芳同志的言传身授，使我受益终生。

我还认为不只诗、词、文章的意思（内容）要曲折起伏，而且其表现形式和文风也忌呆板。譬如“文革体”的文章，不但内容可厌，而且其呆板的文风和俗套的形式（如常常以“东风吹，战鼓擂”之类的格式开头）也令人难以忍受。可惜，现在这种可恶的文风和形式（可能变换了形态）仍然充斥耳目。你看看我们许多报纸杂志的某些文章和电视广播的新闻稿件，你听听我们大小会议的许多发言，套话连篇，铺天盖地，叫人无处躲藏。难怪有“中国铁娘子”之称的吴仪同志在参加2005年全国“两会”小组讨论时，毫不客气地打断东北某省一位领导的话：“你能不能别说套话了。”

---

① （清）毛稚黄：《诗辨坻》卷四“词曲”，见郭绍虞编选《清诗话续编》，上海古籍出版社1983年版，第91页。

第十二则　好词当一气如话

"一气如话"四字，前辈以之赞诗，予谓各种文词，无一不当如是。如是即为好文词，不则好到绝顶处，亦是散金碎玉。此为"一气"而言也。"如话"之说，即谓使人易解，是以白香山之妙论，约为二字而出之者。千古好文章，总是说话，只多"者"、"也"、"之"、"乎"数字耳。作词之家，当以"一气如话"一语，认为四字金丹。"一气"则少隔绝之痕，"如话"则无隐晦之弊。大约言情易得贯穿，说景难逃琐碎，小令易于条达，长调难免凑补。（方绍村评：予亦持此论训儿辈行文，但未若笠翁之剀切祥明若此。）予自总角时学填词，于今老矣，颇得一二简便之方，请以公诸当世：总是认定开首一句为主，第二句之材料，不用别寻，即在开首一句中想出。如此相因而下，直至结尾，则不求"一气"而自成"一气"，且省却几许淘摸工夫。此求"一气"之方也。（何省斋评：予姑翁坦庵先生论杜诗亦云：认定首句为主。近人先排对仗，后填起结，索然无味矣。）"如话"则勿作文字做，并勿作填词做，竟作与人面谈；又勿作与文人面谈，而与妻孥臧获辈面谈；有一字难解者，即为易去，恐因此一字模糊，使说话之本意全失。此求"如话"之方也。前著《闲情偶寄》一书，曾以生平底里，和盘托出，颇于此道有功。但恐海内词人，有未尽寓目者。如谓斯言有当，请自坊间，索而读之。

"第十二则"评："一气如话"解

唐圭璋先生《词话丛编》给此则的小标题是："好词当一气如话"。

"一气如话"，李渔称为"四字金丹"，的确是个精辟见解。"一气"者，即"少隔绝之痕"，也即李渔论戏曲结构时一再强调的要血脉相连而不能有断续之痕。好的艺术作品是活的有机体，是有生命的，是气息贯通的，像一个活蹦乱跳的大活人一样存活在世界上。倘若他的"气"断了，被阻隔了，就有生命危险。李渔说的"一气"，即后来王国维《人间词话》说的"不隔"："问隔与不隔之别。曰：陶谢之诗不隔，延年之诗稍隔矣；东坡之诗不隔，山谷则稍隔矣。'池塘生春草、空梁落燕泥'等二句，妙处唯在不隔。词亦如是，即以一人一词论，如欧阳公《少年游·咏春草》上半阕云：'阑干十二独凭春，晴碧远连云。二月，千里万里，三月，行色苦愁人。'语语都在目前，便是不隔。至云'谢家池上，江淹浦畔'，则隔矣。白石《翠楼吟》：'此地，宜有词仙，拥素云黄鹤，与君游戏。玉梯凝望久，叹芳草，萋萋千里。'便是不隔；至'酒拔清愁，花消英气'，则隔矣。然南宋词虽不隔处，比之前人，自有浅深厚薄之别。"① 我们赋诗填词作文，一定要时常吃些"顺气丸"，使气息畅通无阻，变"隔"为"不隔"。李渔还指出："大约言情易得贯穿，说景难逃琐碎，小令易于条达，长调难免凑补。"针对此病，李渔以自己填词的实践经验授初学者以"秘方"："总是认定开首一句为主，第二句之材料，不用别寻，即在开首一句中想出。如此相因而下，直至结尾，则不求'一气'而自成'一气'，且省却几许淘摸工夫。"我说李渔此方，不过是枝枝节节的小伎俩而已，不能解决根本问题。要"一气"，最根本的是思想感情的流畅贯通。假如对事物之观察体悟，能够达到"烂熟于心"的程度，再附之李渔所说之方，大概真能做到"不求'一气'而自成'一气'"了。

　　"如话"，李渔说是"无隐晦之弊"。其实"如话"不仅是通常所谓通俗可解，不晦涩；更重要的是生动自然，不做作。李渔自己也说："千古好文章，总是说话，只多'者'、'也'、'之'、

①　王国维：《人间词话》"隔与不隔"，见唐圭璋《词话丛编》，第4248页。

'乎'数字耳"又说："'如话'则勿作文字做，并勿作填词做，竟作与人面谈；又勿作与文人面谈，而与妻孥臧获辈面谈。"李渔自己就有不少如"说话"、"面谈"的词，像《水调歌头·中秋夜金阊泛舟》："载舟复载舟，招友更招僧。不登虎丘则已，登必待天明。上半夜嫌鼎沸，中半夜愁轰饮，诗赋总难成。不到鸡鸣后，鹤梦未全醒。　归来后，诗易作，景难凭。舍真就假，何事搁笔费经营？况是老无记性，过眼便同隔世，五鼓忘三更。就景挥毫处，暗助有山灵。"这样的"说话"、"面谈"不仅为了通俗晓畅，更重要的是它自自然然而绝不忸怩作态。假如一个人端起架子来赋诗填词作文，刻意找些奇词妙句，那肯定出不来上等作品。

岂止赋诗填词作文如此，其他艺术样式也一样，例如唱歌。在 2008 年第十三届全国青年歌手大奖赛第二现场，作为嘉宾主持的歌唱家蒋大为告诫歌手：你不要端着架子唱，而是把唱歌当作说话。

我为什么喜欢杨绛先生的散文，例如她的《干校六记》？就因为读杨绛这些文章，如同"文革"期间我们做邻居时，她在学部大院七号楼前同我五岁的女儿开玩笑，同我拉家常话，娓娓道来，自然亲切，平和晓畅而又风趣盎然。这与读别的作家的散文，感觉不一样，例如杨朔。杨朔同志的散文当然也自有其魅力，但是总觉得他是站在舞台上给你朗诵，而且是化了妆、带表演的朗诵；同时我还觉得他朗诵时虽然竭力学着使用普通话，但又时时露出家乡（山东蓬莱）口音。

第十三则　词须注重后篇

诗词之内，好句原难，如不能字字皆工，语语尽善，须择其菁华所萃处，留备后半幅之用。宁为处女于前，勿作强弩之末。大约选词之家，遇前工后拙者，欲收不能；有前不甚佳而能善其后者，即释手不得。闱中阅卷亦然，盖主司之取舍，全定于终篇之一刻，临去秋波那一转，未有不令人消魂欲绝者也。（陈天游[①]评：不但词家玉律，并为举业金针。）

"第十三则"评：注重后篇之相对性

唐圭璋先生《词话丛编》给十三则的小标题是："词须注重后篇"。

第十三则，重点谈"后篇"，亦捎带"煞尾"。李渔说："诗词之内，好句原难，如不能字字皆工，语语尽善，须择其菁华所萃处，留备后半幅之用。"李渔的朋友毛稚黄《诗辨坻》也说到"后半"和"终篇"："前半泛写，后半专叙，盛宋词人多此法。如子瞻《贺新凉》后段只说榴花，《卜算子》后段只说鸣雁，周清真寒食词后段只说邂逅，乃更觉意长。"[②]

但是，注重后篇，这只能在相对的意义上才可依此行事。诗、词、文章，是一个完整的艺术品，其创作也是一个连续不断的创造过程，"后篇"固然重要，开头亦须讲究，单从技巧层面讲，哪个环节都不能忽视。胡仔《苕溪渔隐词话》卷二《作词要善救首尾》条曰："凡作诗词，要当如常山之蛇，救首救尾，不可偏也。"[③] 所谓救首，即开头要好，亦如沈义父《乐府指迷》"论起句"云"大抵起句便见所咏之意，不可泛入闲事，方入主意。咏物尤不可泛"[④]；所谓救尾，即结尾须佳，或云结句更应含蓄不尽。当然，后篇者，不仅仅是"煞尾"，诗、词的后半部分都应

---

① 陈天游：生平未详，与李渔生活于同一时段。在李渔诗文、《论古》等作品中，可以看到陈天游不少眉批，由此可见，他曾与李渔有不少交往。

② （清）毛稚黄：《诗辨坻》卷四"词曲"条，见郭绍虞选编《清诗话续编》，第91页。

③ （宋）胡仔：《苕溪渔隐词话》卷二《作词要善救首尾》条，见唐圭璋《词话丛编》，第174页。

④ （宋）沈义父：《乐府指迷》"论起句"，见唐圭璋《词话丛编》，第278页。

是所指范围。从作者的创作过程说，整篇作品的创造自始至终都
应毫不懈怠，不可前紧后松；从作品整体来说，前后配搭得当，
丁是丁，卯是卯，每个螺丝钉都是它们应该待的地方，各个部分
都得其所哉。

第十四则　词要善于煞尾

词要住得恰好，小令不能续之使长，长调不能缩之使短。调
之单者，欲增之使双而不得；调之双者，欲去半调而使单亦不能。
如此方是好词。（方绍村评：此论妙极，细绎方解，不独词也。如
"君不见，蜀葵花"①，"行路难，有如此"②，则得之矣。）其不可
断续增减处，全在善于煞尾。无论说尽之话，使人不能再赘一词，
即有有意蕴藉，不吐而吞，若为歇后语者，亦不能为蛇添足，纔
是善于煞尾。（何省斋评：止乎其所不得不止，煞尾是也。如闻金
声而止，始收得击鼓其镗，踊跃用兵之气。）盖词之段落，与诗不
同。诗之结句有定体，如五七言律诗，中四句对，末二句收，读
到此处，谁不知其是尾？词则长短无定格，单双无定体，有望其
歇而不歇，不知其歇而竟歇者，故较诗体为难。

"第十四则"评：结尾应含蓄不尽

唐圭璋先生《词话丛编》给第十四则的小标题是："词要善于
煞尾"。

第十四则，重点谈"煞尾"，即结尾须佳，或云结句更应含蓄
不尽。这一点，亦如上面所说，要从相对的意义上来理解。

---

① （唐）岑参《蜀葵花歌》："昨日一花开，今日一花开。今日花正好，昨日花已
老。始知人老不如花，可惜落花君莫扫。人生不得长少年，莫惜床头沽酒钱。请君有钱
向酒家，君不见，蜀葵花。"（《全唐诗》卷一百九十九，第 2062 页）
② 行路难，有如此：李白有"行路难，多歧路，今安在……"但此处"行路难，
有如此"，未知出于何诗。

张炎《词源》卷下"令曲"条云:"末句最当留意,有有余不尽之意始佳。"① 稍后沈义父《乐府指迷》"论结句"云:"结句须要放开,含有余不尽之意,以景结尾最好。如清真之'断肠院落,一帘风絮',又'掩重关,遍城钟鼓'之类是也。或以情结尾亦好。往往轻而露,如清真之'天使教人,霎时厮见何妨',又云:'梦魂凝想鸳侣'之类,便无意思,亦是词家病,却不可学也。"② 总之,结句要有余味,要能勾人,就像李渔自己一再强调的:"宁为处女于前,勿作强弩之末。大约选词之家,遇前工后拙者,欲收不能;有前不甚佳而能善其后者,即释手不得。闱中阅卷亦然,盖主司之取舍,全定于终篇之一刻,临去秋波那一转,未有不令人消魂欲绝者也。"

沈义父所谓"以景结尾"或"以情结尾",实无定式。我看,不管以景结尾或以情结尾,皆无不可,重要的是要做到"含有余不尽之意";不然,怎么结尾都不能算成功。譬如苏轼非常有名、人们非常熟悉的两首词《江神子》(十年生死两茫茫)③ 和《水调歌头》(明月几时有)④,前一首深情悼亡,以景结尾:"料得年年断肠处,明月夜,短松冈";后一首惆怅怀弟,以情结尾:"但愿人长久,千里共婵娟"。而这两种结尾都"含有余不尽之意",让人长久思之,释手不得,不忍遽别。还有两个例子,一是辛弃疾《丑奴儿》:"少年不识愁滋味,爱上层楼,爱上层楼,为赋新词强说愁。   而今识尽愁滋味,欲说还休,欲说还休,却道天凉好个秋。"⑤ 以情结尾。一是李渔《减字木兰花·对镜作》:"少年作客,不爱巅毛拼早白。待白巅毛,又恨芳春暗里消。   及今归去,犹有数茎留得住。再客两年,雪在人头不在天。" 以景结

① (宋)张炎:《词源》卷下"令曲"条,见唐圭璋《词话丛编》,第264页。
② (宋)沈义父:《乐府指迷》"论结句",见唐圭璋《词话丛编》,第279页。
③ (宋)苏轼:《江神子》(十年生死两茫茫),见《全宋词》,第300页。
④ (宋)苏轼:《水调歌头》(明月几时有),见《全宋词》,第280页。
⑤ (宋)辛弃疾:《丑奴儿》(少年不识愁滋味),见《全宋词》,第1920页。

尾。这两首词结尾都好，有味道，令人长久思之。

任何艺术作品（特别是叙事艺术作品）好的结尾，都应收到这样的效果才是。

但是败笔常常有。最近看了根据毕淑敏小说改编的电视连续剧《大姐》，一路看下来，虽不算精彩，但也还过得去。不想，到结尾处却大煞风景：如同研讨会结束时让主持人做总结那样，编剧（抑或导演、或小说作者？）竟让剧中第一主人公大姐用一番说教点明"家和万事兴"的主题，一览无余，不给观众留下一点回味之处。

我一气之下，立刻把电视机关掉！

这是我所看到的最差结尾之一。

第十五则　结句述景最难

有以淡语收浓词者，别是一法。内有一片深心，若草草看过，必视为强弩之末。又恐人不得其解，谬谓前人煞尾，原不必尽用全力，亦不必尽顾上文，尽可随拈随得，任我张弛，效而为之，必犯锐始懈终之病，亦为饶舌数语。大约此种结法，用之忧怨处居多，如怀人、送客、写忧、寄慨之词，自首至终，皆诉凄怨。其结句独不言情，而反述眼前所见者，皆自状无可奈何之情，谓思之无益，留之不得，不若且顾目前。而目前无人，止有此物，如"心事竟谁知，月明花满枝"[①]、"曲中人不见，江上数峰青"[②]之类是也。此等结法最难，非负雄才、具大力者不能，即前人亦偶一为之，学填词者慎勿轻效。

---

① "心事竟谁知"二句：（唐）温庭筠《菩萨蛮》（蕊黄无限当山额），见《全唐五代词》，中华书局1999年版，第100页。

② "曲中人不见"二句：（唐）钱起《省试湘灵鼓瑟》（善鼓云和瑟），见《全唐诗》，第2651页。

"第十五则"评："结句述景"之难在哪里

唐圭璋先生《词话丛编》给此则的小标题是："结句述景最难"。

李渔开头一句"有以淡语收浓词者"包含一个重要思想，即"浓"与"淡"的辩证法。"浓"词而"淡"收，就像我们前面谈到处理"曲"与"直"、"顺"与"逆"的辩证关系一样，相反相成、张弛相济、浓淡互补、跌宕起伏，使诗、词、文章，灵动鲜活、生机盎然，更加有味道。此不多言。下面着重谈谈"结句述景"的问题。

李渔说："此等结法（指'结句独不言情，而反述眼前所见'）最难，非负雄才、具大力者不能，即前人亦偶一为之，学填词者慎勿轻效。"

他举了两个"此等结法"的成功例子。

一是温庭筠《菩萨蛮》："蕊黄无限当山额，宿妆隐笑纱窗隔。相见牡丹时，暂来还别离。翠钗金作股，钗上蝶双舞。心事竟谁知，月明花满枝。"[1] 传说这首《菩萨蛮》是温庭筠特地写给女诗人鱼玄机的。温庭筠长得很难看，外号"温钟馗"，可鱼玄机偏偏爱上了这位才华横溢而外貌丑陋的诗人温庭筠。词中所言，既满怀柔情与温存，又充满惆怅和遗憾。似乎他们的爱情并不顺利，"相见牡丹时，暂来还别离"，聚少离多，而且相见短暂，此中恐有难言之痛。最后以述景结尾："心事竟谁知，月明花满枝"——难以说出且别人难以知晓的"心事"，尽在"月明花满枝"的不言之中。这首词结尾述景，似淡实浓，寓意深藏，含而不露，耐人寻味。

二是钱起《省试湘灵鼓瑟》："善鼓云和瑟，常闻帝子灵。冯

---

① （唐）温庭筠：《菩萨蛮》，见《全唐五代词》，第100页。

夷空自舞，楚客不堪听。苦调凄金石，清音入杳冥。苍梧来怨慕，白芷动芳馨。流水传潇浦，悲风过洞庭。曲终人不见，江上数峰青。"① 这是一首试帖诗。"湘灵鼓瑟"来自《楚辞·远游》"使湘灵鼓瑟兮，令海若舞冯夷"句。诗中，湘灵鼓瑟，冯夷起舞，苍梧怨慕，白芷动容，流水凄凄，楚客戚戚……诗人驰骋想象，把无形的乐声写得生动形象、活灵活现，似乎可视、可闻、可感觉。最后以"曲终人不见，江上数峰青"之"景语"作结：曲子演唱完毕了，那美丽而神秘的湘江女神却不见人影，只留下优雅恬静、青青如染的"江上数峰"，引起无限遐想。这首诗的"述景"结尾，情思悠长，耐人寻味。

李渔所举"述景结尾"的这两个例子，确实很难，亦很好。

这两首词的结尾之所以好，乃用"述景"引起无限遐思，含蓄隽永，有余不尽。其难，在于必须使所"述"之"景"成为整首词所创造之意境的有机部分，且如发酵之酵母，生发审美价值。

还是那句话：不管怎样结尾，必须含有余不尽之意，不但令人回味无穷方妙，而且成为美的增殖剂。

第十六则　前后段必须联属

双调②虽分二股，前后意思，必须联属，若判然两截，则是两首单调，非一首双调矣。大约前段布景，后半说情者居多，即毛《诗》之兴比二体。若首尾皆述情事，则赋体也。即使判然两事，亦必于头尾相续处，用一二语或一二字作过文，与作帖括中搭题文字，同是一法。

---

① （唐）钱起：《省试湘灵鼓瑟》，见《全唐诗》，中华书局 1960 年版，第 2651 页。

② 双调：一种词牌名，双调六十字，压平声韵；又，双调即指词的上下两片（两阕）。这里的"双调"似指前一意思。

"第十六则"评："意脉不断"与提炼"主脑"

唐圭璋先生《词话丛编》给此则的小标题是："前后段必须联属"。

李渔这里主要是说一首词的上下两阕（或填"双调"词时的上下两片），前后意思必须联属，并且向初学者传授"联属"之秘方："即使判然两事，亦必于头尾相续处，用一二语或一二字作过文，与作帖括中搭题文字同是一法。"李渔自己的词作，就有前后联属的好例子。请看《生查子·闺人送别》："郎去莫回头，妾亦将身背。一顾一心酸，再顾须回缦。　回缦不长留，越使肝肠碎。早授别离方，睁眼何如闭！"李渔在这首词上下两片之间，用"回缦"两字连接，使前后绝无断续之痕。

这里所谓前后联属，也是对前面第十二则所谓"一气如话"主张的进一步加强。其实不只是填词，写诗、为文及其他任何文艺创作，都必须做到前后联属、"意脉不断"。正如宋代张炎《词源》卷下"制曲"条说："作慢词，看是甚题目，先择曲名，然后命意。命意既了，思量头如何起，尾如何结，方始选韵，而后述曲。最是过片，不要断了曲意，须要承上接下。如姜白石词云：'曲曲屏山，夜凉独自甚情绪。'于过片则云：'西窗又吹暗雨。'此则曲之意脉不断矣。词既成，试思前后之意不相应，或有重叠句意，又恐字面粗疏，即为修改。"① 这是填词家的经验之谈，虽然表面看来张炎所说的方法和程序机械了些，但对初学填词的人很有用处，也有一定说服力。

要做到"意脉不断"，以我对艺术创造的理解，就是一件相对完整的艺术品应该有相对单纯的艺术"主脑"，假如作者能够提炼出这个"主脑"、并且在整个创作中紧紧抓住这个"主脑"、始终

———————
① （宋）张炎：《词源》卷下"制曲"条，见唐圭璋《词话丛编》，第258页。

围绕这个"主脑"，他就很容易做到"意脉不断"。关键是作家能不能在熙熙攘攘的生活百态中提炼出相对单纯的艺术"主脑"。这种善于"提炼"并且善于"单纯化"的功夫，就是作家的艺术才能所在。创作如此，做其他事情亦如此。常言说，真理是单纯的。哲学家也总是善于在"复杂"中提炼"单纯"。有一次听中央电视台 10 频道"百家讲坛"易中天教授讲先秦诸子百家争鸣，他非常善于把纷纭复杂的现象单纯化，经过他的"提纯"，几句话把儒、墨、道、法等各家思想特点相对准确地概括出来，使人一目了然。因此，他所讲的春秋战国诸子百家，那么复杂纷纭的现象在他嘴中"意脉不断"、有机关联，甚至可以看作是一件相对完整的艺术品。

第十七则　词中宜分清人我

词内人我之分，切宜界得清楚。首尾一气之调易作，或全述己意，或全代人言，此犹戏场上一人独唱之曲，无烦顾此虑彼。常有前半幅言人，后半幅言我，或上数句皆述己意，而收煞一二语，忽作人言，甚至有数句之中，互相问答，彼此较筹，亦至数番者，此犹戏场上生旦净丑数人迭唱之曲，抹去生旦净丑字面，止以曲文示人，谁能辨其孰张孰李？词有难于曲者，此类是也。必使眉清目楚，部位井然。大都每句以开手一二字作过文，过到彼人身上，然后说情说事，此其浅而可言者也。至有不作过文，直讲情事，自然分出是人是我，此则所谓神而明之，存乎其人者矣。因见词中常有人我难分之弊，故亦饶舌至此。

"第十七则"评："分清人我"难言矣

唐圭璋先生《词话丛编》给此则的小标题是："词中宜分清人我"。

　　三百年前之李渔主观上一定要分清"人我"，即词中的写作主体与所写对象，要了了分明。这是古典艺术的一般要求。例如辛弃疾《沁园春》（将止酒，戒酒杯使勿近）：

　　杯汝来前！老子今朝，点检形骸。甚长年抱渴，咽如焦釜；于今喜睡，气似奔雷。汝说"刘伶，古今达者，醉后何妨死便埋"。浑如此，叹汝于知己，真少恩哉！

　　更凭歌舞为媒。算合作平居鸩毒猜。况怨无小大，生于所爱；物无美恶，过则为灾。与汝成言，勿留亟退，吾力犹能肆汝杯。杯再拜，道"麾之即去，招则须来"①。

　　这首词写戒酒，风趣而又新奇，令人赏心悦目。全词都是"我"与"杯"的问答，人我之分，清楚明了。

　　然而李渔三百年前的所谓分清"人我"，到了三百年后的今天则又出现了另一种情况：有的艺术则故意模糊人我。例如，你读意识流作品，常常会让你琢磨半天而莫名孰张孰李。

　　宜分清抑或不宜分清？孰是孰非，难言矣。也许随时代不同和艺术种类差异而有不同的要求。

第十八则　词不宜用也字

　　句用"也"字歇脚，在叶韵处则可，若泛作助语辞，用在不叶韵之上数句，亦非所宜。盖曲中原有数调，一定用"也"字歇脚之体。既有此体，即宜避之，不避则犯其调矣。如词曲内有用"也啰"二字歇脚者，制曲之人，即奉为金科玉律，有敢于此曲之外，再用"也啰"二字者乎？词与曲接壤，不得不严其畛域。

---

① （宋）辛弃疾：《沁园春》（将止酒，戒酒杯使勿近），见《全宋词》，第 1915 页。

"第十八则"评："越界"与由诗变词之机制

唐圭璋先生《词话丛编》给此则的小标题是："词不宜用也字"。

由"'也'字歇脚"和"'也啰'二字歇脚"，李渔谈到"词与曲接壤"和"不得不严其畛域"的问题。而由诗、词、曲这些文学样式之间的"接壤"和"畛域"，我联想到一个大问题：即文学样式之间的衍变问题，具体说，诗如何衍变为词、诗词如何衍变为曲的问题。再进一步，也即词的发生、曲的发生之社会机制、文化机制以及文学艺术本身内在机制的问题。

各种文体或文学样式之间，的确有相对确定的"畛域"，同时又有相对模糊的"接壤"地带。而随着现实生活和艺术本身的发展，又常常发生"越界"现象。起初，"越界"是偶然出现的；但是后来"越界"现象愈来愈多，逐渐变成常态，于是，一种新的文体或文学样式可能就诞生了。文学艺术史上，由诗到词，由诗词到曲，就是这么来的。

这种"越界"现象发生的根源是什么？譬如，具体到本文所论，为何会由诗到词，又为何由诗词到曲？以鄙见，有其社会机制、文化机制以及文学艺术内在机制。

从社会文化角度考察，由诗到词、由诗词到曲这种文学现象的变化，表面看起来与整个社会结构变化离得很远，与整个社会文化生活发展变化离得也较远；实则有其深层关联。中国古代社会中期，魏晋南北朝、隋唐、宋元，总体说由纯粹农业社会逐渐变为包含越来越多城市乡镇商业因素的社会，社会生活逐渐由贵族化向平民化发展；随之，社会居民成分也发生变化，除贵族——地主阶级（以及士大夫知识阶层）、农民阶级之外，市民阶级（或曰阶层）逐渐多起来。与此相关，市民化生活特别是市民娱乐文化生活逐渐兴起并发展起来，其中包括妓女文化在内的娱乐文化兴盛发展起来。隋代奴隶娼妓与家妓并行，唐宋官妓盛行，以后则市妓风靡，城市乡镇妓女娱乐文化空前发展繁荣。这就为由诗到词和由诗词到曲的变化提供了社会文化土壤。现在单说由诗到词的变化。大多数人都认为词是"艳科"，词的产生和发展，与人们的娱乐生活关系密切；同时，词最初阶段与歌唱不可分割，而歌唱与娼妓文化又总是联系在一起的。① 唐时，娼妓常常在旗亭、酒肆歌诗，诗人也常常携妓出游，或在旗亭、酒肆听娼妓歌诗。宋王灼《碧鸡漫志》卷第一云："开元中，诗人王昌龄、高适、王之涣诣旗亭饮。梨园伶官亦招妓聚燕，三人私约曰：'我辈擅诗名，未定甲乙，试观诸伶讴诗，分优劣。'一伶唱昌龄二绝句云：'寒雨连江夜入吴。平明送客楚帆孤。洛阳亲友如相问，一片冰心在玉壶。''奉帚平明金殿开。强将团扇共徘徊。玉颜不及寒鸦色，犹带昭阳日影来。'一伶唱适绝句云：'开箧泪沾臆，见君前日书。夜台何寂寞，犹是子云居。'之涣曰：'佳妓所唱，如非我诗，终身不敢与子争衡。不然，子等列拜床下。'须臾妓唱：'黄河远上白云间。一片孤城万仞山。羌笛何须怨杨柳，春风不度玉门关。'之涣揶揄二子曰：'田舍奴，我岂妄哉。'以此知李唐伶伎，取当时名士诗句入歌曲，盖常俗也。"② 又云："白乐天守杭，元微之赠云：'休遣玲珑唱我诗。我诗多是别君辞。'自注云：'乐人高玲珑能歌，歌予数十诗。'乐天亦醉戏诸妓云：'席上争飞使君酒，歌中多唱舍人诗。'又闻歌妓唱前郡守严郎中诗云：'已留旧政布中和。又付新诗与艳歌。'元微之见人咏韩舍人新律诗，戏赠云：'轻新便妓唱，凝妙入僧禅。'"③ 可见唐时妓女歌诗之盛。所歌之诗，就是最初的词，或者说逐渐演变为词。因为最

---

① （宋）丁度《集韵》说："倡，乐也，或从女。"明人张自烈《正字通》说："倡，倡优女乐，别作娼。"

② （宋）王灼：《碧鸡漫志》卷一"唐绝句定为歌曲"，见唐圭璋《词话丛编》，第78页。

③ 同上书，第77页。

初的词与便于歌唱的诗几乎没有什么区别。前曾引《苕溪渔隐词话》卷二中的话："唐初歌辞多是五言诗，或七言诗，初无长短句。……今所存止《瑞鹧鸪》、《小秦王》二阕，是七言八句诗，并七言绝句诗而已。"之后，胡仔紧接着指出：为了便于歌唱，就要对原有七言或五言加字或减字："《瑞鹧鸪》犹依字易歌，若《小秦王》必须杂以虚声，乃可歌耳。"这样，"渐变成长短句"。①这里举一个宋代由诗衍变为长短句的例子，也许可以想见最初诗变为词的情形。宋吴曾《能改斋词话》卷一："唐钱起湘灵鼓瑟诗，末句'曲终人不见，江上数峰青'，秦少游尝用以填词云：'千里潇湘接蓝浦，兰桡昔日曾经。月高风定露华清。微波澄不动，冷浸一天星。独倚危樯情悄悄，遥闻妃瑟泠泠。新声含尽古今情。曲终人不见，江上数峰青。'滕子京亦尝在巴陵，以前句填词云：'湖水连天天连水，秋来分外澄清，君山自是小蓬瀛。气蒸云梦泽，波撼岳阳城。帝子有灵能鼓瑟，凄然依旧伤情。微闻兰芷动芳馨。曲终人不见，江上数峰青。'"②秦少游和滕子京就是这样在钱起原诗基础上增加语句而成为词。由此推想：最初（譬如隋唐时）可能只是对原来的五言诗或七言诗增减几个字或"杂以虚声"，就逐渐使原来的诗变为《小秦王》或《瑞鹧鸪》——变为"曲子词"。李渔自己《窥词管见》第二则也说到类似意见："但有名则为词，而考其体段，按其声律，则又俨然一诗，欲觅相去之眼而不得者。如《生查子》前后二段，与两首五言绝句何异。《竹枝》第二体、《柳枝》第一体、《小秦王》、《清平调》、《八拍蛮》、《阿那曲》，与一首七言绝句何异。《玉楼春》、《采莲子》，与两首七言绝句何异。《字字双》亦与七言绝同，只有每句叠一字

---

① （宋）胡仔：《苕溪渔隐词话》卷二"唐初无长短句"，见唐圭璋《词话丛编》，第 177 页。

② （宋）吴曾：《能改斋词话》卷一"用江上数峰青之句填词"，见唐圭璋《词话丛编》，第 136 页。

之别。《瑞鹧鸪》即七言律，《鹧鸪天》亦即七言律，惟减第五句之一字。"值得注意的是，李渔在说到《字字双》和《瑞鹧鸪》时，指出《字字双》与七言绝"只有每句叠一字之别"。《瑞鹧鸪》、《鹧鸪天》与七言律，"惟减第五句之一字"，这"每句叠一字"和"惟减第五句之一字"就是由诗变词的关键。李渔推测："昔日诗变为词，定由此数调始。取诗之协律便歌者，被诸管弦，得此数首，因其可词而词之，则今日之词名，仍是昔日之诗题耳。"我很赞同李渔的这个观点。

这是由诗变为词的文学艺术本身之内在机制。

第十九则　词忌连用数去声或入声

填词之难，难于拗句。拗句之难，只为一句之中，或仄多平少、平多仄少，或当平反仄、当仄反平，利于口者叛乎格，虽有警句，无所用之，此词人之厄也。予向有一法，以济其穷，已悉之《闲情偶寄》。恐有未尽阅者，不妨再见于此书。四声之内，平止得一，而仄居其三。人但知上去入三声，皆丽乎仄，而不知上之为声，虽与去入无异，而实可介乎平仄之间。以其另有一种声音，杂之去入之中，大有泾渭，且若平声未远者。古人造字审音，使居平仄之介，明明是一过文，由平至仄，从此始也。譬之四方乡音，随地各别，吴有吴音，越有越语，相去不啻河汉。而一到接壤之处，则吴越之音相半，吴人听之觉其同，越人听之亦不觉其异。九州八极，无一不然。此即声音之过文，犹上声介乎平去入之间也。词家当明是理，凡遇一句之中，当连用数仄者，须以上声字间之，则似可以代平，拗而不觉其拗矣。若连用数平者，虽不可以之代平，亦于此句仄声字内，用一上声字间之，即与纯用去入者有别，亦似可以代平。最忌连用数去声或入声，并去入亦不相间，则是期期艾艾之文，读其词者，与听口吃之人说话无异矣。

"第十九则"评：精通音律之李渔

唐圭璋先生《词话丛编》给此则的小标题是："词忌连用数去声或入声"。

李渔真是填词老手和高手，且十分精通音律，这在《闲情偶寄·词曲部·音律第三》"慎用上声"条已经表现出来："平上去入四声，惟上声一音最别。用之词曲，较他音独低，用之宾白，又较他音独高。填词者每用此声，最宜斟酌。此声利于幽静之词，不利于发扬之曲；即幽静之词，亦宜偶用、间用，切忌一句之中连用二三四字。盖曲到上声字，不求低而自低，不低则此字唱不出口。如十数字高而忽有一字之低，亦觉抑扬有致；若重复数字皆低，则不特无音，且无曲矣。至于发扬之曲，每到吃紧关头，即当用阴字①，而易以阳字尚不发调，况为上声之极细者乎？予尝谓物有雌雄，字亦有雌雄。平去入三声以及阴字，乃字与声之雄飞者也；上声及阳字，乃字与声之雌伏者也。此理不明，难于制曲。初学填词者，每犯抑扬倒置之病，其故何居？正为上声之字入曲低，而入白反高耳。词人之能度曲者，世间颇少。其握管捻髭之际，大约口内吟哦，皆同说话，每逢此字，即作高声；且上声之字出口最亮，入耳极清，因其高而且清，清而且亮，自然得意疾书。孰知唱曲之道与此相反，念来高者，唱出反低，此文人妙曲利于案头，而不利于场上之通病也。"李渔在《词韵例言》中谈到词韵与诗韵和曲韵的区别时说："诗韵之必不可通于词韵者，不止梅、回等字，如'四纸'之士、氏、仕，'七麌（yǔ）'之巨、炬、拒、宁、苧、伫……皆作上声，诗体则然，词则万无是理"。又说："且作词之法，务求声韵铿锵，宫商迭奏，始见其

---

① 阴字：阴声字，大都尾韵为元音。后面所说阳字，即阳声字，大都尾音为辅音。

妙，所以，周德清之作《中原音韵》，凡声同韵合之字，各以类从，使作者首句用此字，次句必另换一音，不至于首句用东而次用冬，前用江而后用姜，上下合辙，使读者粘牙腻齿"。①

三百多年前的李渔没有今天我们所具有的科学手段和科学知识，但他从长期戏曲创作和诗词创作实践中，深刻掌握了语言音韵的规律，及其在戏曲创作和诗词创作中的具体运用（包括下面的第二十则"不用韵之句"的作法，第二十一则"词忌二句合音"等问题），非常了不起。我不懂音律，但我建议今天的语言学家、音韵学家、戏曲作家、戏曲演员和导演，仔细读读李渔《窥词管见》和《闲情偶寄》中这几段文字，以及《笠翁诗韵》、《笠翁词韵》等，研究和把握其中奥秘，这对创造作品的审美意境关系甚大。譬如，一首词如何择韵，深刻影响其审美指向。

选择仄声韵，则易于创造出激扬悲壮的审美意境，岳飞《满江红·写怀》即如此：

怒发冲冠，凭栏处、潇潇雨歇。抬望眼、仰天长啸，壮怀激烈。三十功名尘与土，八千里路云和月。莫等闲、白了少年头，空悲切。　　靖康耻，犹未雪。臣子恨，何时灭？驾长车踏破贺兰山阙。壮志饥餐胡虏肉，笑谈渴饮匈奴血。待从头、收拾旧山河，朝天阙。②

选择平声韵，则易于创造出舒缓悠扬的审美意境，毛泽东《沁园春·雪》即如此：

北国风光，千里冰封，万里雪飘。望长城内外，惟余莽莽；大河上下，顿失滔滔。山舞银蛇，原驰蜡象，欲与天公试比高。须晴日，看红妆素裹，分外妖娆。　　江山如此多娇，引无数英雄竞折腰。惜秦皇汉武，略输文采；唐宗宋祖，稍逊风骚。一代天骄，成吉思汗，只识弯弓射大雕。俱往矣，数风流人物，还看

---

① （清）李渔：《词韵例言》，见《李渔全集》第十八卷，第362—363页。
② （宋）岳飞：《满江红·写怀》，见《全宋词》，第1246页。

今朝。

　　用韵的学问很深，需要填词者不断探索。

第二十则　用韵宜守律

　　不用韵之句，还其不用韵，切勿过于骋才，反得求全之毁。盖不用韵为放，用韵为收，譬之养鹰纵犬，全于放处逞能。常有数句不用韵，却似散漫无归，而忽以一韵收住者，此当日造词人显手段处。（毛稚黄评：非神明乎此者不能言，非眠食乎此者亦不能听。）彼则以为奇险莫测，在我视之，亦常技耳。不过以不用韵之数句，联其意为一句，一直赶下，赶到用韵处而止。其为气也贵乎长，其为势也利于捷。若不知其意之所在，东奔西驰，直待临崖勒马，韵虽收而意不收，难乎其为调矣。

"第二十则"评：用韵的技巧

　　唐圭璋先生《词话丛编》给此则的小标题是："用韵宜守律"。

　　李渔在这里谈用韵、特别是其中"放"与"收"的技巧。何为"放"？一首词，有的句子或一些句子不用韵，此为"放"；何为"收"？数句不用韵而忽到某一句用韵，此为"收"。"放"与"收"，这也是一对辩证之物，何时"放"，何时"收"，并不是随意为之，而是自有规律在其中。熟练地掌握规律，一"放"一"收"，"放"、"收"有度，做得恰到好处，李渔认为这是词人显示"手段"的地方。填词的艺术，是带着镣铐跳舞的艺术，"放"与"收"，就是"镣铐"之一。但是，若要填词，就得自觉自愿地带上"镣铐"，倘卸掉"镣铐"，自由是自由了，词的艺术也就消失了。

　　用韵，既是美学理论问题，也是（或者说更是）创作实践问题。填词里手，通过不断实践才能掌握规律。

而且更重要的，用韵，特别是其中的"放"与"收"，不完全是技巧问题，而是艺术构思问题，即你如何孕育你的艺术情思进而如何完美地表达你的艺术情思问题。李渔此则中所说要"知意之所在"，此"意"极端重要；所谓"意"，我认为就是艺术情思或曰审美情思。李渔说："……以不用韵之数句，联其意为一句，一直赶下，赶到用韵处而止。其为气也贵乎长，其为势也利于捷。若不知其意之所在，东奔西驰，直待临崖勒马，韵虽收而意不收，难乎其为调矣。"一首词，若无"意"（审美情思），特别是若无好"意"，即使你有再高超的技巧，亦归之无用。

第二十一则　词忌二句合音

二句合音，词家所忌。何谓合音？如上句之韵为"东"，下句之韵为"冬"之类是也。"东"、"冬"二字，意义虽别，音韵则同，读之既不发调，且有带齿粘喉之病。近人多有犯此者。作诗之法，上二句合音犹曰不可，况下二句之叶韵者乎。何谓上二句合音？如律诗中之第三句与第五句、或第五句与第七句煞尾二字，皆用仄韵，若前后同出一者，如意义、气契、斧抚、直质之类。诗中犯此，是犹无名之指，屈而不伸，谓之病夫不可，谓之无恙全人亦不可也。（丁药园评：笠翁又有《名诗类隽》一书继此而出，简首亦载《窥诗管见》数十则，有功诗学，大率类此。）此为相连相并之二句而言，中有隔句者，不在此列。

"第二十一则"评：善于用韵，创造音律美

唐圭璋先生《词话丛编》给此则的小标题是："词忌二句合音"。

李渔所谓"二句合音"者，即上句之韵与下句之韵相重合，他举的例子是"上句之韵为'东'，下句之韵为'冬'之类"，即

"东"与"冬"二韵重合，也即通常人们所谓"重韵"。如果一般人读词只重词意，不那么讲究形式美特别是音乐美，马马虎虎也就过去了。但是严格说来，这种"二句合音"，对于作为一种艺术样式的词，是一种伤害，因为它破坏了词的音乐美，即李渔所谓"'东'、'冬'二字，意义虽别，音韵则同，读之既不发调，且有带齿粘喉之病"。

词虽然在历史发展过程中逐渐与音乐分离，即从"耐唱"逐渐走向"耐读"（详见下一则评），但依然讲究音律之美。而善于押韵，是创造词之音律美的重要手段。李渔作为填词行家，对于创造词的音律美，有深切体会，所以他提出的一套方法，非常实用，今天仍可借鉴。他认为，词全为吟诵而设，只求"便读"而已。如何做到便读呢？他提出的方法是："首忌韵杂，次忌音连，三忌字涩。"（第二十则）李渔在第二十则论说了解决之法。

首先，如何解决"韵杂"的问题？李渔认为，有些韵，如东、江、真、庚、天、萧、歌、麻、尤、侵等，本来原纯，可以不考虑杂不杂的问题。但是，"支、鱼二韵之字，庞杂不伦"，词家就需选择。李渔提出具体处理办法："以予观之，齐、微、灰可合，而支与齐、微、灰究竟难合。鱼虞二韵，合之诚是。但一韵中先有二韵，鱼中有诸，虞中有夫是也。盖以二韵中各分一半，使互相配合，与鱼、虞二字同者为一韵，与诸、夫二字同者为一韵，如是则纯之又纯，无众音嘈杂之患矣。"

其次，如何解决"音连"的问题？李渔认为，一句之中不能连用音同之数字，如先烟、人文、呼胡、高豪之属，不然就会使读者粘牙带齿，读不分明。

再次，如何解决"字涩"的问题？李渔在第十九则提出："凡遇一句之中，当连用数仄者，须以上声字间之，则似可以代平，拗而不觉其拗矣。若连用数平者，虽不可以之代平，亦于此句仄声字内，用一上声字间之，即与纯用去入者有别，亦似可以代平。最忌连用数去声或入声，并去入亦不相间，则是期期艾艾之文，读其词者，与听口吃之人说话无异矣。"他认为，倘能如此，"则读者如故瑟琴，锵然有余韵矣"。

第二十二则　词宜耐读

曲宜耐唱，词宜耐读，耐唱与耐读有相同处，有绝不相同处。盖同一字也，读是此音，而唱入曲中，全与此音不合者，故不得不为歌儿体贴，宁使读时碍口，以图歌时利吻。词则全为吟诵而设，止求便读而已。便读之法，首忌韵杂，次忌音连，三忌字涩。用韵贵纯，如东、江、真、庚、天、萧、歌、麻、尤、侵等韵，本来原纯，不虑其杂。惟支、鱼二韵之字，庞杂不伦，词家定宜选择。支、微、齐、灰之四韵，合而为一是已。以予观之，齐、微、灰可合，而支与齐、微、灰究竟难合。鱼虞二韵，合之诚是。但一韵中先有二韵，鱼中有诸，虞中有夫是也。盍以二韵之中各分一半，使互相配合，与鱼、虞二字同音者为一韵，与诸、夫二字同音者为一韵，如是则纯之又纯，无众音嘈杂之患矣。予业有《笠翁诗韵》① 一书，刊以问世，当再续《词韵》② 一种，了此一段公案。（何省斋评：《笠翁诗韵》大费匠心，得未曾有。不第诗学功臣，且是休文益友，人人当秘枕中。）音连者何？一句之中，连用音同之数字，如先烟、人文、呼胡、高豪之属，使读者粘牙带齿，读不分明，此二忌也。字涩之说，已见前后诸则中，无庸太絮。审韵之后，再能去此二患，则读者如鼓瑟琴，锵然有余韵矣。

---

① 《笠翁诗韵》不见于现存芥子园本《笠翁一家言全集》，只有国家图书馆藏"自得编"刊本，标有"湖上李渔笠翁原辑 苏郡陈九松立远校订"。

② 《笠翁词韵》问题，已见前注。

"第二十二则"评：词之由"宜唱"到"耐读"

唐圭璋先生《词话丛编》给第二十二则的小标题是："词宜耐读"。

从第十八则起直到《窥词管见》篇终共五则，主要谈词的韵律等问题：第十八则谈"也字歇脚"，第十九则谈"拗句之难"，第二十则谈"用韵宜守律"，第二十一则谈"词忌二句合音"，第二十二则谈"词宜耐读"，总的说来，大约都不离押韵、协律这一话题。

中国是诗的国度，中华民族是以诗见长的民族。广义的诗包括古歌（如《吴越春秋·弹歌》"断竹，续竹，飞土，逐肉"之类），诗三百①，乐府，赋，歌行，律诗，词，曲等等。

中华民族的远古诗歌都和音乐、舞蹈联系在一起，或者说，最初诗、乐、舞是三位一体的。譬如《吴越春秋·弹歌》"断竹，续竹，飞土，逐宍（肉）"②之类最原始的歌谣虽然只是"徒歌"（即没有歌谱和曲调的徒口歌唱），但这简单的歌词是通过载歌载舞表现出来的，因此这里面应该既有诗，也有乐，还有舞。诗、乐、舞三位一体表现得更充分（至少让我们后人看得更清楚）的是《吕氏春秋·古乐》："昔葛天氏之乐，三人操牛尾，投足以歌八阕，一曰载民，二曰玄鸟，三曰遂草木，四曰奋五谷，五曰敬天常，六曰建帝功，七曰依地德，八曰总禽兽之极。"③ 这里面有"乐"（所谓"葛天氏之乐"），有"诗"（所谓"载民"、"玄

---

① 《史记·孔子世家》说："古者诗三千余篇，及至孔子，去其重，取可施于礼义，上采契后稷，中述殷周之盛，至幽厉之缺，始于衽席，故曰'关雎之乱以为风始，鹿鸣为小雅始，文王为大雅始，清庙为颂始'。三百五篇孔子皆弦歌之，以求合韶武雅颂之音。礼乐自此可得而述，以备王道，成六艺。"

② 弹歌：载于东汉赵晔《吴越春秋》卷九《勾践阴谋外传》，王云五主编"丛书集成初编"本，商务印书馆1937年版。

③ 《吕氏春秋·仲夏纪·古乐》，中华书局2007年版，第55页。

鸟"等八个方面内容的歌词），有"舞"（所谓"三人操牛尾，投足以歌八阕"）。宋王灼《碧鸡漫志》卷第一"歌曲所起"条引经据典，从歌曲起源角度论述了诗、乐、舞"三位一体"情况。他从《舜典》之"诗言志，歌永言，声依永，律和声"，到《诗序》之"在心为志，发言为诗，情动于中，而形于言。言之不足，故嗟叹之，嗟叹之不足，故永歌之，永歌之不足，不知手之舞之足之蹈之"，再到《乐记》之"诗言其志，歌咏其声，舞动其容，三者本于心，然后乐器从之"，得出结论："故有心则有诗，有诗则有歌，有歌则有声律，有声律则有乐歌。永言即诗也，非于诗外求歌也"。① 王灼的意思是说，远古歌谣，诗亦歌（乐），歌（乐）亦舞，诗、乐、舞三者天然地纠缠在一起，是很难划分的。

但是，远古时代的歌谣大概不一定有什么伴奏，也不一定诵读。后来，例如到"诗三百"时代，则像《墨子·公孟篇》所说：儒者"诵诗三百，弦诗三百，歌诗三百，舞诗三百"②。由此可见，最晚到春秋战国时代，"诵诗"、"弦诗"、"歌诗"、"舞诗"，可以分别进行。这时，诗、乐、舞有所分化，相对独立。以我臆测，"诵诗"，大约是吟诵，朗读；"歌诗"，大概是用某种曲调唱诗、吟诗；"弦诗"大概是有音乐伴奏的唱诗、诵诗或吟诗。"舞诗"大约是配着舞蹈来唱诗、诵诗或吟诗。"诵"、"弦"、"歌"、"舞"应该有所区别，它们可以互相结合，也可以相对独立。《左传·襄公十四年》记卫献公的乐人师曹，因一段个人恩怨，故意不"歌"《诗·小雅·巧言》之"末章"（"彼何人斯，居河之麋。无拳无勇，职为乱阶"），而"诵"之，"以怒孙子，以报公"。③ 古

---

① （宋）王灼：《碧鸡漫志》卷一"歌曲所起"，见唐圭璋《词话丛编》，第73页。
② 《墨子·公孟篇》，上海古籍出版社1989年版，第100页。
③ 事见《左传·襄公十四年》（杨伯峻编著《春秋左传注》修订本，中华书局1990年版，第1011页）。

人云，"不歌曰诵"，"歌"与"诵"是有区别的。卫献公之所以叫乐人歌《诗·小雅·巧言》之"末章"，是以此诗末章喻孙文子要作乱；而师曹火上添油，故意不"歌"而"诵"，突出作乱的意思，以激怒"孙子"，从而报复卫献公。这里是说，"诵"比"歌"，可以让人更能听得清楚明白诗的意思。又，《左传·襄公二十九年》吴公子札观周乐，使工分别为之"歌"和"舞"《周南》、《召南》等诗①，而没有说"诵"和"弦"，这也说明"诵"、"弦"、"歌"、"舞"是相对独立的，它们可以分别进行表演；但它们又常常连在一起，如《史记·孔子世家》说"三百五篇孔子皆弦歌之"，就把"弦"与"歌"连用称为"弦歌"。再到后来，中华民族的众多诗歌形态，又有了进一步变化，也可以说在一定程度上又有了进一步发展和分化。有的诗主要被歌唱（当然也不是完全不可以诵读），如乐府和一些民歌等等，《碧鸡漫志》卷第一"歌曲所起"条说"古诗或名曰乐府，谓诗之可歌也，故乐府中有歌有谣，有吟有引，有行有曲"；有的诗主要被诵读（当然也不是完全不可以歌唱），这就是后人所谓"徒诗"，如古诗十九首、汉赋、三曹和七子的诗以及唐诗等等。有些诗歌，原来主要是唱的（如"诗三百"），后世（直到今天）则主要对之诵读；原来歌唱的汉魏乐府诗歌，后来也主要是诵读。清末学者陈洵《海绡说词·通论》"本诗"条说："诗三百篇，皆入乐者也。汉魏以来，有徒诗，有乐府，而诗与乐分矣。"②

"诗与乐分矣"这个说法，虽不能那么绝对，但大体符合事实。而且有的诗歌形式，开始时主要被歌唱，到后来则逐渐发展为主要被吟诵或诵读，"诗"与"乐"分离开来，诗自诗矣，而"乐"则另有所属。如"诗三百"和乐府诗即如此。词亦如是——从词的孕

---

① 事见《左传·襄公二十九年》（杨伯峻编著《春秋左传注》修订本，第1061页）。

② （清）陈洵：《海绡说词·通论》"本诗"条，见唐圭璋《词话丛编》，第4837页。

生、成熟、发展的过程可以得到印证。前面我曾经说过，词孕生于隋唐（更有人认为词滥觞于"六代"），成熟于五代，盛于两宋，衰于元明，复兴于清。不管主张词起于何时，有一点是共同的：最初的词都是歌唱的，即"诗"与"乐"紧密结合在一起。清代王奕清《历代词话》卷一引宋人《曲洧旧闻》谈词的起源时说："梁武帝有《江南弄》，陈后主有《玉树后庭花》，隋炀帝有《夜饮朝眠曲》。"① 如果说这是初期的词，那么它们都是用来歌唱的。清代汪森《词综序》云"当开元盛时，王之涣等诗句，流播旗亭，而李白《菩萨蛮》等词，亦被之歌曲"②，认为唐时的"长短句"也是"诗"、"乐"一体的。况周颐《蕙风词话》卷一"词非诗之剩义"条云："唐人朝成一诗，夕付管弦，往往声希节促，则加入和声。凡和声皆以实字填之，遂成为词。"③ 陈洵《海绡说词·通论》"本诗"条也说："唐之诗人，变五七言为长短句，制新律而系之词，盖将合徒诗、乐府而为之，以上窥国子弦歌之教。"④ 它们都从词的具体诞生机制上揭示出词与乐的关系。到词最成熟、最兴盛的五代和宋朝，许多人都认为"本色"的词与音乐是须臾不能分离的。李清照提出词"别是一家"，主要从词与音乐的关系着眼。词"别是一家"，与谁相"别"？"诗"也。在李清照看来，"诗"主要是被吟诵或诵读的，而词则要歌唱，故"诗文分平侧，而歌词分五音，又分五声，又分六律，又分清浊轻重"，总之词特别讲究音律。她点名批评"晏元献、欧阳永叔、苏子瞻"这些填词名家的某些词"不协音律"，"皆句读不葺之诗耳"；又批评"王介甫、曾子固，文章似西汉，若作一小

---

① （清）王奕清：《历代词话》卷一"六代已有词"，见唐圭璋《词话丛编》，第1082 页。

② （清）汪森：《词综序》，上海古籍出版社 1978 年版，第 1 页。

③ （清）况周颐：《蕙风词话》卷一"词非诗之剩义"，见唐圭璋《词话丛编》，第 4406 页。

④ （清）陈洵：《海绡说词·通论》"本诗"条，见唐圭璋《词话丛编》，第 4837 页。

歌词，则人必绝倒，不可读也。乃知别是一家，知之者少"。稍早于李清照的陈师道在《后山诗话》中也批评"子瞻以诗为词，如教坊雷大使之舞，虽极天下之工，要非本色"。宋代词人谁最懂音律？从填词实践上说是周美成、姜白石；而从理论阐发上说，张炎《词源》讲词之音律问题最详。他们是大词人，同时是大音乐家。

大约从元代或宋元之间开始，词逐渐有了与"乐"分离的倾向[1]，而"乐"逐渐属之"曲"。以此，词逐渐过渡到曲。宋末沈义父《乐府指迷》中说："前辈好词甚多，往往不协律腔，所以无人唱。"[2] 所谓"无人唱"，即有的词离乐越来越远矣，这里透露出词与乐分离的某种信息。清代宋翔凤《乐府余论》云："宋元之间，词与曲一也。以文写之则为词，以声度之则为曲。"[3] 从这里更显著地表示出："宋元之间"起，词就逐渐与"文"相联系，而曲则与"声"靠近，就是说，词从歌唱逐渐变为吟诵或诵读，而歌唱的任务则转移到曲身上了。至明，这种变化更为明显。清沈雄《古今词话·词品下卷》云："徐渭曰：读词如冷水浇背，陡然一惊，便是兴观群怨，应是为傅言借貌一流人说法。"[4] 从徐

---

① 其实，苏轼"以诗为词"（陈师道《后村诗话》对苏轼的批评，认为苏词"不谐音律"、"不入腔"），就露出了词与乐分离的苗头——即，在苏轼那里，词逐渐脱离乐曲束缚成为纯文学、成为诗的一种新的形式。"苏门四学士"之一晁补之说："东坡词，人谓多不谐音律，然居士词横放杰出，自是曲中缚不住者。"（语见《苕溪渔隐丛话》后集卷三十三）。南宋词人陆游说："公非不能歌，但豪放，不喜剪裁以就声律耳。"（语见《历代诗余》卷一百十五，该书一名《钦定历代诗余》，乃康熙四十六年（1707）命侍读学士沈辰垣等编定，近有上海书店影印本。）就是说，苏轼的豪放性格，促使其词不顾音律束缚，而走向纯文学。

② （宋）沈义父：《乐府指迷》"坊间歌词之病"，见唐圭璋《词话丛编》，第281页。

③ （清）宋翔凤：《乐府余论》"词曲一事"，见唐圭璋《词话丛编》，第2498页。

④ （清）沈雄：《古今词话·词品下卷》"读词"，见唐圭璋《词话丛编》，第879页。

渭"读词"之用语，可见明代已经开始在"读"词了。① 李渔在《词韵例言》中也说到词与曲的差别，即曲体"原使人歌，非使人读"："夫一词既有一词之名，如《小桃红》、《千秋岁》、《好事近》、《风入松》之类，明明是一曲体，作之原使人歌，非使人读也。"②

　　清初文坛领袖王士禛《花草蒙拾》云："宋诸名家，要皆妙解丝肉，精于抑扬抗坠之间，故能意在笔先，声协字表。今人不解音律，勿论不能创调，即按谱征词，亦格格有心手不相赴之病，欲与古人较工拙于毫厘，难矣。"③ 由此可见清初文人不像宋人那么着意于词之音律（说"今人不解音律"也许太绝对）。清江顺诒《词学集成》卷一，也说"今人（清代）之词"，不可"入乐"。④词在明清之际，特别是在清代，逐渐变为以吟诵和诵读为主，大

---

　　① 我的上述意见得到我的年轻的同事和朋友刘方喜研究员的赞同，他看后写了一封电子信给我："您的《窥词管见》评点我匆匆看了一遍，感觉很好，但没有细读，最后一条评点涉及诗歌与音乐的关系，因为在这方面我曾搜集过不少材料，提一下供您参考：（1）墨子'诵诗三百，弦诗三百，歌诗三百，舞诗三百'云云，您的理解是非常准确的，这表明诗乐舞三者有分有合，从合的方面来看，我曾经有个主观臆测性的说法：诗三百既是文学作品集（诵诗），同时也是乐谱集（弦诗、歌诗）、舞谱集（舞诗），而不是讲有四种类型的诗（若如此就该有 1200 首诗了），我这个说法更强调'合'的一面。与此相关，（2）我觉得诗歌与音乐分家的一个转折点是沈约定四声，我觉得您在描述中可以把这个点一下。（3）诗乐交融的艺术形式，一般认为'宋词'是接着'汉乐府'的，任半塘提出'唐声诗'的概念，我觉得大致是可以成立的，您可以考虑在历史描述中将这个概念添加进去。此外，不光宋'词'今天只能'读'了，元代之'曲'今天也只能'读'了，这也可以点一下。我在做博士论文的时候这方面还是写了不少内容的，现在出的这本书《声情说》许多内容都没收进去，跟黑熊瓣棒子似的，捡一点丢一点，只好以后慢慢再做了，一笑。《声情说》还是收录了一些材料，第六章诗经学'永言'与'言之不足'疏的'四、因诗为乐疏'（该书第 156—164 页）部分有所涉及，您有空可以翻看一下。这话题非常繁难，您在评点中当然也没有必要太纠缠。其余部分我会再认真阅读，有想法再和您交流。"

　　② （清）李渔：《词韵例言》，见《李渔全集》第十八卷，第 361 页。

　　③ （清）王士禛：《花草蒙拾》"今人不能创调"，见唐圭璋《词话丛编》，第 684 页。

　　④ （清）江顺诒：《词学集成》卷一"今词不可入乐"，见唐圭璋《词话丛编》，第 3217 页。

概是不争的事实。所以李渔《窥词管见》第二十二则才说："曲宜耐唱，词宜耐读，耐唱与耐读有相同处，有绝不相同处。盖同一字也，读是此音，而唱入曲中，全与此音不合者，故不得不为歌儿体贴，宁使读时碍口，以图歌时利吻。词则全为吟诵而设，止求便读而已。"至晚清，况周颐《蕙风词话》卷一亦云："学填词，先学读词。抑扬顿挫，心领神会。日久，胸次郁勃，信手拈来，自然丰神谐鬯矣。"[①]"读词"几成常态。

当然，清代以至后来的词也有音韵问题[②]，就像诗也有音韵问题一样，李渔还撰写了《笠翁词韵》和《笠翁诗韵》；但，这与唐、五代、宋时以歌唱为主的词之音律，究竟不同。

到今天，词几乎与乐曲脱离，已经完全成了一种文学体裁；填词像写诗一样，几乎完全成了一种文学创作。

2017 年 6 月完稿

作者附记

研究李渔乃我之业余爱好。三十年来，得到许多好友如刘扬忠、王学泰、陈祖美、蒋寅、李玫等的帮助。这次编辑、评注《李笠翁词话》，定稿之后，将《前言》、《后记》发给蒋寅教授，他提出很好的意见，并为我补充了有关资料。下面是最近的电子邮件。

致蒋寅（2018 年 1 月 8 日）
蒋寅你好！

最近我作了一本《李笠翁词话》，同时附上《耐歌词》。写了

---

① （清）况周颐：《蕙风词话》卷一"学词须先读词"，见唐圭璋《词话丛编》，第 4415 页。

② （清）丁绍仪《听秋声馆词话》卷一开头就说"填词最宜讲究格调"，"自来诗家，或主性灵，或矜才学，或讲格调，往往是丹非素。词则三者缺一不可。盖不曰赋、曰吟，而曰填，则格调最宜讲究。否则去上不分，平仄任意，可以娱俗目，不能欺识者。"（见唐圭璋《词话丛编》，第 2575 页）

前言（主要谈词话）、后记（主要谈《耐歌词》）。二者均作为论文发表。《前言》发在《文艺争鸣》2017 年 9 月号（题为《李笠翁词话之前前后后》）；《后记》发在《文艺研究》2017 年第 12 期（编辑给的题名为《李渔耐歌词新论》）。你是这方面的专家，我不过是业余爱好。将二文发去，指教。

　　预祝

　　春节好！

书瀛

蒋寅回复（2018 年 1 月 9 日）

杜老师：

　　谢谢赐阅两篇大作，拜读十分获益。李渔是清代最早填词的一批人，对清初词学复兴有一定贡献，过去多未注意，大作有发覆之功。

　　词话前言注中提到赵千门，未详其人。拙文《邹祗谟生平事迹辑考》曾有涉及，录上供参考：赵钥字千门，号南金。山东莱阳人。顺治十五年与邹祗谟、王士祯同科中进士。官南昌府推官。有《赵氏词韵》。据许应镽修《同治南昌府志》卷二十一，赵钥任推官在顺治十七年。李渔本年在扬州刻《资政新书》初集，卷十四判语部收赵钥《势抄事》，疑即赵过扬州时付李渔也。（《清代文学论稿》，凤凰出版社 2009 年版，第 194 页）

　　谨复上，并祝

　　新年安好！

晚生　蒋寅敬上

附

耐歌词

自　序

今日之世界，非十年前之世界；十年前之世界，又非二十年前之世界。如三月之花，九秋之蟹，今美于昨，明日复胜于今矣。于何见之？曰：见于文人之好尚。三十年以前，读书力学之士，皆殚心制举业，作诗赋古文词者，每州郡不过一二家，多则数人而止矣；余尽埋头八股，为干禄计。是当日之世界，帖括时文之世界也。此后则诗教大行，家诵三唐①，人工四始②，凡士有不能诗者，辄为通才所鄙。是帖括时文之世界，变而为诗赋古文之世界矣。然究竟登高作赋者少，即按谱填词者亦未数见，大率皆诗人耳。乃今十年以来，因诗人太繁，不觉其贵，好胜之家，又不重诗而重诗之余矣。一唱百和，未几成风。无论一切诗人皆变词客，即闺人稚子、估客村农，凡能读数卷书、识里巷歌谣之体者，尽解作长短句。更有不识词为何物，信口成腔，若牛背儿童之笛，

① 三唐：人们论唐诗，常用初、盛、中、晚分期，若把中唐作为盛唐或晚唐的一部分，则谓之"三唐"。

② 四始：通常指"风"、"小雅"、"大雅"、"颂"，或"风"、"小雅"、"大雅"、"颂"的首篇。《〈诗〉大序》曰："一国之事，系一人之本，谓之'风'；言天下之事，形四方之风，谓之'雅'；雅者，正也，言王政之所由废兴也，政有大小，故有'小雅'焉，有'大雅'焉；'颂'者，美盛德之形容，以其成功告于神明者也。是谓四始，《诗》之至也。"《史记·孔子世家》："《关雎》之乱以为'风'始，《鹿鸣》为'小雅'始，《文王》为'大雅'始，《清庙》为'颂'始。"

乃自词家听之，尽为格调所有，岂非文字中一咄咄事哉？人谓诗变为词，愈趋愈下，反以春花秋蟹为喻，无乃失其伦乎？予曰不然，此古学将兴之兆也。曷言之？词必假道于诗，作诗不填词者有之，未有词不先诗者也。是诗之一道，不求盛而自盛①矣。且焉知十年以后之词人，不更多于十年以前之诗人乎？往事可观，必有以少为贵者矣。四声八韵，视为已陈之刍狗，必不专尚；所未专尚者，惟古文词一道耳，何虑汉之班、马，唐之韩、柳，宋之欧、苏，不复见于来日乎？予故曰古学将兴之兆也。

今天下词人树帜，选本实繁，予既应坊人之求，有《名词选胜》一书梓以问世，不日成之矣。乃坊人又谓：近日词家，各有专集，莫不纸贵鸡林②。子为当今柳七，曲弊歌儿之口，书饱文人之腹，所未公天下者，惟《花间》③、《草堂》④ 一派耳。盍倾囊授我，使得悬诸国门？予谓从前浪播，特瓦缶雷鸣耳。洪钟既出，焉用土鼓为哉？坊人坚索不已，遂不获终藏予拙。既授而询其名，予谓是书无他能事，惟一长可取，因填词一道，童而习之，不求悦目，止期便口，以"耐歌"二字目之可乎？所耐惟歌，余皆不耐可知矣。昔郭功父⑤自诵其诗，声震左右，既罢，问东坡曰：

---

① 雍正八年芥子园本有一"者"字。

② 纸贵鸡林：李渔此处谓词乃成为金贵之物。鸡林乃古代新罗国（在今韩国境内）的又一名字。唐长庆四年（824）元稹为其挚友白居易编《白氏长庆集》，并为之序曰："余尝于平水市中，见村校诸童竞习诗，召而问之，皆对曰：先生教我乐天、微之诗。固亦不知予之为微之也。又云鸡林贾人求市颇切，自云：本国宰相每以百金换一篇，其甚伪者，宰相辄能辨别之。自篇章以来未有如是流传之广者。"

③ 花间：指《花间集》，后蜀人赵崇祚编，共 10 卷，收录了唐文宗开成元年（836）到后晋高祖天福五年（940）间温庭筠、皇甫松、韦庄、薛昭蕴、牛峤、张泌、毛文锡、牛希济、欧阳炯、和凝、顾夐、孙光宪、魏承班、鹿虔、阎选、尹鹗、毛熙震、李洵 18 位词人的 500 首词作。

④ 草堂：指《草堂诗余》，是南宋何士信编辑的词选，所选以宋词为主，也有一小部分唐五代词。《草堂诗余》在明代大行，有几十种版本。

⑤ 郭功父：郭祥正（1035—1113），北宋诗人，字功父或功甫，诗风纵横奔放，酷似李白。关于郭功父与苏东坡故事，见《耐歌词》校注后记。

"有几分来地？"东坡曰："七分来是读，三分来是诗。"予词之耐歌，犹功父之诗之便读，然恐质诸东坡，权其分两，犹谓七分则有余，三分尚不足，又将奈何！

时康熙戊午①中秋前十日。湖上笠翁李渔漫题。

小　令

花非花②

用本题书所见

花非花，是人面。不教亲，止容见。有钱难觅再来红，销魂始觉黄金贱。

又

花非花，是人影。来何徐，去何猛。灯残月落事茫然，花枝无迹苍苔冷。

（眉批　毛稚黄③评：从《楚辞·九歌》诸作脱胎。长吉鬼才，故当却步。）

又

花非花，是人意。意思来，貌佯避。含愁欲语向枝头，徘徊若倩东风寄。

---

① 康熙戊午：康熙十七年，公元 1678 年。

② 花非花：词牌（或称词调）名。清《钦定词谱》共收 826 调、2306 体。据说，"花非花"采入词中，来自白居易。其自度曲因首句为"花非花"，后取以为调名。此调为单调二十六字。白居易原诗见《四库全书》本《白氏长庆集》卷十二《感伤四》（歌行曲引杂体凡二十九首）之《花非花》："花非花，雾非雾，夜半来，天明去。来如春梦几多时？去似朝云无觅处。"

③ 毛稚黄：名先舒（1620—1688），字稚黄，李渔的好友。已见前《窥词管见》注。

又

花非花，是人血。泪中倾，恨时泄。鹧鸪声里一春寒，杜鹃枝上三更热。

（眉批　顾梁汾①评：石破天惊，得未曾有。）

荷叶杯②

闺　情

花影已归墙上，凝望；灯烬复明时，人非无事故来迟。疑么疑，疑么疑。

偶　遇

渴死花间偶遇，难去；纤手乍相承，忽听莺语似人声。惊么惊，惊么惊。

（眉批　顾梁汾评：结似两相问答，莫作一层看。）

南乡子③　第一体

寄　书

幅少情长，一行逗起泪千行。写到情酣笺不勾，揎咒；短命

---

① 顾梁汾：顾贞观的号，李渔的朋友，多有交往。已见前《窥词管见》注。

② 荷叶杯：由唐"教坊曲"而来的词牌，单调小令，二十三字。因为有好多词牌由"教坊曲"来，这里有必要说说缘由。《教坊记》是盛唐时崔令钦所撰，其《教坊记·序》曰："今中原有事，漂寓江表，追思旧游，不可复得，粗且所识，即复疏之……"［中国戏剧出版社编《中国古典戏曲论著集成》（一）《教坊记补录·教坊记序》，中国戏剧出版社1959年版，第21页］可见是在安史之乱时所写。其中，录曲名324个（杂曲278，大曲46），几乎是由隋到盛唐的乐曲总汇，许多词牌由教坊曲而来。另，关于《荷叶杯》，据龙榆生《唐宋词格律》（上海古籍出版社1978年版，第178页）说，此牌《金奁集》入"双调"。温庭筠体以两平韵为主，四仄韵转换错叶。韦庄体重填一片，增四字，以上下片各三平韵为主，错叶二仄韵。

③ 南乡子：唐教坊曲名，后用作词牌。又名《好离乡》、《蕉叶怨》。原为单调，有二十七字、二十八字、三十字各体，平仄换韵。又，据龙榆生《唐宋词格律》（第155页）说，《金奁集》入"黄钟宫"。二十七字，两平韵，三仄韵。五代人（转下页）

薛涛①生束就。

（眉批　陈天游②评：归怨薛涛，情思飘忽。）

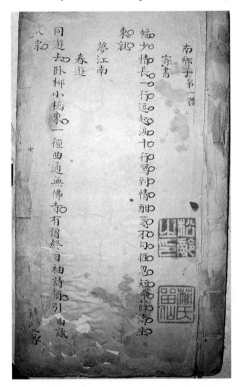

淄博新发现之手抄本笠翁词首页

（接上页）词略有增减字数者。南唐改作平韵体，《张子野词》入"中吕宫"，重填一片，五十六字，上下片各四平韵。宋以后多遵用之。

前些年，一位淄博友人发现一部手抄本《耐歌词》，乃蒲松龄后人家藏之物，其首页从《南乡子（第一体）·寄书》（幅少情长）开始，下有"松龄之印"（阴刻）和"蒲氏留仙"（阳刻）两方钤印。此本字体工整，用墨笔句读圈点，个别篇章有夹批。它所依据的是康熙十七年（1678）翼圣堂刻《耐歌词》，只是它比通常看到的《耐歌词》少某些篇章。从上面的钤印看，它应该与蒲松龄有关。这有两种可能：一、有可能是蒲松龄中年时（康熙十七年《耐歌词》付梓时，蒲松龄38岁）手抄并手藏，其夹批也有可能出之蒲松龄手笔；二、因手抄本字迹与74岁蒲松龄在画像上所作跋语字迹有差异，故也可能并非蒲松龄手抄，而是请人抄写，后由蒲松龄钤印珍藏，夹批也可能是抄写者所为。这有待专家考证鉴定。无论如何，此手抄本都有重要价值。今特将此带有钤印的照片复制于此，这是300多年来，它首次公之于世。请方家指点。

　　①　薛涛：唐代女诗人，成都乐妓。与鱼玄机、李冶、刘采春并称唐代四大女诗人，与卓文君、花蕊夫人、黄娥并称蜀中四大才女。自己制作桃红色小笺用来写诗，后人称"薛涛笺"。

　　②　陈天游：为李渔诗文、《论古》等作品作批，已见前《窥词管见》注。

手抄本蒲松龄钤印（放大）

梦江南①

春　游

同游去，卧柳小桥东。一径曲通无佛寺，有僧终日袖诗筒。引尔识孤踪。

---

① 梦江南，翼圣堂本初集作"望江南"。望江南又名《忆江南》、《梦江南》、《江南好》。《金奁集》入"南吕宫"。原唐教坊曲名，后用为词牌。据唐段安节《乐府杂录》中说："《望江南》始自朱崖李太尉（德裕）镇浙日，为谢秋娘所撰，本名《谢秋娘》，后改此名。"［中国戏剧出版社编《中国古典戏曲论著集成》（一）《乐府杂录》，中国戏剧出版社 1959 年版，第 61 页］因为唐代白居易曾依其句格而作《忆江南》三首，又改名为《忆江南》。

又

同游去，晴竹万竿西。桃李不言春色好，年年壶榼①自成蹊。有鸟代花啼。

又

同游去，一塔小峰巅。寺有名泉僧戒酒，不嗔②人带杖头钱。饮即是参禅。

又

同游去，山径石亭幽。夹路松涛寒欲滴，不妨三月作深秋。衣袂任飕飕。

灯市词八首和何省斋③太史

灯时好，人物聚星桥。谁道秣陵④风景异，不观终岁是今宵。依旧六家朝。

（眉批　蔡抑庵⑤评：八调有感慨，有讽刺，更以能抹去脂粉为佳。）

又

灯时好，贸易恐来迟。珠宝和盘齐托出，闾阎⑥都像有家私。实际少人知。

---

① 壶榼（hú kē）：盛酒或茶水的容器，此处指在桃李之下铺陈酒具饮酒。
② 嗔（chēn）：怪罪。
③ 何省斋：李渔作品主要评家，交往密切，已见前《窥词管见》注。
④ 秣陵：南京古称之一。
⑤ 蔡抑庵：名祖庚，江南上元人。顺治六年进士。七年授甘泉知县，后累官至河南按察副使。有《淡简斋集》，为李渔诗词作评。
⑥ 闾阎（lú yán）：平民百姓。

又

灯时好，骨董贱于泥。王谢家藏千古物，变成燕子向人飞。有眼即相随。

又

灯时好，好处费推敲。人海人山尘衮衮，羡灯羡月语嘈嘈。归去度良宵。

又

灯时好，霹雳震街坊。国泰不须烽火药，全于花爆散硝黄。识者虑疏防。

又

灯时好，古玩不宜真。周鼎商彝秦汉玉，年年抱屈苦难伸。贬驳听时人。

又

灯时好，谋利若淘沙。去岁不如前岁好，今年又比去年差。财尽落谁家？

又

灯时好，一事胜他方。月下从无游女迹，家家绣阁闭红妆。风俗擅微长。

灯市莫胜于金陵，而游女绝迹，善俗也。予特表而出之。

捣练子①

惜 花

花片片，柳丝丝。天为春工费不赀②。一岁经营三日尽，直呼风③作荡家儿。

（眉批 吴梅村④评：惜花妙语。封姨有口，何从致辨。）

又

无可奈，竟如何。红雨啼春泪点多。纵有仙风吹不起，安排行路逐春波。

又

风敌国，雨仇家。日夕飘摇只为花。坐待雨晴风歇后，胭脂满地傲晴霞。

又

红未尽，绿先浓。同倚芳柯斗锦丛。命不由人空妒叶，一年秋尽始凋风。

（眉批 梅村又评：红颜薄命，反使婢作夫人，那得不起黄泉之妒。）

---

① 《捣练子》：词牌名。又名《咏捣练》、《捣练子令》、《夜如年》、《杵声齐》、《夜捣衣》、《剪征袍》、《望夫妇》、《深院月》。又，据龙榆生《唐宋词格律》（第4页）说，此牌例作征妇怀念征人之词。《太和正音谱》入"双调"。二十七字，三平韵。

② 费不赀（zī）：此处是说花费不计量，大手大脚。赀，计量。

③ 风，一作天。

④ 吴梅村：名伟业（1609—1672），字骏公，梅村其号也。太仓城厢镇人。明末清初著名诗人。复社重要成员。崇祯四年（1631），以会试第一，殿试第二，荣登榜眼，历任翰林院编修、东宫讲读官、南京国子监司业、左中允、左庶子等。明亡辞官归里，写下了不少悯时伤世的作品篇，如《避乱》、《读取史杂感》、《琵琶行》、《芦州行》、《捉船行》、《马草行》等，以《圆圆曲》最著名。

早　春

花学笑，柳①含颦。半面寒飔半面春。绣阁珠帘频上下，娇羞②亦似未全匀。

让友人得书不报

鳞去早，雁来迟。寄到梅花第四枝。自怪陇头春色贱，赠人无复报琼时。

春景和二女淑昭、淑慧

藏麝脑，息沉烟。兰忌熏香宝鸭闲。好梦只教蝴蝶共，常移一榻卧花前。

附原韵

桃似锦，柳如烟。莺不停梭蝶不闲。妨却绣窗多少事，尽抛针指到花前。

又

收晓雾，散朝烟。邃阁忙人到此闲。绣线未抛针插髻，脚跟早已到花前。

秋景和长女淑昭

帘莫卷，幔长垂。怕见秋花被雨催。自讨便宜眠纸帐，未交十月早观梅。

附原韵　　　　　　　　　李淑昭端明

枫叶落，菊枝垂。无奈金风次第催。索性催霜催雪到，冲寒早放一枝梅。

（眉批　吴念庵③评：健笔纵横，愧煞须眉男子。）

---

① 柳，翼圣堂初集本作"似"。
② 羞，翼圣堂初集本作"痴"。
③ 吴念庵：名启思，字睿公。浙江归安人。顺治八年拔贡。有《望嵩楼词》。与李渔诗词唱和，为李渔诗文作评。

理绣和次女淑慧

松干挺，柳枝垂。刺罢红桃李又催。为爱绣花兼绣蝶，忘情久不绣寒梅。

附原韵次家姊秋景韵　　　　　李淑慧端芳

秋日短，菊花垂。减线工夫着意催。春景欲来秋景谢，菊花莫绣绣寒梅。

予二女性耽柔翰，颇有父风。好作诗词，又不屑留稿，如此等词而随作随毁者不知凡几。虽曰女子当然，然亦甚为可惜。"添线"二字，口头语也，有增即有减，减字未经人道，不料闺中女子亦能补缺拾遗。

和二女月下合箫

蟾影淡，露华浓。璧合珠联坐晚风。果是人间真姊妹，同心占向玉箫中。

附原作

秋桂好，夜香浓。淑昭各取埙篪奏晚风。淑慧两调合来成一曲，淑昭凤凰齐下月明中。

竹枝①　第二体

春游竹枝词十二首之一

新裁罗縠试春三。欲称蛾眉不染蓝。自是淡人浓不得，非关爱着杏黄衫。

（眉批　吴梅村评："淡人浓不得"，读之三日口香。）

---

① 《竹枝》，据清《四库全书》之《钦定词谱》卷一（上）："竹枝，唐教坊曲名。"已见前《李笠翁曲话》注。

法驾导引①

次韩夫人②原韵

朝天去，朝天去，踏偏九重云。回首鲸宫才咫尺，海天已隔万重津。日月作车轮。

又

谁导引，谁导引，前队是金鳌③。吐出一丝红蜃气，世间错认驾星桥。牛女正无聊。

又

来瞬息，来瞬息，人世几春秋。归去蓬莱犹未浅，群妃不用荡仙舟。随着彩云流。

忆王孙④

苦　雨

看花天气雨偏长。徒面青青薜荔墙。燕子愁寒不下梁。惜时光。等得晴来事又忙。

---

① 《法驾导引》：词牌名，来自道教音乐。宋陈与义《无住词》序云："世传顷年都下市肆中，有道人携乌衣椎髻女子，买斗酒独饮，女子歌词以侑，凡九阕，皆非人世语。或记之，以问一道士。道士惊曰：'此赤城韩夫人所制水府蔡真人《法驾导引》也。'得其三而忘其六，拟作三阕。单调三十字，六句三平韵。"陈与义（1090—1139），字去非，号简斋。有《简斋集》三十卷、《无住词》一卷传世。《宋史》卷四四五有传。1982 年中华书局出版的《陈与义集》，其卷第三十为词，包括《无住词》十八首，序见《无住词》首（《陈与义集》，中华书局 1982 年版，第 488 页）。

② 韩夫人，未详。

③ 金鳌：中国神话中的一种神龟。

④ 《忆王孙》：词牌名，又名《念王孙》、《豆叶黄》。此调始于宋李重元《忆王孙·春词》"萋萋芳草忆王孙，柳外楼高空断魂，杜宇声声不忍闻。欲黄昏，雨打梨花深闭门"（唐圭璋编《全宋词》，第 1039 页），取首句"萋萋芳草忆王孙"末三字为调名。

（眉批 胡彦远①评：词贵乎真，"事又忙"三字，元人肯道。）

山居漫兴

满庭书带一庭蛙。棚上新开枸杞花。童汲清泉自煮茶。不输他。锦坐珠眠富贵家。

又

不期今日此山中。实践其名往笠翁。聊借垂竿学坐功。放鱼松。十钓何妨九钓空。

又

似侬才可住蒿莱。四壁萧然雪满腮。夜夜柴门对贼开。贼偏乖。道是才人必少财。

（眉批 吴念庵评：每诵笠翁词，令齿牙得利。）

一叶落②

本 意

一叶落。秋声作。幽怀谁使梧桐觉。愁容忽变今，吟髭回非昨。回非昨。早被西风斫。③

---

① （清）胡彦远：名介（1616—1664），字旅堂。钱塘人。工诗，有《旅堂诗集》、《旅堂文集》、《河渚集》等，与李渔诗书交往，为李渔传奇、诗文作评。

② 《一叶落》：词牌名。史载，后唐庄宗能自度曲，有四首载《尊前集》，此其一也，取首句为调名。按：后唐庄宗李存勖（xù，一作"勗"）（885—926），是后唐的开国皇帝。其《一叶落》词"一叶落，搴珠箔。此时景物正萧索。画楼月影寒，西风吹罗幕。吹罗幕，往事思量着"，载《全唐五代词》，中华书局1999年版，第444页。

③ 这首词，翼圣堂本初集作"一叶落。秋声作。幽怀蚤被梧桐觉。愁容忽变今，情思回非昨。回非昨。总为西风恶。"

又

一叶落。声如铎。金风①作意催行乐。人无千岁身，医无九转②药。九转药。勿使杯中涸。

（眉批　方绍村③评："铎"字新，下五句皆从此出。）

调笑令④

闺人影

魔障，魔障，怕见星辉月上。天将影伴形孤。夜夜催来媵⑤奴。奴媵，奴媵。索性没他干净。

如梦令⑥

寄　友

小令怕填如梦，记起故人临送。赋此作骊歌⑦，一曲心魂俱痛。珍重，珍重，不比梅花三弄⑧。

---

① 金风：西方为秋而主金，故秋风曰金风也。

② 九转：道教炼丹的术语，是说丹的炼制有一至九转之别，而以九转为贵。此处九转药应由此而来。

③ 方绍村：名亨咸，吉偶。与李渔多有交往，为其作评。已见前《窥词管见》注。

④ 《调笑令》：词牌名，又名《古调笑》、《宫中调笑》、《调啸词》、《转应曲》、《调笑转踏》、《三台令》等。白居易《代书诗一百韵寄微之》："打嫌《调笑》易，饮诉《卷波》迟。"自注："抛打曲有《调笑令》，饮酒曲有《卷白波》。"（《全唐诗》卷四百三十六《白居易》十三，第4824页）

⑤ 媵（yìng）：陪嫁之妾。

⑥ 《如梦令》：词牌名，又名《忆仙姿》、《宴桃源》。龙榆生《唐宋词格律》（上海古籍出版社1978年版，第63页）说，五代时后唐庄宗李存勖作《忆仙姿》，苏轼嫌词名不雅，改为《如梦令》。《清真集》入"中吕调"。

⑦ 骊歌：离别所唱的歌。逸诗《骊驹》："骊驹在门，仆夫具存；骊驹在路，仆夫整驾。"客人临去歌《骊驹》，后人称之为"骊歌"。

⑧ 《梅花三弄》：亦名《梅花引》、《玉妃引》，中国著名古曲之一，曲谱最早见于明代《神奇秘谱》。

慨　世

逝水滔滔可挽，世事悠悠必返。何故得前知，物极当从势转。
不远，不远，眼见冲和气满。

祝子山居

远望山卑屋小，行到林深水渺。幽径少人行，黄叶多年未扫。
休恼，休恼，今日苍苔破了。

又

路险有如陷阱，屋后别开平径。不是避秦人，到此常嗟不幸。
蹭蹬，蹭蹬，才得桃源清静。

又

园圃不须力垦，拾菜常来松菌。汝自饭家常，人食无非仙品。
卧隐，卧隐，柳浪松涛绝稳。①

（眉批　陆丽京评②：以山中涛浪，骄世上风波，妙在不须
说出。）

又

食我胡麻千颗，赠我芳兰数朵。送得出门时，随向松林自躲。
无那，无那，屋被白云封锁。

春　怨

无绪无怀心孔，何故忽生烦冗？花瓣乍飞时，燕子衔来惊恐。

---

①　翼圣堂初集本，此首词作"园圃不须力垦，拾菜常来松菌。汝自饭家常，人食
莫非仙品。堪隐，堪隐，柳浪松涛坐稳。"

②　《耐歌词》本无陆丽京评语，据翼圣堂初集本补。陆丽京：名圻，字丽京，号讲
山。钱塘人。武林耆宿，为"西泠十子"之冠。曾参与抗清军事，晚年远游不归，或云在
岭南为僧，释名合龙，或云隐武当为道士，终莫得而详也。与李渔多有交往，为其作评。

情种，情种，知是东皇①作俑。

又

绣户常年深锁，不到花时犹可。多事怪芳丛，故故与人相左。双朵，双朵，切莫开时向我。

又

春似人情难据，赚得花开思去。此际是光风，转眼便成飞飔。堪虑，堪虑，屑紫霏红如锯。

又

最喜莺声嘹亮，曾订时时相傍。未几背前盟，舌本听来生强。非忘。非忘。好语从来是诳。

思帝乡②　第一体

春　尽

莺语涩，燕声微。莺语燕声相约，告春归。此际只宜荒酒，日如泥。赢得不知花落，免凄其。

思帝乡　第二体

老鬓簪花

春日游，黄花插满头。纵使风吹落帽，也藏羞。不使人窥深浅，鬓边稠。白发偕年少，竞风流。

---

①　东皇：此处指司春之神。唐戴叔伦《暮春感怀》诗："东皇去后韶华在，老圃寒香别有秋。"

②　《思帝乡》：由唐教坊曲名而来的词调名。五代入宋孙光宪《北梦琐言》（中华书局"唐宋笔记史料丛刊"2002 年版）卷十五："京兆尹郑元规劫迁车驾，移都东洛，既入华州沿路有《思帝乡》之词。"又，清万树《词律》（上海古籍出版社 1984 年版）卷二"思帝乡"条："思帝乡又一体名《万斯年曲》。"

风流子①

虎丘千人石②上赠歌者

一曲清讴石上，到处箜篌齐放。思喝采，虑暄哗，默默低头相向。早停莫唱，十万歌魂齐丧。

赠　月

最喜多情明月，夜夜伴侬孤子。虽不语，似闻声，光是嫦娥精血。照人亲切，如在广寒宫阕。

（眉批　王安节评③：明月直入怀中，非第一才人，那能消受？）

慰友罹难

莫叹人情不古，天道只存什五。仁不寿，智偏凶，悉听波涛作楚。行当玉汝。一半还能自主。

（眉批　梁冶湄评④：有首句之"什伍"，即有末句之"一半"，此谓一气呵成。）

春　闺⑤

爱向花前小立，又怕苔侵鞋湿。方徙倚，正踌躇，早被东风

---

①　《风流子》：由唐教坊曲名而来的词调名。单调者，唐词一体。双调者，宋词三体。

②　千人石：在苏市虎丘山剑池旁。宋代叶廷珪《海录碎事·政事·冢墓门》："虎丘洞侧有平石，可容千人坐，谓之'千人石'。"相传南朝梁高僧"生公"说法于此。后来人们常在此游玩、聚会。

③　《耐歌词》本无此评，据翼圣堂初集本补。王安节：名棐，画家，亦工篆刻。有《山飞泉立堂文稿》、《高座寺志》、《澄心堂纸赋》，编《芥子园画传》，李渔忘年交，为其诗文作评。

④　《耐歌词》本无此评，据翼圣堂初集本补。梁冶湄：名允植，直隶正定人。曾任钱塘知县，对李渔关怀备至，李渔死无葬资，梁冶湄出自安葬。二人多有诗书问答，梁冶湄多为李渔作评。

⑤　闺，翼圣堂初集本作"闲"。

偷识。绿飞红集，铺作芳毡容舄。

长相思①

本　意

长相思，短相思，短在眉来眼去时。长牵别后<u>丝</u>。　　欲郎知，怕郎知，未必他能谅我痴。翻生别种疑。②

无　题

转秋波，定秋波，转处留情定揣摩。芳心待若何。　　蹙双蛾，展双蛾，蹙似阴霾展太和。看来好意多。

（淄川手抄本夹批③：入神之笔，不但绘形绘影，而兼能绘神绘情！）

代闺人④画眉

画春山，爱春山，曲似新蟾⑤难再弯。非侬笔墨悭。　　莫心烦，耐心烦，勉强从伊画一番。增添到底难。

（眉批　吴梅村评：却嫌脂粉，又安用青螺？国色皆然，今始道破。）

---

①　《长相思》，唐教坊曲名。《古诗十九首》之《孟冬寒气至》篇中有"客从远方来，遗我一书札。上言长相思，下言久离别"句（萧统《文选》，中华书局1977年版，第12页）得此名。

②　这首词，翼圣堂初集本作："长相思，短相思，长短量来总一丝。心坚忘便迟。欲郎知，怕郎知，未必他能谅我痴。翻生别种疑。"

③　手抄本笠翁词《长相思·无题》夹批，有可能出诸蒲松龄中年时手笔；也可能并非蒲松龄手抄，而是请人抄写而蒲松龄钤印珍藏，夹批也可能是抄写者所为，这有待专家考证鉴定。今特将此夹批以及后面几条夹批复制于本书之中，清方家指点。

④　翼圣堂初集本无"代闺人"三字。

⑤　新蟾：指新月。传说月中有三足蟾蜍，故以蟾代称月。唐温庭筠《夜宴谣》："高楼客散杏花多，脉脉新蟾如瞪目。"

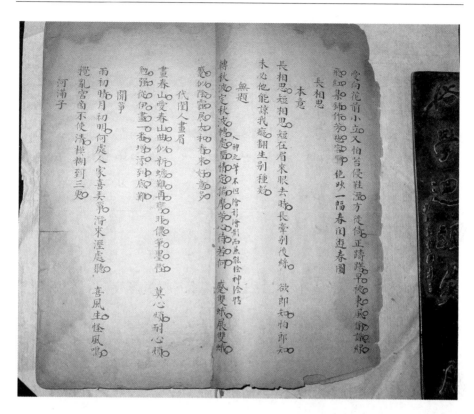

手抄本笠翁词《长相思·无题》夹批："入神之笔，不但绘形绘影而兼能绘神绘情。"

闻 筝

雨初晴，月初明，何处人家喜弄筝？潜来湿处听。　　喜风生，怪风鸣，搅乱宫商不使清。模糊到二更。

河满子①

感旧四时词忆乔姬在日

记得落英时候，与人同坐芳裀。把酒送春春不去，依然柳媚花矗。绣榻易来春②晓，画眉③难得黄昏。

（眉批　余霁岩评④：四幅士女图，皆从虚字中画出。如"易来"、"难得"、"惯谑"、"伪作"、"能令"、"每从"等字，悉是苏公描影手。）

又

记得流萤天气，有人爱拍⑤轻罗。月下吹箫忘夜短，晏眠好梦无多。红日三竿补漏，清风一觉成魔。

又

记得黄花开后，有人惯谑陶潜。伪作白衣人送酒，无言但露

---

①　《河满子》：也作《何满子》，据说，唐玄宗（李隆基）开元年间，罪人何满临刑时进此曲，以赎死罪，后来就以《何满子》为此曲名。宋王灼《碧鸡漫志》卷四"何满子"条："何满子，白乐天诗云：'世传满子是人名，临就刑时曲始成。一曲四词歌八叠，从头便是断肠声。'自注云：'开元中，沧州歌者姓名，临刑进此曲，以赎死，上竟不免。'元微之何满子歌云：'何满能歌声宛转。天宝年中世稀罕。婴刑系在囹圄间，下调哀音歌愤懑。梨园弟子奏元宗，一唱承恩羁网缓。便将何满为曲名，御府亲题乐府篆。'甚矣，帝王不可妄有嗜好也。明皇喜音律，而罪人遂欲进曲赎死。然元白平生交友，闻见率同，独纪此事少异。卢氏杂说云：'甘露事后，文宗便殿观牡丹，诵舒元舆牡丹赋，叹息泣下，命乐适情。宫人沈翘翘舞何满子，词云：浮云蔽白日。上曰汝知书耶。乃赐金臂环。'又薛逢《何满子》词云：'击马宫槐老，持杯店菊黄。故交今不见，流恨满川光。'五字四句，乐天所谓一曲四词，庶几是也。歌八叠，疑有和声，如《渔父》、《小秦王》之类。今词属双调，两段各六句，内五句各六字，一句七字。"（见唐圭璋《词话丛编》，第107页）

②　春，翼圣堂初集本作"清"。

③　眉，翼圣堂初集本作"屏"。

④　余霁岩评，翼圣堂初集本无此评。余霁岩：名三瀛，汉军正蓝旗人。康熙年间任湖州通判，李渔游湖州时，二人多有诗词来往。余霁岩为李渔作评。

⑤　拍，翼圣堂初集本作"扑"。

纤纤。愁处能令笑发，穷时似觉财添。

（**手抄本夹批：有此妙姬，令人那得不感，令人那得不忆。**）

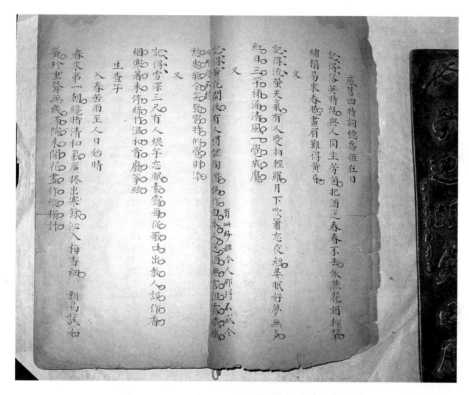

手抄本笠翁词《河满子·感旧四时词忆乔姬在日》夹批：

"有此妙姬，令人那得不感，那得不忆。"

又

记得雪深三尺，有人①煨芋忘眠。素霭每从歌口出，教人误作香烟。寒暑未②停丝竹，温和肯③废筝弦？

（**眉批　吴梅村评④：寒时吐气，有如白虹，常事也。却未经人道。**）

---

① 有人，翼圣堂初集本作"伴侬"。

② 未，翼圣堂初集本作"不"。

③ 肯，翼圣堂初集本作"那"。

④ 吴梅村评，翼圣堂初集本无此评。

戏语白髭

不信如今便老，白须无故增添。现在少年场上立，终朝翠箔青帘。应是阳春曲好，致令白雪身沾。

（眉批　梁冶湄①评：妙绝此语，可为巴人祝寿。）

新丰市上逢故人

自别河桥柳幔，不投饮肆三年。今日逢君还大醉，宝刀掷向炉边。心事只堪流涕，诗篇或可垂涎。

生查子②

入春苦雨，至人日③始晴

春来第一朝，才睹清和气。帘卷出余寒，沁入梅香细。　　新鸟试如簧，珍重声无几。满院未开花，尽作纵横计。

春游书所见

谁家窈窕儿，面色芙蓉腻。游伴偶相同，越显眉峰翠。　　忽地遇鸳鸯，羞怯思回避。无数好儿郎，妒杀他家婿。

（眉批　杜于皇评④：惯能写人心曲。）

---

①　梁冶湄，翼圣堂初集本作"梁承笃"。

②　《生查子》，唐教坊曲名。又名《楚云深》、《梅柳和》、《晴色入青山》、《绿罗裙》、《陌上郎》、《遇仙槎》、《愁风月》等。前《李笠翁曲话》已注。

③　人日：农历正月初七。

④　杜于皇评，据翼圣堂初集本补。杜于皇：名濬（1611—1687），号于皇、茶村、睡乡、钟离浚水等，黄冈人。崇祯十五年乡试第一，因结语得罪枢府置副车，授推官。入清不仕。清王晫《今世说》卷二《言语》记其事："杜于皇刻己集，才及数篇，手之而笑。或问何笑，杜曰：昔范詹事自赞其后汉书为天下奇作，吾尝笑之。今吾意中之言仿佛詹事，吾恐后之人又将笑吾，是以先自笑也。"（《今世说》，中华书局1957年版，第19页）他是李渔好友，诗书往来甚密，常为李渔传奇、小说、诗文、杂著作评，是李渔的主要评家。

闺人送别

郎去莫回头，妾亦将身背。一顾一心酸，要顾须回瞥。　回瞥
不长留，越使肝肠碎。早授别离方，睁眼何如闭。

（眉批　王安节评①：无限苦情数笔勾出。）

又

樽中酒已空，去解青骢马。惨杀此时情，泪重浑难洒。　欲不
看登程，送别胡为者？觑上宝雕鞍，不觉心如剐。

（眉批　方绍村评："剐"字极俚，而用之甚雅。）

春　闺

春来乐事繁，也忌芳心冗。欲待不看花，无奈金莲勇。　最喜
上秋千，又怕郎心恐。前度坠香阶，曾代②将心捧。

（眉批　吴梅村评③：两幅情肠，一笔画出。）

秋闺怨④

凄风贯薄衾，易转身如轴。开眼问灯光，何不变朝旭？　蕉雨
恁多情，声伴离人哭。舍此尽酣眠，谁管愁难宿！

闺　怨

心柔耳亦柔，误听言词巧。薄幸不由人，情自招烦恼。　初见
意何浓，过后情殊少。非是妾容衰，只为郎心饱。

（眉批　黄无傲⑤评：养婿当如养鹰，授闺人以妙诀。）

---

① 王安节评，据翼圣堂初集本补。

② 代，翼圣堂初集本作"见"。

③ 吴梅村评，翼圣堂初集本无此评。

④ 怨，翼圣堂初集本无此字。

⑤ 黄无傲：名犟，浙江仁和人，与李渔诗书唱和，为李渔诗文作评。

柳枝[①]　第二体

戏为唐人续貂二首　闻笛

谁家玉笛暗飞声，月三更。散入春风满洛城，太纵横。　　此夜曲中闻折柳，怀分手。何人不起故园情，梦难成。

又　春恨

草色青青柳色黄，学浓妆。桃花历乱李花香，为春忙。　　东风不为吹愁去，空飞絮。春日偏能惹恨长，闰思量。

贺圣朝引[②]

春朝送客

草连春水水连云，送王孙。一片桃花路不分，好迷津。　　到处有诗君莫懒，及芳辰。归来不是旧行人，雪纷纷。

昭君怨[③]

贺人十六岁生子

年少乘鸾[④]不枉，一颗明珠入掌。昨岁此时才，雀屏开。　　不是蓝田质好，那得收成恁早？种玉怕舒徐，觅膏腴。

---

① 《柳枝》：亦称"柳枝词"，清丽委婉，可以歌唱。亦由巴渝民歌演变而来，其与"竹枝词"体同而实异，以其专咏杨柳也。前《李笠翁词话》已注。

② 《贺圣朝引》：为教坊曲而来的词牌名。"圣朝"乃崇仰朝廷也，唐人诗文多用之，如杜甫诗："炎风朔雪天王地，只在忠臣翊圣朝。"（《全唐诗》卷二百三十《杜甫》十五，中华书局 1960 年版，第 2512 页）《贺圣朝》之调名，即仿于唐。

③ 《昭君怨》：本琴曲名，至隋唐由乐府而入长短句，后成词曲名，又名《一痕沙》、《宴西园》。清毛先舒《填词名解》（载清查培继编《词学全书》，见《四库全书》卷二百·集部五十三，中国书店 1984 年版）云："汉王昭君作怨诗，入琴操，乐府吟叹曲，有'王明君'，盖石崇拟作，以教绿珠；隋唐相沿有此曲。"

④ 乘鸾：喻求得佳偶也。传说秦穆公时，萧史善吹箫作鸾凤之响，秦穆公将女弄玉妻之，后弄玉和萧史乘鸾凤飞升而去。《列仙传》卷上《萧史》和《太平广记》卷四《神仙四·萧史》均有记述。

（眉批　陆丽京评①：用字奇而法。）

初　别

今夜非同昨夜，翠被多熏兰麝。熏透睡难成，乍如冰。　冷似未尝扃户，绣枕忽长无数。寥阔一身微，影难随。

（眉批　吴念庵评②：别情酸骨，妙语镂尘。）

（眉批　尤展成评③："绣枕忽长"，大好思致。）

病后作

知为吟诗生疚，三日不吟加瘦。诗病仗诗医。代参蓍。　诗与病成知己，引入膏肓不死。越瘦越精神，类松筠。

赠燕客

饮量宽兮似海，钱挂杖头不解。绕路觅同心，孰知音？　一旦有人相值，倾尽淳于一石④。燕市共谁歌？和荆轲。

（眉批　陆青雪评⑤：是词家另开生面手。）

海棠盛开

三日卧床医嗽，不觉海棠红透。无语向枝头，代花愁。　开到春光八九，明日阴晴知否？急急倩人看，莫遮拦。

（眉批　尤悔庵⑥评：达者名言，借花说法。）

---

①　吴梅村评，据翼圣堂初集本补。

②　吴念庵评，翼圣堂初集本无此评。

③　尤展成评，据翼圣堂初集本补。尤展成（1618—1704），名侗，李渔好友。已见前《窥词管见》注。

④　淳于一石：此处演义春秋战国时齐国名臣淳于髡所说"臣饮一斗亦醉，一石亦醉"的故事（见司马迁《史记》"淳于髡"传记）。

⑤　陆青雪评，翼圣堂初集本无此评。陆青雪：生平未详，曾为李渔作评。

⑥　尤悔庵，翼圣堂初集本作"尤展成"，悔庵乃尤展成（名侗）的号。

赠　友

无故去家十里，结个茅庵近水。儿女尽相抛，对《离骚》。　有客寻来懒见，屋后开门一扇。潜步入邻家，去看花。

又①

利锁名缰身外，绿水青山家在。即此是神仙，莫登天。　说起耕田不惯，提起作诗尤懒。事事得便宜，有能妻。

（眉批　又②评：句法新异。黄无傲评③：四字一截，句法妙甚。）

中秋邀人④看月兼借饮具

月色可怜今夜，宴客酒杯权借。人与一齐来，共开怀。　佳召请移十六，莫到阴晴难卜。风雨为催诗，请先之。

寻梦

绣簟湘纹铺就，翠被兰香熏透。悄语唤多才，梦中来。　觅枕非关力倦，寻梦为酬虚愿。虚愿也难谐，始丢开。

（眉批　黄无傲评⑤：说丢开，正是难于放下，皆情至语。）

---

① 翼圣堂初集本作"又赠友人"。
② 尤悔庵，翼圣堂初集本作"尤展成"，悔庵乃尤展成（名侗）的号。
③ 黄无傲评，翼圣堂初集本无此评。
④ 人，翼圣堂初集本作"友"。
⑤ 黄无傲评，据翼圣堂初集本补。

春光好①

本　意

春光好，万花妍。趁晴天。分付芒鞋早卂（音掌），莫教穿。　　绕遍红庄翠里，踏残锦陌珠阡。不负一年生在世，活游仙。

又

春光好，见芳丛。互相蒙。妙在桃花能绿，柳能红。　　织锦尚嫌繁杂，画山终欠玲珑。天意不随人弄巧，自然工。

（眉批　顾梁汾评②：急作宋儒语，天然妙绝。）

又

春光好，试罗衣。踏芳堤。寄语满城箫管，不须携。　　枝上禽声百啭，人间众乐俱齐。更有一声能和鸟，玉骢嘶。

又

春光好，画船多。泛晴河。试问几家船上，没娇娥。　　香雾喷来红袖，娇情透出轻罗。酒后不堪重复饮，奈他何！

（眉批　黄无傲评③：声请欲绝。）

---

① 《春光好》：词调名。《碧鸡漫志》："春光好，羯鼓录云：'明皇尤爱羯鼓玉笛，云八音之领袖。时春雨始晴，景色明丽，帝曰：对此岂可不与他判断？命取羯鼓，临轩纵击，曲名春光好。回顾柳杏，皆已微坼。上曰：此一事不唤我作天工，可乎？今夹钟宫春光好，唐以来多有此曲。或曰：夹钟宫属二月之律，明皇依月用律，故能判断如神。予曰，二月柳杏坼久矣，此必正月用二月律催之也。"（《碧鸡漫志》卷五《春光好》，见唐圭璋《词话丛编》，第113页）

② 顾梁汾评，翼圣堂初集本无此评。

③ 黄无傲评，据翼圣堂初集本补。

女冠子①

客　至

人来恰好，厨下黄鱼正炒。只添杯。独饮愁无伴，孤吟正想陪。　　浮生同饮啄，前定欲何为？醉来歌一曲，放君归。

秋夜怀人

夜深独啸，惊得满林鸦噪。为何来？记起歌三叠，难忘酒一杯。　　五年愁雁绝，十度见花开。知他贫欲绝，愧无财。

（眉批　冯青士②评：财字为词家所忌，笠翁用之最雅。有此妙术，何铁不金？吾不能不垂涎此指。）

点绛唇③

闺　情

小立花前，哝哝唧唧同谁语？万声千句，同病怜红雨。　　见有人听，一半留将住。佯推故，连花带土，逐瓣将来数。

---

　　① 《女冠子》：由唐教坊曲而来的词牌名。女冠即女道士，此调最初是咏女道士的，故以此名之。小令始于温庭筠，其《女冠子》二首，其一《女冠子·含娇含笑》，其二《女冠子·霞帔云发》，载《全唐五代词》，第119页。长调始于柳永《女冠子·断云残雨》（《全宋词》，第19页）。

　　② 冯青士：名遵祖，字孝行，长兴人，居归安。康熙十二年进士，授山西平陆知县，未数年即归里，居林下者三十余年，杜门着书，有《希颜斋文稿》等多部，为李渔作评。

　　③ 《点绛唇》：词牌名，另有《点樱桃》之别名。此调因江淹《咏美人春游》诗而来。明杨慎《词品》卷一"词名多取诗句"："《点绛唇》取梁江淹诗'白雪凝琼貌，明珠点绛唇'以为名。"（唐圭璋《词话丛编》，第428页）南朝江淹《咏美人春游》诗："江南二月春，东风转绿苹。不知谁家子，看花桃李津。白雪凝琼貌，明珠点绛唇。行人咸息驾，争拟洛川神。"载南朝徐陵编《玉台新咏》（下），中华书局1985年版。

重　阳

重九清明，一般都是花时节。清明何热，万卉开难歇。　　　冷似重阳，菊少西风烈。非饶舌，天心薄劣，不与人情别。

送同寓客

一派秋山，代人妆点愁如许。再加寒雨，更使人难觑。　　　半幅轻帆，眼见归天际。和谁语？凄凉萧寺，只有僧堪侣。

浣溪沙①

题三老看云图

家在云中不识云，偶来山下送游人。同看不觉自消魂。　　　看去既成云世界，原来身住锦乾坤。而今才识下方贫。

又

一姓人衣五色裳，午时又变晓来汝。苍天不止一痕苍。　　　不信但观先后色，与君坐此待昏黄。昏黄又是一家乡。

梦里渡江

倦起婆娑事未谙，秋山如醉复如憨。与人相对正相堪。　　　睡处正酣淮北酒，醒来身已在江南。长房缩地②藉风帆。

---

① 《浣溪沙》：由唐教坊曲名而来的词牌，亦名《醉木犀》，《全宋词》使用频率最高。《浣溪沙》之名，因西施浣纱于若耶溪，故又名《浣溪纱》或《浣沙溪》（淄川手抄本笠翁词即题"浣沙溪"）。

② 长房缩地：传说东汉方士费长房，从壶公入山学仙，未成辞归。能医重病，鞭笞百鬼，驱使社公。一日之间，人见其在千里之外者数处，因称其有缩地术（事见《后汉书·方术列传八十二》）。

玉蝴蝶①

重阳前一日

东篱菊蕊初黄，西风度早香。且过小重阳②，明朝再举筋。　　纵使家居寥落，犹胜在他乡。儿女奏新腔，争来扩泪肠。

菩萨蛮③

江干夜泊怀诸同人

秋林雾卷松如沐，孤舟雅伴渔人宿。风逐晚潮生，波痕皱月明。　　今宵天共水，清透诗人髓。所恨只孤吟，凄凄和远砧。

元宵喜晴

昨宵拚坐今宵雨，今宵不道能如许。甘受至愚名，筹阴误得晴。　　罚予金谷酒④，灭我谈笑口。从此只拚愁，欢娱误到头。

---

① 《玉蝴蝶》：由唐曲而来的词牌名，有小令及长调两体，小令为唐温庭筠所创（见《全唐五代词》，第120页），长调始于宋人柳永，又称为《玉蝴蝶慢》（见《全宋词》第一册，第40页）。《金奁集》、《乐章集》皆入"仙吕调"。（参见龙榆生《唐宋词格律》，第11页）

② 小重阳：农历九月十日，即重阳后一日，曰小重阳。

③ 《菩萨蛮》：由唐教坊曲而来的词牌，也用作曲牌。亦作《菩萨鬘》，又名《子夜歌》、《重叠金》、《花溪碧》、《晚云烘日》等。李白有《菩萨蛮》，可能是最早的文人词之一。宋王灼《碧鸡漫志》卷五"菩萨蛮"条："南部新书及杜阳杂编云：'大中初，女蛮国入贡，危髻金冠，缨络被体，号菩萨蛮队，遂制此曲。当时倡优李可及作菩萨蛮队舞，文士亦往往声其词。'大中，乃宣宗纪号也。北梦琐言云：'宣宗爱唱菩萨蛮词，令狐相国假温飞卿新撰密进之，戒以勿泄，而遽言于人，由是疏之。'温词十四首，载花间集，今曲是也。李可及所制盖止此，则其舞队，不过如近世传踏之类耳。"（唐圭璋《词话丛编》，第113—114页）但是这个说法不可靠，因为唐崔令钦《教坊记·曲名表》就有《菩萨蛮》，而崔令钦是唐玄宗、唐肃宗时人，开元年间为左金吾仓曹参军，几与李白同时。由此，说李白作《菩萨蛮》，且是最早的文人词之一，应该是可信的。

④ 金谷酒：即金谷酒数。此典原意是讲晋代石崇于金谷园宴请宾客，赋诗不成者罚酒三斗的故事。后遂用于泛指酒宴上罚酒之数。

鹦哥菊和阿倩沈因伯[①]　菊花名也

菊花种类多于粟，从来未睹鹦哥绿。不肯学花黄，翻同叶比妆。　　满园红共紫，变态从今始。争看绿衣郎，思为并蒂芳。

附原韵　沈心友因伯

鹦哥未必如花绿，名花偏号鹦哥菊。解语变成花，非他却是他。　　傲霜如有骨，喜在霜中立。鸟却避深笼，名同实未同。

（眉批　阿倩诗词不多，每作必有巧思。）

歌儿怨

歌喉不合清如溜，含娇耐怯当筵奏。最苦遇周郎，低徊眼一双。　　为怜无可顾，却似声声误[②]。只为貌中看，翻令曲受冤。

（眉批　何醒斋[③]评：怨词那得如此香艳！又绝不用一艳字，所以为佳。）

舞女怨

生来不合腰如线，贪慵怯舞将谁倩。一度试霓裳，花枝一度狂。　　尽言风摆柳，柳困君知否？香汗透轻罗，淋漓却为何。

巧妇怨

芳心不合明如镜，百端交集由天性。巧是拙之奴，何妨受厥辜。　　所嗟诸事巧，不博些儿好。无米饭能炊，无缘唱莫随。

---

① 沈因伯：名心友，芥子园甥馆主人，李渔女婿，李渔家事及书铺作坊，主要由其料理，可谓李渔左膀右臂。

② 为怜无可顾，却似声声误：此处化用"曲有误，周郎顾"典故。《三国志·吴书·周瑜传》："瑜少精意于音乐，虽三爵之后，其有阙误，瑜必知之，知之必顾。故时人谣曰：'曲有误，周郎顾。'"

③ 何醒斋：名采，号濮源、南涧、敬舆、芦庄等。桐城人。顺治六年进士，历官左春坊、侍读。不谐于时，30岁即弃官归。工诗词，有《南涧集》、《南涧词》、《让邮集》等，与李渔多有来往，为李渔作评。

才姬怨

生人不合生彤管，无才何处分长短。彩笔较金针①，为功孰浅深？　　可怜十八拍，徒受琵琶厄。妒杀似鸠儿，鸳鸯睡起迟。

月下闻箫

中庭露下凉飔彻，湘帘虽挂浑如揭。非近亦非遥，谁家吹洞箫？　　竹音娇似肉，想见唇如玉。何处倩人教？多应念四桥②。

卜算子③

榆荚钱四首和宋荔裳④大参

诗眼俗春朝，到处迷阿堵。夷甫从来口不言，一任空中舞。　　拾起细评论，改性从商贾。翻怪东皇不爱钱，抛掷同泥土。

（眉批　方绍村评：四阕各具一论，如剥蕉缫茧，步步引人着胜。）

又　反原韵"欲付新丰旧酒楼，少个开元字"之句

沽酒正无凭，榆荚飞将至。绝细绳头写一行，权当开元字。　　莫道不流通，效用从今始。柿叶蕉书尽可珍，何况钱为纸。

（眉批　何醒斋评：说得五铢当十，不值一文。）

---

①　金针：此处化用金针度人的故事。传说从前，有个少女叫采娘，受织女惠顾，得金针而更加心灵手巧。

②　"何处倩人教？多应念四桥"：典出杜牧的《寄扬州韩绰判官》"青山隐隐水迢迢，秋尽江南草未凋。二十四桥明月夜，玉人何处教吹箫"。"念四桥"即二十四桥。

③　《卜算子》：词牌名，又名《百尺楼》、《眉峰碧》、《楚天遥》等。相传是借用唐代诗人骆宾王的绰号——骆宾王写诗好用数字取名，人称"卜算子"。北宋时盛行此曲。宋教坊复演为慢曲，《乐章集》入"歇指调"。

④　宋荔裳：宋琬（1614—1673），号荔裳。山东莱阳人。顺治四年（1647）进士，曾任户部河南司主事、吏部稽勋司主事、陇西右道佥事、左参政，康熙十一年（1672），授通议大夫四川按察使司按察使；翌年，进京述职，适逢吴三桂兵变，家属遇难，忧愤成疾，病死京都，时年59岁。他是清初著名诗人，为"燕台七子"之一，又与施闰章齐名，称"南施北宋"。与李渔有诗文往来，为李渔作评。

又

不凿邓家山①，幻出通神具。买尽韶光未破悭，只道千年聚。　　俨是富家翁，人换摇钱树。一旦春归守不牢，阵阵飞将去。

（眉批　梁冶湄评：有前二首之诙谐，不可无此二首之棒喝。）

又

从未睹钱飞，枉却青蚨②号。此际迎风只一呼，子母齐来到。　　莫作杳然观，虚实曾相较。试问铜山铸尽年，可是空头钞？

巫山一段云③

遥听佳人度曲

何处繁弦绝，谁家绮席翻？歌声遥似隔重山，妙在有无间。　　为感金风骤，遥怜翠袖寒。不知于我甚相干，却为惜更阑。

霜雾连朝，菊残蟹毙，不胜怅惘，赋此解嘲

嗜蟹因仇雾，怜花复怒霜。无穷好事为天荒，一度掷秋光。　　造物将侬负，还令造物偿。急开梅蕊续秋芳，不许蛰无肠。

（眉批　吴念庵评：仇雾怒霜，幽人创语。）

添字昭君怨

梧桐怨

忽地便传秋到，故使离人知觉。凄声唱起是梧桐，怨寒

---

① 邓家山：《史记·佞幸列传》载，汉文帝赐宠臣邓通以蜀郡严道铜山，得自铸钱，而致巨富。后以"邓氏铜山"指财源或致富之资。

② 青蚨：虫名，人们以"青蚨"称钱。传说青蚨生子，母与子分离后必会仍聚回一处，人用青蚨母子血各涂在钱上，涂母血的钱或涂子血的钱用出后必会飞回，所以有"青蚨还钱"之说。

③ 《巫山一段云》：形容女子美丽的鬈发或优美的身段。唐教坊曲，原咏巫山神女事，后用为词牌。

蜑。　　谁向深闺种此？不见舒红放紫。一生赢得会惊秋，喜人愁。

丑奴儿令①

对　镜②

菱花不作端严相，也学颜红。薄命青铜，易碎难完定似
侬。　　谁能面好心无妒，倚着熏笼，想遍无踪。谁料其人在镜中。③

（眉批　黄无傲评④：情中景中，合成一片。）

落　花

封姨⑤一夜施残毒，香满庭阶，玉满庭阶。惜玉怜香手托
腮⑥。　　殷勤传语芳魂道⑦，风不怜才，天却怜才。许到明春照
旧开。

---

　　① 《丑奴儿令》：词牌名。又名《采桑子》、《丑奴儿》、《罗敷媚》、《罗敷艳歌》。
唐教坊大曲有《杨下采桑》，是兼有歌舞的大曲。南卓《羯鼓录》作《凉下采桑》，属
"太簇角"。《丑奴儿令》为双调小令，乃就大曲中截取一遍为之。
　　② 翼圣堂初集本作"美人对镜"。
　　③ 这首词，翼圣堂初集本作："识得菱花才半面，早觉颜红。薄命青铜，易碎难
完定似侬。　　若个同娇能不妒，倚着熏笼，想遍无踪。谁料其人在镜中。"
　　④ 据翼圣堂初集本补。
　　⑤ 封姨（封夷）：古时传说中的风神，或称"封家姨"、"十八姨"、"封十八姨"
等。唐虞世南《北堂书钞》（中国书店1989年影印光绪十四年南海孔广陶校刊本）卷一
百四十四引《太公金匮》述七神助周伐殷事云："风伯名姨。"又，唐谷神子《博异志·
崔玄微》载：唐天宝中，崔玄微于春季月夜，遇美人绿衣杨氏、白衣李氏、绛衣陶氏、
绯衣小女石醋醋和封家十八姨。崔命酒共饮。十八姨翻酒污醋醋衣裳，不欢而散。明夜
诸女又来，醋醋言诸女皆住苑中，多被恶风所挠，求崔于每岁元旦作朱幡立于苑东，即
可免难。时元旦已过，因请于某日平旦立此幡。是日东风刮地，折树飞沙，而苑中繁花
不动。崔乃悟诸女皆花精，而封十八姨乃风神也。（见《博异志·集异记》，中华书局
1980年版，第8—9页）后诗文中常将封姨作为风的代称。《全宋词》第1702页载张孝
祥《浣溪沙》词："妒妇滩头十八姨，颠狂无赖占佳期，唤它滕六把春欺。"（"滕六"
为雪神）
　　⑥ 手托腮，翼圣堂初集本作"却是苦"。
　　⑦ 殷勤传语芳魂道，翼圣堂初集本作"花不碍风何用妒"。

（眉批　何醒斋评①：从怜香逗出怜才，洵奇而法。黄无倩又评②：是落花不败兴，一空从前作者。）

秋海棠

从来绝色多迟嫁，脂也慵施，黛也慵施。慵到秋来始弄姿。　谁人不赞春花好，浓似胭脂，灿似胭脂。雅澹何尝肯欲斯？③

减字木兰花④

闺　情

人言我瘦，对镜庞儿还似旧。不信离他，便使容颜渐渐差。　裙拖八幅，着来果掩湘纹縠。天意怜侬，但瘦腰肢不瘦容。

（眉批　余澹心⑤评：宁叫身敝，不愿色衰。情至语，谁人解道？）

惜　春

春光九十，雨雨风风将过七。余⑥日无多，屈指才伸即便

---

① 翼圣堂初集本无此评。

② 据翼圣堂初集本补。

③ 这首词，翼圣堂初集本作："从来绝色多迟嫁，娇怕人妒，媚怕人知。直到秋来始弄姿。　春亦有花难学汝，浓似胭脂，垂若红丝。雅澹何尝肯欲斯？"

④ 《减字木兰花》：由唐教坊曲而来的词牌，简称《减兰》，又名《木兰春》。《张子野词》入"林钟商"，《乐章集》入"仙吕调"。所谓"减字"者，即在正调《木兰花》中，减去数字，成双调四十四字；与《木兰花》相比，前后片第一、三句各减三字，改为平仄韵互换格，每片两仄韵，两平韵。

⑤ 余澹心：余怀（1616—1696），字澹心，一字无怀，号曼翁、广霞，又号壶山外史、寒铁道人，晚年自号鬘持老人。福建莆田黄石人，侨居南京，因此自称江宁余怀、白下余怀。晚年退隐吴门，漫游支硎、灵岩之间，征歌选曲，与杜浚、白梦鼎齐名，时称"余、杜、白"。工诗文，其《板桥杂记》最为有名。余怀与李渔是老友，多有诗书往来，为老友作评。

⑥ 余，翼圣堂初集本作"甘"。

过。　　东皇有意，暂放花神舒口气。必欲摧残，零扫何如一夜删？

[眉批　尤展成评：宛是闺中愤恚（huì）语。]

闺　怨

黄昏至矣，露湿栏干徒自倚。何处留连，只看杯中不看

天。　　但偿酒债，听尔来迟侬不怪。所虑清谈，座客成双少第三。

（眉批　杜于皇评：刻画至此！）

对镜作

少年作客，不爱巅毛拚早白。待白巅毛，又恨芳春暗里

消。　　及今归去，犹有数茎留得住。再客二①年，雪在人头不在天。

（眉批　陆丽京评：此等调，真堪独步。宋人以后，绝响五百

年矣。）

田家乐四首

父耕子读，一岁秋成诸事足。风雨关门，除却看花不出

村。　　今年欠好，只勾输粮官事了。莫怨耕田，度却荒年有熟年。

（眉批　何醒斋评②：笠翁一生歌舞场中，能现老农身说法。）

又

黄茅盖屋，每到秋来增几束。增过三年，只戴黄茅不戴

天。　　邻居盖瓦，三岁两遭冰雹打。争似侬家，风雨酣眠夜不哗。

（眉批　陆丽京评③：茅屋之胜瓦，全在风雨无声，阴晴一致。

此语未经人道，又被笠翁拈出。王安节评④：直到极处。）

---

① 　二：翼圣堂初集本作"三"。

② 　翼圣堂初集本无此评。

③ 　同上。

④ 　同上。

又

鸡豚自养，酒出田间鱼在港。客至陶然，款待何尝费一钱。　偶过城市，留者纷纷沽且贳。满案腥膻，掷却青蚨味不鲜。

又

黄牛不畜，畜来又早生黄犊。才可儿骑，力逐风生又负犁。　韶光易老，富贵可求难自保。薄种微收，要稳还须治绿畴。

闻　雁

数声嘹唳，酿雨生风寒淅淅。贴近茅檐，影度空阶落素蟾。　有人怜你，压背霜浓飞不起。好觅芦汀，勉强孤栖待晓行。

悔春词四阕

春光太富，似马离缰收不住。怪煞东皇，散有为无不善防。　早知今日，绿遍郊原红寂寂。何不当时，日许鲜葩放一枝。

（眉批　熊元献①评："悔"字妙绝。此题一出，和者纷纷矣。）

又

莺声太巧，催得百花抽似草。等得花残，嗳嗳枝头舌也干。　早知易老，不应贱却啼声好。终日间关，悦耳词多也类繁。

（眉批　吴念庵评：四阕如燕语莺啼，不嫌繁絮。所谓汝正伤春，我又悲秋耳。）

又

东风太骤，易盛花枝还易瘦。薄露微阳，只许嫣然不许狂。　此时还在，纵减芳姿余故态。何至茫然，不怪群芳只怪天。

---

　　①　熊元献：名正笏，汉阳人，康熙十七年举人，未仕。有《撷蕊亭诗存》，与李渔有诗书往来，为李渔作评。

又

识春太晚，雪隐梅花人亦懒。待卷帘时，粉褪香销看已迟。　　纷纷桃杏，又为支床游蹭蹬。病起开残，青帝空过又一番。

好事近①

咏　泪②

泪比落红多，说与旁人不信。试把泪和花较，谁比谁先尽？　　只除一件不如花，落处难成阵。止因泪限双沟，欲喷无由喷。

谒金门③

红　叶

红映彻，不辨是花是叶。细看知由霜酝结。寒山今忽④热。　　说是相思泪血，那得许多离别？天欲怡人人不悦，好景徒虚设。

中酒后代柬罪主人

人中酒，不辨参辰卯酉⑤。蕉量勉教倾半斗，困人非爱

---

① 《好事近》：词牌名。又名《钓船笛》、《翠圆枝》，《张子野词》入"仙吕宫"。《好事近》之"近"指舞曲前奏，属大曲中的一个曲调。词与音乐脱离后，"近"已成为词调名本身的组成部分。

② "咏泪"，翼圣堂初集本作"闺情"。

③ 《谒金门》：由唐教坊曲而来的词牌，双调。又名《空相忆》、《花自落》、《垂杨碧》、《杨花落》、《出塞》、《东风吹酒面》、《不怕醉》、《醉花春》、《春早湖山》。敦煌曲子词《谒金门》："常伏气，住在蓬莱宫里。绿竹桃花碧溪水，清斋常晚起。闻道诸仙来至，服裹琴书欢喜。远谒金门朝帝美，不辞千万里。"（《全唐五代词》，第909页）其"远谒金门朝帝美"句，疑即此本意。《金奁集》入"双调"。四十五字，前后片各四仄韵。

④ 忽，翼圣堂初集本作"欲"。

⑤ 参辰卯酉：参与辰，是两个星宿的名字；卯与酉是古人计时的的两个时辰（卯指上午五时至七时，酉指下午五点到七点）。参星酉时出于西方，辰星卯时出于东方。参与辰，卯与酉，互不相关。不辨参辰卯酉，犹曰不辨日月星辰，糊里糊涂。

友。　　揽镜容颜增丑，呵气旁人欲呕。怨语叨叨不去口，问君耳热①否？

杏园芳②

书所见

见人太觉逢迎，避人太觉无情。酌留半面示惺惺，极公平。　　佳人心性皆如此，不教至美空生。往来无日不留青，即公评。

好时光③

春　光　以下和方绍村侍御春词二十阕

堤上平铺嫩绿，树杪齐着嫣红。水墨江山皆设色，何来巧画工？　　人间杼轴好，输此变化无穷。才说因风浅，着雨又成浓。

春　声

梦醒全亏啼鸟，春至何暇酣眠。到处缠头声悦耳，听来不费钱。　　花间无笑语，谁识墙内秋千。圆转箫音内，画出指纤纤。

春　山

远近未常相约，惨淡齐变空青④。树色烟光云影外，轻浮另一

---

① 耳热，翼圣堂初集本作"曾嚏"。

② 《杏园芳》：词牌名，双调四十五字，前段四句，四平韵；后段四句，三平韵。唐尹鹗《杏园芳》："严妆嫩脸花明，教人见了关情。含羞举步越罗轻，称娉婷。终朝咫尺窥香阁，迢遥似隔层城。何时休遣梦相萦，入云屏。"（《全唐五代词》，第578页）

③ 《好时光》：词牌名。《尊前集》有《好时光》，收入今人编《全唐五代词》："宝髻偏宜宫样，莲脸嫩，体红香。眉黛不须张敞画，天教入鬓长。莫倚倾国貌，嫁取个、有情郎。彼此当年少，莫负好时光。"传为唐明皇李隆基自度曲，取结句"莫负好时光"后三个字为调名。但许多人认为此非李隆基作。

④ 空青：本是矿石名，可入中药，《本草经》曰："空青生山谷，久服轻身延年。"空青亦用以描写自然山水色彩，南朝梁江淹《空青赋》曰："夫赤琼以照燎为光，碧石以葳蕤为色。咸见珍于东国，并被贵于西极。况空青之丽宝，亦挺山海之不测。"

痕。　　苍苔盈屐齿，踏遍画上嶙峋。济胜原无具①，学少偶多情。

春　水

天上有船可坐，解缆宜在三春。日映桃花风摆柳，齐招渡口人。　　两岸青山色，接着绮丽波纹。不许长空外，秋水独无痕。

春　日

才被晓莺啼出，红晕已透窗纱。绣户三竿人未起，春融懒渐加。　　莫怪温如火，暖处全为烘花。不到人心醉，未肯便西斜。

春　风

寒暖和成一片，宜避又复宜亲。树动青帘摇飓处，何曾见一尘。　　杖钱犹未解，吹面已觉醺醺。最羡东皇巧，酿出酒无形。

（眉批　王北山②评：构思既别，造语亦工。）

春　云

不作奇峰傲夏，懒布淡霭骄秋。缥渺无心初出谷，风和且慢收。　　特书劳太史，曾覆过帝王头。祥瑞生来早，勿作杞人忧。

春　月

岁岁元宵看起，夜夜不负黄昏。坡老细君评定后，秋光逊几分。　　夜深花睡去，代烛照海棠魂。但过清明节，愈暖愈相亲。

---

①　济胜原无具："济胜之具"本是指跋山涉水游览名胜的身体条件。典出南朝宋刘义庆《世说新语·栖逸》："许掾好游山水，而体便登陟。时人云：'许非徒有胜情，实有济胜之具。'"此处所谓济胜原无具，反其意用之，是说没有跋山涉水游览名胜的身体条件。

②　王北山：名高（1631—1678），字鉴兹、登孺、槐轩等，山东茌平人，顺治十五年进士，选庶吉士，曾任江南乡试副主考。有《槐轩诗集》、《槐轩文集》等。与李渔有诗书往来，为李渔作评。

春 雨

春雨非同秋雨，但觉罪少功多。润柳滋花天抱瓮，辛勤奈怨何？　　所怪连朝夕，坐使淑景蹉跎。请与甘霖约，十日一番过。

春 雪

将到落梅时候，飞舞一似残葩。数瓣原来非五出，才知天散花。　　瓮收残腊水，已勾一岁烹茶。切莫飘飘久，湿却好年华。

（眉批　王北山评：才是春雪。）

春 灯

午夜翻成白昼，陆地遍走龙蛇。艳李秾桃争斓熳，徐观不是花。　　漫言灯火盛，乐事遍满千家。翠被难温处，未必少人嗟。

（眉批　范文白①评：忽作冷语，更佳。）

春 社

神亦当春行乐，赛社有喜无嗔。何况形骸非土木，终年受苦辛。　　祭余难果腹，归去重宰鸡豚。酒伴携蓑笠，切莫附纶巾。

（眉批　陆左城②评：巧思妙语。）

春 酒

怕饮此时亦醉，只为侑者纷纷。席翠枕芳求免俗，不然花笑人。　　况有当垆者，点滴出自文君③。香气能招口，余味复沾唇。

---

① 范文白：名骧，字默庵，海宁人，李渔朋友。有《受日堂集》、《默庵集》等，为李渔《意中缘》传奇作序，并为李渔诗文作评。

② 陆左城：名阶，字左辖，当时文社飙举，陆左城为诸生领袖，才学横溢，气倾座人。有《丹风堂集》，为李渔诗文作评。

③ 文君：卓文君与司马相如私奔，来到临邛，当垆卖酒以维持生计。

春　盘

生菜人间贱物，当令亦有昂时。海错山珍皆让美，争餐孰肯迟。　　古例原尊朴，漫道不合时宜。最喜春朝饮，醇俗未全移。

（**眉批　范文白评：语有关系**。）

春　郊

城市何来春色，车马枉费探求。但出禁门花便好，芳菲限一沟。　　莺啼和燕语，到处无了无休。园囿如天样，不禁万人游。

春　畴

疏雨一犁刚足，野老肯放牛闲。耕破绿痕才入画，平铺不耐看。　　菜花千万顷，熏透满路衣冠。归去能招蝶，香在有无间。

春　寿

自是人皆随喜，矫语性好参禅。绣伴无因难出阁，慈悲仗佛怜。　　瓣香来复往，处处桃李争妍。欲睹春光好，结愿上西天。

（**眉批　范文白评：不肯作无关系语**。）

春　衫

剪就轻罗待试，选日宜在花朝。乍暖乍寒犹未定，加绵仗酒瓢。　　袖痕容易湿，莫听弦上啼号。酒尽终须典，留取旧冬袍。

春　游

到处马嘶芳草，谁肯闲却雕鞍。结伴宜寻方外①侣，身心始共闲。　　彩毫随地设，酒社即系诗坛。我辈遨游处，登望岂徒然。

---

①　方外：世外，域外，仙境、神仙生活之地。《庄子·大宗师》："彼游方之外者也。"《楚辞·远游》："览方外之荒忽兮，驰于方外，休乎宇内。"

春　归　时予来自燕都，清明之后一日也①

千里人归可喜，况与寒食相邻。桃李迟开缘待我，殷勤到十分。　　踏青明日起，带便访友探亲。欲说他乡事，且过好良辰。

误佳期②

本　意

天授佳期人误，神缔良缘鬼妒。休将薄幸咒儿郎，提起盟先负。　　再订几时来，谅不如前度。他能原我我原他，何处生嗔怒？

忆秦娥③

离家第一夜

秋声搅，夜长容易催人老。催人老，终年独宿，自无烦恼。　　不堪身似初分鸟，凄凉倍觉欢娱好。欢娱好，昨愁不夜，今愁不晓。

许竹隐曰④："昨愁不夜，今愁不晓"，才是第一夜语。非情至者不能道。

（眉批　汪舟次评⑤：今愁从昨欢形出，故最难堪。寻常语，合拈便自新绝。曹秋岳评：词以真为极则，真者耐人寻味，诗文

---

①　这应该是李渔第二次游燕都归来，爱妾王姬在燕都病逝，归来恰逢清明，聊作欢欣之语。

②　《误佳期》：词牌名。《楚辞·九歌·湘夫人》有"与佳人期兮夕张"句（梁萧统《文选》，中华书局1977年版，第466页），谢庄《月赋》有"佳期可以还，微霜沾人衣"句（梁萧统《文选》，第198页），此处"佳期"乃谓男女欢会；李益《江南词》"嫁得瞿塘贾，朝朝误妾期"（《全唐诗》，第3222页）则是耽误佳期的意思。词名殆取此。

③　《忆秦娥》：词牌名，又名《秦楼月》、《蓬莱阁》、《双荷叶》等。双调，共四十六字，有仄韵、平韵两体。世传唐代诗人李白首制此词（《全唐五代词》，第16页），中有"秦娥梦断秦楼月"句，故名。

④　翼圣堂初集本无此评。许竹隐：名虬，江西长洲人。顺治十五年进士，历官绍兴同知、贵州思南知府、永州知府。有《万山楼诗集》、《燕台诗草》，为李渔词作评。

⑤　翼圣堂初集本无此评。汪舟次：名楫（1626—1698），字悔斋、耻人。江都人。康熙十八年举博学鸿词，授检讨。工诗书，有《悔斋集》、《悔斋续集》、《观海集》，为李渔作评。

皆然。王望如①评：别离真境，写得痛快淋漓。）

又

天忘晓，提撕全赖鸡声早。鸡声早，无愁喜睡，不知寅卯。　　五更漏尽宜鸣鸟②，残星不没晨光杳。晨光杳，天涯此际，愁人多少？

立春次日闻莺

春来了，枝头寂地闻啼鸟。闻啼鸟，多时不见，半声亦好。　　黄鹂声最消烦恼，杜鹃声易催人老。催人老，由他自唤，只推不晓。

（眉批　范汝受③评：极开合之妙，无迹可求。周雪客④评："多时不见"二语，周柳不能道。）

戏语侍儿

花开未？东风昨夜熏人醉。熏人醉，有情桃杏，能留春意。　　寻常懒揭鸳鸯被，今朝忽破贪眠例。贪眠例，早看花笑，与人争丽。

春归二首

春归矣，一年萧索从斯起。从斯起，挽回春意，曲中杯底。　　六千三万今余几？说来堪怕无堪喜。无堪喜，及时行

---

①　据翼圣堂初集本补。王望如：名仕云，字过客，歙县人，顺治九年进士。曾评注七十回本《水浒传》，有《写心集》、《易解》、《论史同异》等，为李渔作评。

②　宜鸣鸟，翼圣堂初集本作"多时了"。

③　范汝受：名国禄（1623—1696），字十山。江南通州人。有《十山楼稿》。李渔在南通时与之交往，曾为李渔词作评。

④　翼圣堂初集本无此评。周雪客：名在浚，周亮工长子。有《梨庄集》、《秋水轩集》、《苑之词等》，曾为李渔作评。

乐，庶几无悔。

（眉批　黄无傲①评：千金一刻，秉烛夜游，古人总求无悔。）

又

春归矣，绿归山色红归水。红归水，东流不返，倩谁相砥？　　少年莫恃容颜美，春光薄幸难常倚。难常倚，及时为乐，其权在己。②

（眉批　又评③：创句妙。觉水流红犹是两层。）

咏荷风

披襟坐，冷然一阵荷香过。荷香过，是花是叶，分他不破。　　花香浓似佳人卧，叶香清比高人唾。高人唾，清浓各半，妙能调和。

（眉批　梁冶湄④评：既难分破，又复分开；既已分开，又与调和。弄笔如弄丸。）

秦淮水二首

秦淮河在金陵城内，即古桃叶渡也。一岁之中，惟四五月江水涨时潮涌入城，巨浸汪洋，可称大观。过此即涸。俗以五月赛灯船，歌吹震天，游人蚁集，以此为丰年佳兆云。

秦淮水，年年五月翻腾起。翻腾起，千门绮席，万户⑤歌吹。　　灯船盛作丰年瑞，游观畅卜佳人喜。佳人喜，倾城一笑，灯花绽蕊。

---

① 据翼圣堂初集本补。

② 这首词，翼圣堂初集本作："春归矣，绿比青山红似水。红似水，东流不返，倩谁留你？少年莫恃容如绮，春光薄幸难常倚。难常倚，及时为乐，其权在己。"

③ 据翼圣堂初集本补。

④ 梁冶湄，翼圣堂初集本作"梁承笃"。

⑤ 户，翼圣堂初集本作"家"。

又

秦淮水，年年六月空留底。空留底，游人星散，河房如洗。　天心欲去繁华累，江潮也为闾阎计。闾阎计，金钱有限，游观无际。

（眉批　郭九芝①评：天欲弭奢，潮能惜费，真是非非想。）

赠同行少年

长安侠，貌似佳人愁力怯。愁力怯，路逢暴客，身强似铁。　宝刀一试头如叶，随风飘去人情贴。人情贴，举杯相庆，依然红腨。

（眉批　黄无傲评：如见孙江东。）

别同行少年

难分手，少年侣伴前途有。前途有，不堪说剑，只堪论酒。　英雄少似多情友，临歧②声逐青萍③吼。青萍吼，许多恨事，未从君剖。

---

① 郭九芝：郭传芳，字九芝，号匡庐居士，山西大同人，康熙年间任陕西咸宁县丞时，接待过西游的李渔，李渔尽示生平著述，数次作玉屑谈，甚洽。郭传芳为李渔《慎鸾交》作序，并作词评。

② 临歧：歧路，岔路也，古人送别常在岔路口处分手，往往把临别称为临歧。

③ 青萍：剑名。李白送族弟单殳主簿《凝摄宋城主簿诗》："吾家青萍剑，操割有余闲。"

清平乐①

和家蓼墅②见赠，时在燕都

长安何地，驰逐声如沸。但有言诗兼索醉，即是衣冠祥瑞。　　多才喜出吾宗，襟怀未许人同。谒选不持手板，之官惟带诗筒。

又

怜才有素，乍见浑如故。两片肝肠如一副，怪煞悠悠行路。　　同宗岂乏诗人，予非贺白后身。弗论是仙是鬼，有才便许相亲。

爱　瘦

一生爱瘦，日日量衣扣。唤作太真眉便皱，生怕海棠肥透。　　全亏二竖③多情，药炉时傍茶铛④。病有三分好处，不教日损轻盈。

---

①　《清平乐》：词牌名。唐教坊曲，用作词调。关于此调来源，宋王灼《碧鸡漫志》卷五"清平乐"称："清平乐，《松窗录》云：开元中，禁中初种木芍药，得四本，红、紫、浅红、通白繁开，上乘照夜白，太真妃以步辇从。李龟年手捧檀板，押众乐前，将欲歌之。上曰：焉用旧词为。命龟年宣翰林学士李白，立进清平调词三章。白承诏赋词，龟年以进，上命梨园弟子约格调，抚丝竹，促龟年歌。太真妃笑领歌意甚厚。张君房《脞说》，指此为清平乐曲。按明皇宣白进清平调词，乃是令白于清平调中制词。盖古乐取声律高下合为三，曰清调、平调、侧调，此之谓三调。明皇止令就择上两调，偶不乐侧调故也。况白词七字绝句，与今曲不类。而《尊前集》亦载此三绝句，止目曰《清平词》。然唐人不深考，妄指此三绝句耳。此曲在越调，唐至今盛行。今世又有黄锺宫、黄锺商两音者，欧阳炯称，白有应制清平乐四首，往往是也。"（唐圭璋《词话丛编》，第112—113页）

②　李蓼墅：生平未详。李渔在游燕都时与其有诗书赠答。

③　二竖：指病魔，比喻疾病。《左传·成公十年》："公疾病，求医于秦。秦伯使医缓为之。未至，公梦疾为二竖子，曰：'彼良医也，惧伤我，焉逃之？'其一曰：'居肓之上，膏之下，若我何？'"

④　茶铛（chá chēng）：煎茶用的釜。陆游《西斋雨后》诗："香椀灰深微炷火，茶铛声细缓煎汤。"

教鹦鹉

如真忌假，混说无宁哑。莫作寻常开口话，厌听猫来哥打。　　授伊职分无多，旷时律比金科。客至呼茶及早，花开禁折宁苟。

（眉批　范文白评：**主人不拾唾余，鹦哥自当尔尔**。）

喜　晴

黄梅不雨，破例能如许。日日小窗闻细语，天似多情伴侣。　　去年也是黄梅，朝朝淫雨雾霏。须学天心悔过，莫教遂却前非。

（眉批　顾赤方评①：**比"东边日出"蕴藉多少？**）

立春后不闻啼鸟

庭梅开了，春意今年早。但是有花须着鸟，何事黄鹂声杳？　　多应晓梦难醒，不然耳重身轻。但有音来枕上，何妨坐待天明。

美人影

灯前月下，一幅能行画。随口问来随答话，不待人声停罢。　　须知笔写风流，神情隐处难偷。争似原身脱御，和盘托出温柔。

（眉批　梁冶湄②评：**歌此一词，令虎头公何处生活？**）

---

①　据翼圣堂初集本补。顾赤方：名景星（1621—1687），号黄公。蕲州人。少有神童之誉——6岁能赋诗，八九岁遍读经史，15岁黄州郡府试得第一，16岁湖广督学考试亦第一，19岁乡试又是第一。一生坎坷而才学横溢，著述丰富，有《黄公说字》二百卷，《白茅堂集》四十六卷，《四库全书总目提要》谓其"记诵淹博，才气尤纵横不羁，诗文雄瞻，亦一时之霸才"。与李渔诗书赠答，甚密。顾为李渔诗文作评。

②　梁冶湄，翼圣堂初集本作"梁承笃"。

相思引①

祝　晴

一岁花惟十日看，祝天风雨莫摧残。几多红袖，尽望倚栏杆。　　不但惜花兼惜玉，娇痴容易得心烦。非同我辈，失意也开颜。

（**眉批　顾梁汾评②：体贴至此，方知尤物非李郎不能消受。**）

浇　花

不雨还须刻刻浇，园丁随我日千瓢。倚花为命，渴处代啼号。　　但使花荣宁辱我，命轻终耐几时凋。可怜红紫，十日尽飘飘。

拟闺人题菊花寄远③

瘦比黄花又十分，黄花未落我将倾。思君有泪，不拭也盈盈。　　闻说此花君处有，玩时何必不开樽。梦魂来往，歌处竟啼声。

美人醉态

斜倚非关酒力慵，纤腰原自怯东风。海棠着露，微觉助娇容。　　星眼唤人扶得去，霞天秋水更溶溶。消魂此际，十倍恋墙东。

暑夜闻砧④

何处砧声⑤弄晚晴，询来知为寄长征。时方挥汗，先虑陟层冰。　　若使秋来方动杵，几时将得到边城。砧敲暑夜，才是断

---

① 《相思引》：词牌名，又名《琴调相思引》，见宋贺铸《贺方回词》。此调《词律》、《词谱》均未载。

② 翼圣堂初集本无此评。

③ 这首词，据翼圣堂初集本补。

④ 暑，翼圣堂初集本作"夏"。

⑤ 砧声：砧板捣衣之声。李白《子夜吴歌》："长安一片月，万户捣衣声。秋风吹不尽，总是玉关情。何日平胡虏，良人罢远征。"

肠声。

（眉批　王望如①评：秋时捣衣，寄不及远。至理至情，未经人道。）

山花子②

瞥　遇

瞥遇花间笑语吞，三分羞酿十分春。搁住秋波犹未转，勾消魂。　　纨扇有情留点缝，湘裙无意露些痕。只此令人消不起，况全身。

（眉批　范汝受评：章法、句法、字法俱透三昧。）

春　闺

辜负莺花入绣帏，何曾有眼到芳菲。其实无愁终日锁，怪双眉。　　醒处思眠眠处醒，啼时忽笑笑时啼。一种性情浑不解，变由谁？

眼儿媚③

懒　妆

真是佳人果温柔，尽可不梳头。盘龙生就，天然堕马④，才是风

---

①　王望如：名仕云，字望如，号桐庵老人、过客，安徽歙县人。曾在顺治十四年醉耕堂刊《王仕云评论五才子水浒传》，中有自家评论（时盛金圣叹评），常被后人引用。有《鉴略四字书》传世，后世翻印累累。许遴翁曾言：江上王望如著有四字《鉴略》，家炫户诵，颇有益于童蒙，较《三字经》、《千字文》启蒙诸书，层楼更上。王为李渔作评。

②　《山花子》：《浣溪沙》、《摊破浣溪沙》之别名。龙榆生称："唐教坊曲，《金奁集》入'黄钟宫'，《张子野词》入'中吕官'。四十二字，上片三平韵，下片两平韵，过片二句多用对偶。别有《摊破浣溪沙》，又名《山花子》，上下片各增三字，韵全同。"（龙榆生《唐宋词格律》，上海古籍出版社1978年版，第12页）

③　《眼儿媚》：词牌名，龙榆生称，又名《秋波媚》。双调四十八字，前片三平韵，后片两平韵。（龙榆生《唐宋词格律》，第20页）

④　盘龙生就，天然堕马：盘龙、堕马，古代女人发型。

流。　　世间尤物随他懒，懒与质相投。若非国色，宜先郎起，早上妆楼。

朝中措[①]

平山堂和欧公原韵

每临此地忆欧公[②]，才内数英雄。宦辙每经到处，山光点墨增浓。　　平山如扫，烟鬟稀少，态亦疏慵。只为当年嫁与，鸡皮渐返娇容。

又

江南山在画图中，一座远屏风。二十四桥明月，合来承值仙翁。　　其人已往，此山犹在，谁继芳踪？太守新开讲院，仁山近作欧公。堂为金长真太守复建，故云。

人月圆[③]

初冬戏作

满天风雨将寒造，尚未造成时。脱衣愁冷，着衣嫌热，一刻三时。　　侍儿不解，因辞半臂，各惹情思。主人赢得，两番冒

---

① 《朝中措》：词牌名。宋以前旧曲，名为《照江梅》、《芙蓉曲》。《宋史·乐志》入"黄钟宫"。双调四十八字，前片三平韵，后片两平韵。（龙榆生《唐宋词格律》，第19页）

② 欧公：欧阳修。"此地"指平山堂，它位于扬州市西北郊蜀冈中峰大明寺内，始建于宋仁宗庆历八年（1048）。欧公当时任扬州知府，建堂于此。坐堂上，南面诸山，映入眼帘，似与堂平，故名平山堂。欧阳修《朝中措·平山堂》："平山栏槛倚晴空，山色有无中。手种堂前垂柳，别来几度春风？　　文章太守，挥毫万字，一饮千钟。行乐直须年少，尊前看取衰翁。"

③ 《人月圆》：词牌名，亦为曲牌名。此调始于王诜。杨慎《词品》卷一"人月圆"条："宋驸马王晋卿元宵词云：'小桃枝上春来早，初试薄罗衣。年年此夜，华灯盛照，人月圆时。　　禁街箫鼓，寒轻夜永，纤手同携。更阑人静，千门笑语，声在帘帏。'此曲晋卿自制，名人月圆，即咏元宵，犹是唐人之意。"（唐圭璋《词话丛编》，第433页）

认，就里天知。

（眉批　徐电发①评：将子京事又翻一案，情思入妙。）

喜团圆②

病

不消半载眉峰蹙，瘦得海棠无肉。谁道香肌似玉，渐起黄金粟。　　那堪重入萧郎③目，亏得远离金屋。不敢望他归速，常对灯花哭。

三字令④

闺人送别

临别话，怕愁伊，不多提。提一句，泪千垂。望君心，如妾愿，早些归。归得早，你便宜，免重妻。生儿女，早和迟。没多言，三字令，与君知。

---

① 徐电发：名"釚"（1636—1708），号拙存、虹亭、菊庄、垂虹亭长、枫江渔父、计东弟子，吴江人，博学多能，有《诚斋集》、《南州草堂集》、《菊庄词》、《词苑丛谈》等，曾为李渔诗文作评，并为李渔晚年移居杭州出力。

② 《喜团圆》：词牌名，调见《小山词·喜团圆》："危楼静锁，窗中远岫，门外垂杨。珠帘不禁春风度，解偷送余香。眠思梦想，不如双燕，得到兰房，别来只是，凭高泪眼，感旧离肠。"（《全宋词》，第257页）

③ 萧郎：唐宋以来，词中常以萧郎称呼情郎。

④ 《三字令》：词牌名。始见《花间集》欧阳炯《三字令》："春欲尽，日迟迟，牡丹时。罗幌卷，翠帘垂。彩笺书，红粉泪，两心知。人不在，燕空归，负佳期。香烬落，枕函敧。月分明，花澹薄，惹相思。"（《全唐五代词》，第450页）

阳台梦①

护 花

惜花非是将花惜，做些样子教人识。是娇都不耐风吹，是娇都惹嫉。　　护花虽有意，只好暗施培植。若教显露惜花容，妒雨先波及。

（眉批　顾梁汾评：似闻花叹：知己，知己！）

偷声木兰花②

来生愿

来生愿作双蝴蝶，花里营生花里歇。纵有离时，不出东风第几枝。　　游蜂虽好分房去，难保初终皆一处。即使相俱，众口呶呶好事虚。

（眉批　吴念庵评：情深语。不独《闲情》一赋。）

又

平生愿作鸳鸯枕，甘耐晓寒春昼冷。到晚人来，不是天明不放开。　　万千莫作鸳鸯带，系不到头终日解。晓起相逢，才到黄昏西复东。

---

① 《阳台梦》：词牌名。此调有两体。四十九字者调见《尊前集》，后唐庄宗李存勖《阳台梦》："薄罗衫子金泥凤，困纤腰怯铢衣重。笑迎移步小兰丛，鬖金翘玉凤。娇多情脉脉，羞把同心捻弄。楚天云雨却相和，又入阳台梦。"（《全唐五代词》，第444页）据称，该词乃庄宗自度曲，取末三字为名。五十七字者调见《花草粹编》，宋解昉《阳台梦》："仙姿本寓。十二峰前住。千里行云行雨。偶因鹤驭过巫阳。邂逅他、楚襄王。无端宋玉夸才赋。诬诞人心素。至今狂客到阳台。也有痴心，望妄入、梦中来。"（《全宋词》，第169页）两体截然不同。

② 《偷声木兰花》：由唐教坊曲而来的词牌，《金奁集》入"林钟商调"。此调本于《木兰花令》，前后段第三句减去三字，另偷平声，故云"偷声"。若《减字木兰花》前后段起句四字，则又从此调减去三字。另，通过"偷声"，压缩节奏也。（龙榆生《唐宋词格律》，第79页）

（眉批　余澹心评：较《定情诗》、《闲情赋》更深一层。）

少年游①

艳情二首

秋波初转欠分明，还似不关情。半晌猜疑，几番凝望，人去眼留青。　　谁知身逐秋波转，重与顾伶仃。佯觅花钿，伪呼同伴，芳意始全倾。

又　用仄韵②

香肌初傍难轻渎，怕折生前福。人地相形，韵绝琼姿，俗杀黄金屋③。　　娇羞不喜常烧烛，莫使眉痕蹙。蚤灭银缸，慢下珠帘，且近芙蓉褥。

（眉批　余澹心评④："俗杀黄金屋"，立论甚奇，使汉武叫屈。）

艳语二首

夜深忽听花枝语，一字情千缕。乐⑤处生悲，合处防离，诉出愁如许。　　惜花风酿催花雨，好事难常倚。无限凄凉，偌大忧愁，出自欢娱⑥里。

---

　　① 翼圣堂初集本《少年游》下注"平仄二体"。《少年游》：词牌名，始见于晏同叔《珠玉词》。又名《少年游令》、《小阑干》、《玉腊梅枝》。《词谱》卷八"调见《珠玉词》，因词有'长似少年时'句，取以为名。"《乐章集》注林钟商调。

　　② 用仄韵，翼圣堂初集本无此三字。

　　③ 金屋：化用"金屋藏娇"之"金屋"意。

　　④ 翼圣堂初集本无此评。

　　⑤ 乐，翼圣堂初集本作"欢"。

　　⑥ 欢娱，翼圣堂初集本作"温存"。

又

温柔何事独称乡？悄语问檀郎①。此义难明，回声索解，逗出口脂香。　　答云乡是安身地，离却便思量。楚馆秦楼，天台洛浦②，好杀是他邦。

（眉批　余澹心评③：此意谁能道出？）

双调望江南④

不　寐

千个事，齐集枕头边。片刻忽周三四载，如何只说夜如年？总为不成眠。　　求睡着，须待四更天。一枕朦胧犹未醒，相思才断又谁连。梦作藕丝牵。

迎春乐⑤

望春不至

春风不见侬家面，闻去岁，将他怨。有情也学无情汉，些个事，将人叛。　　空闲着秋千侣伴，空冷却有花庭院。须约人心同转，倚着门儿盼。

秋夜雨⑥

友人性酷嗜饮，每逢岁首，礼僧伽一月，因断荤酒。代作此词解嘲

问予岁饮几何日？一年三百三十。因何无足数？为断酒、除

---

① 檀郎：西晋美男子潘安小名檀郎，后常用檀郎代指情郎或者夫君。
② 天台洛浦：天台指刘阮与天台神女相遇婚配，洛浦指曹植《洛神赋》与洛神相恋。
③ 翼圣堂初集本无此评。
④ 见前"梦江南"注。
⑤ 《迎春乐》：词牌名，有两格，其一为双调五十二字，前段四句四仄韵，后段四句三仄韵；其二为双调五十二字，前段四句四仄韵，后段五句三仄韵。
⑥ 《秋夜雨》：词牌名，调见蒋捷《竹山乐府》，题《咏秋雨》。双调五十一字，前后段各四句，三仄韵。

荤期月。　　　如来算帐宜清楚，寿百年、应该加一。只吃自己食，并未扰、阿弥陀佛。

醉花阴①

夏　日

最是伏天容易午，天不怜人苦。势利此时风，不到民居，只在官人府。　　盈枰败局棋难赌，锐气由人鼓。倦极手慵抬，乘衅要功，纵胜难言武。

南柯子②

做官难　戏答某当事

雨下人愁湿，风生世苦寒。做天更比做人难。付与晴明，又怪热和干。　　若鉴为天苦，推情莫做官。一家颂德九称冤。也似青天、难免不青天。

（眉批　余澹心评：是救世大菩萨语，莫作寻常词赋看。）

---

① 《醉花阴》：词牌名，又名《九日》，双调小令，仄韵格，五十二字。上下阕各五句，一般以李清照《醉花阴·薄雾浓云愁永昼》为正格。李清照词曰："薄雾浓云愁永昼，瑞脑消金兽。佳节又重阳，玉枕纱橱，半夜凉初透。东篱把酒黄昏后，有暗香盈袖。莫道不销魂，帘卷西风，人比黄花瘦。"（《全宋词》，第929页）李渔《醉花阴》，纯写夏日酷热之苦，与李清照比，显得意思单薄，而李清照《醉花阴》，写悲秋怀人，词切意浓，感人心脾，其末三句"莫道不销魂，帘卷西风，人比黄花瘦"，绝妙好辞！

② 《南柯子》：由唐教坊曲而来的词牌。又名《春宵曲》、《十爱词》、《南歌子》、《断肠声》、《水晶帘》、《风蝶令》、《宴齐山》、《梧南柯》、《望秦川》、《碧窗梦》等。

忆余杭①

禁　梦

梦去巫山常不到，到也只亲神女貌②。云香雨气不教闻，单使一销魂。　　今宵牢把心猿系，莫使香魂临孽地。也教神女落场空，谲计为谁工？

（眉批　余澹心评：命题已令人绝倒，词之工巧又无论矣。）

咒　鹊

闻说郎归期尚早，索性不思身却好。哓哓檐鹊苦来提，或者偶然归。　　若还必至从头噪，作孽飞禽果来到。谁知又噪一场空，咒杀小毛虫！

红窗听③

病

一夜欢娱三日病。天生就、孤单薄命。檀郎又把佳期订，说风流还更。　　欲待写书辞不应。怕恼却、风魔情性。死生前定。闻人中酒，仗酒医翻胜。

---

　　① 《忆余杭》：词牌名。见《湘山野录》，潘阆自度曲，因忆西湖诸胜，故名《忆余杭》。《词律》编入《酒泉子》者误。

　　② 梦去巫山常不到，到也只亲神女貌：这两句化用宋玉《高唐赋序》巫山神女云雨故事："妾在巫山之阳，高丘之阻。旦为朝云，暮为行雨，朝朝暮暮，阳台之下。"云雨者，喻男女之事也。

　　③ 《红窗听》：词牌名。柳永词注"仙吕调"，亦名《红窗睡》。双调，五十三字，仄韵。

浪淘沙①

秋日登山

十日不登山，屐齿留难。杖藜深悔作渔竿。山上足同弦上指，日日须弹。　　萧寺②怪僧闲，深掩柴关。枫林对户没心看。也类司空由见惯，轻薄红颜。

春　暮

飞絮又飘飏，散却春光。等闲失去旧池塘。无数绿萍遮水面，何处流觞？　　蜂蝶一齐忙，生恐无香。名园从此让村庄。万顷菜花黄不了，人在中央。

午　坐

槐午绿阴浓，正覆庭中。移床就石俯花丛。手把残书非爱读，聊伴疏慵。　　游辙悔西东，知己难逢。蚤从树下曲吾肱。纵使童颜留不住，也类仙翁。

九日迟客，喜邻人送酒

天遣白衣来，无事安排。不因花送为花开。今日陶潜轮着我，胜事能谐。　　且莫羡奇哉，好句多裁。一诗不就饮千杯。漫道酒无金谷数③，饮尽赊回。

---

① 《浪淘沙》：翼圣堂初集本下注"一名卖花声"。《浪淘沙》是由唐教坊曲而来的词牌名。刘禹锡、白居易并作七言绝句体，五代时始流行长短句双调小令，又名《卖花声》、《过龙门》，《乐章集》名《浪淘沙令》，入"歇指调"，前后片首句各少一字。

② 萧寺：即佛寺。典出唐李肇《唐国史补》卷中："梁武帝造寺，令萧子云飞白大书'萧'字，至今一'萧'字存焉。"后因称佛寺为萧寺。

③ 金谷数：即所谓"金谷酒数"，指宴饮时罚酒三杯。西晋石崇为纵情放逸，在洛阳依邙山、临谷水建了规模宏大的金谷园，常在园中设宴豪饮，劝客喝酒，倘若客人喝酒不能干杯见底，石崇就让侍卫将劝酒的美女杀掉。石崇《金谷诗序》："遂各赋诗，以叙中怀，或不能者，罚酒三斗。"

闺　情

盼得远人归，玉箸增垂。欢娱到手反成悲。莫道相逢宜忍耐，恨不留啼。　泣罢展双眉，喜渐难持。不由身不入鸳帏。梦醒不知人在侧，尚叹凄其。

（眉批　王北山①评：初②归情事，摹写逼真。非在侧者不能道。）

佟梅岑席上分题　各赋三阕之一

一席拥多贤，词赋翩翩。歌停舞罢始分笺。不为衡才妨乐事，酒在诗先。　狂兴发当筵，漏尽无眠。不神仙也是神仙。明日绘图方雅集，谁是西园？

舟中望彭泽县

无寺有钟鸣，峦屿层层。白云偏向翠中生。百道涧泉流不歇，直接江声。　仿佛见山城，又只星星。挂冠彭泽③旧知名。吏隐此中如避世，何不留行？

顺风过大小二孤山④，俱不及泊

帆急势如奔，得失相均。好山空与目为邻。引得二孤愁欲绝，双黛含颦。　目送过江云，缓度成雯。无心愧煞有求人。一日纵行千万里，俗煞风尘。

---

① 王北山，翼圣堂初集本作"吴梅村"。
② 初，翼圣堂初集本坐"远"。
③ 挂冠彭泽：指晋代大诗人陶渊明任彭泽县令时不为五斗米折腰挂冠而去。
④ 大小二孤山：大孤山和小孤山是长江沿岸的两个著名景观。大孤山，又名鞋山，位于今江西省九江市湖口县以南9公里的鄱阳湖湖中，它的形状一头高一头低，远望似一只巨鞋浮于碧波之中。小孤山，又称小孤矶，在今安徽省宿松县东南60公里复兴镇，孤峰独耸，屹立江心。

一七令　由一字句起，至七字句止，故名。

月

月，汝来，听说。爱伊盈，愁尔缺。盈倩谁添？缺遭谁割？昭昭世所憎，混混人争悦。夜何时兮尚明，不汝夺兮谁夺？一岁难容十二番，好凭风雨深藏拙。

减字南乡子①

友人过午未起，书几上谑之

昨夜微凉，妒煞花间蝶影双。啼过午鸡犹未醒，翱翔。知在温柔第几乡？　　怪凤嗔凰，明识孤鸾在那厢。故作欢娱骄寂寞，须防。倾国倾城咒楚襄②。

月照梨花③

忆　梦

春睡愁晓，偏闻啼鸟。梦极分明，被他颠倒。性急再拥寒衾，杳难寻。　　朦胧犹记仙人道，授伊秘稿，是必藏好。早知未别梦先阑，趁在邯郸④拆来看。

---

① 《南乡子》：由唐教坊曲而来的词牌名。此词有单调、双调。单调者始自后蜀欧阳炯词，冯延巳、李珣俱本此添字。双调者始自冯延巳词。《太和正音谱》注：越调。欧阳修本此减字，王之道、黄机、赵长卿，俱本此添字也。

② 楚襄：楚襄王游于云梦之浦，梦与神女遇，其状甚丽。典出《昭明文选》卷十九《赋癸·情·神女赋并序》。

③ 《月照梨花》：词牌名，源起未详。唐宋词如韦庄、陆游等人多用之。

④ 邯郸：指邯郸梦。唐沈既济《枕中记》里说，卢生在邯郸旅店住宿，卢生入睡后做了一场享尽一生荣华富贵的好梦。醒来的时候小米饭还没有熟。

恋绣衾^①

物 外^②

物外无羁任我游，叹时人，不识路头。一寸波涛平稳，任狂风，何必系舟？　　蓬莱咫尺三山近，得偷闲、容我便偷。一样在尘寰内，讨便宜、不肯逗留。

虞美人^③

问 情^④

不知情是何人造，沁骨弥心窍。当年作俑岂无人，好倩阎罗天子代勾魂。　　问他人各分男妇，何用心相顾？些儿孽障古传今，那得绣针十斛，刺他^⑤心！

---

① 《恋绣衾》：词牌名，双调五十四字，前段四句三平韵，后段四句两平韵。韩淲词有"泪珠弹，犹带粉香"句，故又名《泪珠弹》。

② 读这首《物外》词，使人想起南宋田园词人朱敦儒（字希真，号岩壑）。希真《鹧鸪天·西都作》云："我是清都山水郎，天教懒慢带疏狂。曾批给雨支风券，累奏流云借月章。诗万首，酒千觞，几曾着眼看侯王。玉楼金阙慵归去，且插梅花醉洛阳。"还有《好事近·渔父词》："渔父长身来，只共钓竿相识。随意转船回棹，似飞空无迹。芦花开落任浮生，长醉是良策。昨夜一江风雨，都不曾听得。"当然，两人都不曾真的超然物外：朱敦儒救国无望，走向田园，但也不忘国耻；李渔更是终日为生计奔忙，也为生计所苦，忙里偷闲，偶尔"物外"一下而已。

③ 《虞美人》：由唐教坊曲而来的词牌，初咏项羽宠姬虞美人，因以为名。又名《一江春水》、《玉壶水》、《巫山十二峰》等。

④ 这首《虞美人·问情》，实是以议论写情。这不禁令人想起金代大词人元好问的《摸鱼儿·雁丘词》（《遗山乐府校注》卷一，凤凰出版社 2006 年版）。词首有小序："乙丑岁赴试并州，道逢捕雁者云：'今旦获一雁，杀之矣。其脱网者悲鸣不能去，竟自投于地而死。'予因买得之，葬之汾水之上，垒石为识，号曰'雁丘'。同行者多为赋诗，予亦有《雁丘词》。旧所作无宫商，今改定之。"词曰："问世间，情为何物，直教生死相许？天南地北双飞客，老翅几回寒暑。欢乐趣，离别苦，就中更有痴儿女。君应有语：渺万里层云，千山暮雪，只影向谁去？横汾路，寂寞当年箫鼓，荒烟依旧平楚。招魂楚些何嗟及，山鬼暗啼风雨。天也妒，未信与，莺儿燕子俱黄土。千秋万古，为留待骚人，狂歌痛饮，来访雁丘处。"元好问的这首词如果不是开填词艺术以议论写情的先河，也是最早者之一。

⑤ 他，翼圣堂初集本作"伊"。

冯青士曰①：天下人多事，固为多情，然无情不成世界。笠翁欲以绣针十斛刺作俑者之心，吾恐作俑者不受，反以分给天下有情人，作词者亦难自保。未免作法自毙，奈何！

（眉批　吴梅村评②：绎"情之所钟"二语，知作俑者即是我辈。）

问　愁

愁来愁来吾讯汝：谁是伊行祖？好将萌蘖诉当年，为甚无端忽起欲炉煎？　　虽云人自生烦恼，也为愁魔搅。必求上帝铲愁根，不使昏沉白日老乾坤。

（眉批　余霏岩评③：问情问愁，题新而想别。然非此绝妙好辞，乌足以称！悬揣笠翁握笔时，一有是题，即有是词；词自来作笠翁，非笠翁往作词也。）

---

① 冯青士曰，翼圣堂初集本无此评。
② 据翼圣堂初集本补。
③ 翼圣堂初集本无此评。

玉楼春①

题孙无言②半瓢居

颜子之瓢③原一个，何事将来生劈破？有人爱此欲平分，不让大贤人独做。　　学道虽勤干禄惰④，半世生涯闲里过。由他门外幻风涛，只在半瓢居里坐。

（**眉批　余澹心评：可歌可咏，此真人巧极天工错矣。**）

春　眠

春来见事生烦恼，坐不相宜眠正好。怕识天明不养鸡，谁知又被莺啼晓。　　由人勤俭由人早，懒我百年犹恨少。蒙头不喜看青天，天愈少年人愈老。

---

① 《玉楼春》：词牌名。又名《玉楼春令》、《西湖曲》、《惜春容》、《归朝欢令》、《春晓曲》、《木兰花》、《呈纤手》、《归风便》、《东邻妙》、《梦乡亲》、《续渔歌》等。五代后蜀欧阳炯《玉楼春》（二首）起句有"日照玉楼花似锦"、"春早玉楼烟雨夜"句（见《全唐五代词》，第462、463页）、顾夐《玉楼春》（四首之一之二）起句有"月照玉楼春漏促"、"柳映玉楼春欲晚"句（见《全唐五代词》，第554、555页），因取以调名（或加字令）。还有说源于白居易《长恨歌》句"玉楼宴罢醉和春"（《全唐诗》，第4818页）。意见不一。

读了李渔这五首《玉楼春》，忽然想起宋代大晟词人魁首周邦彦的《玉楼春》（大石）第四首："桃溪不作从容住，秋藕绝来无续处。当时相候赤阑桥，今日独寻黄叶路。烟中列岫青无数，雁背夕阳红欲暮。人如风后入江云，情似雨余粘地絮。"（《全宋词》，第617页）这位被王国维赞为"言情体物，穷极工巧"（唐圭璋《词话丛编》，第4246页）的北宋词坛殿军，营造语言的功夫的确了得。特别是"雁背夕阳红欲暮"、"情似雨余粘地絮"，状景抒情，几达极致。然而，总觉得周邦彦"文"得太"高"，读者要仰着头去看，因而拉远了距离；而李渔，比较起来，"野"了一点儿，"俗"了一点儿，"市井气"多了一点儿，却与读者更亲近了一点儿。他们两人的作品，不能以优劣、好坏评之，而只能说各有特点。众多读者面对它们，也只能萝卜白菜各取所爱。

② 孙无言：名默（1613—1678），号桴庵。休宁人。寄寓扬州，以一穷老布衣而名闻天下。有《笛松阁集》，与李渔有诗书往来。

③ 颜子之瓢：孔子弟子颜子，即颜渊，名回。颜子之瓢，语出《论语·雍也》"子曰：'贤哉，回也！一箪食，一瓢饮，在陋巷，人不堪其忧，回也不改其乐。贤哉，回也！'"

④ 惰：原误为"隋"，今改。

（眉批　许竹隐评："天愈少年"，何其隽妙！）

闺　卜

灯花檐鹊徒工媚，不知休咎将侬慰。只有金钱不误人，十占九说归期未。　　瓣香默祷从头起，莫徇人情惟据理。而今不敢问回家，但卜几时来梦里。

（眉批　许竹隐评：汤临川为之搁笔。）

弥　缝

鹦鹉能言妆①作哑，窗外容人窥笑耍。被侬知觉骂哥哥，掉头翻叫哥哥打。　　不知何术弥缝者，人鸟一齐将命舍。曾因疏守责梅香，不悔拚身将棒惹。

双　声

爱爱怜怜还惜惜，由衷细语甜如蜜。问他曾否对人言，附耳回云蜜蜜蜜。　　问他失约待如何？俯首招承责责责。从来说话少单声，道是情人都口吃。

（眉批　梁冶湄评：邓艾辈何幸得此风流佳话。）

小重山②

临　别

鸡作冤家未晓啼。相亲惟此夜，促分离。虽然还与贴香肌，心已散，交颈复何为？　　不若请披衣。孤衾甘自拥，泣空帏。待君亲眼看悲凄，求面试，先作破承题。

---

① 妆，疑"装"字或"汝"字之误。

② 《小重山》：词牌名，又名《柳色新》、《小重山令》，《金奁集》入"双调"，其调悲。唐人写"宫怨"多用之。

七娘子^①

怨 别

有愁莫对行人说，行人不听空饶舌。个个男儿，耳根如铁，心肠都为功名劣。　　门前柳为封侯折，封侯知在何年月？人寿难期，山盟徒设，果然百岁由他别！

怕 动

花开不去花前步，妆残慵向妆台赴。呆坐终朝，变身为树，根深不拔能坚固。　　当时喜动留难住，而今爱静神难附。初不知情，后来方悟，愁多惯把泥人塑。

踏莎行^②

贺友人并纳双姬

香外寻香，玉中选玉，黄金论斗珠论斛。得来白璧羡双双，神如秋水都堪掬。　　一队笙歌，两行花烛，和郎引上芙蓉褥。二乔^③毕竟数谁先，鸳鸯枕畔须枚卜^④。

（眉批　余澹心评^⑤：忒煞风流摇摆，柳七何如？）

江干月夜

新柳低垂，浅沙初涨，扁舟夜泊听渔唱。披襟正拟纳江风，

---

① 《七娘子》：词牌名，其词谱蒋氏《九宫谱目》入正宫引子，双调六十字，前后段各五句、四仄韵。

② 《踏莎行》：词牌名，明杨慎《词品》卷一"踏莎行"曰："韩翃诗：'踏莎行草过春溪。'词名踏莎行本此。"（唐圭璋《词话丛编》，第428页）查"踏莎行草过春溪"句，乃出诸陈羽诗《过栎阳山溪》，载《全唐诗》卷三百四十八，第3894页。

③ 二乔：指东汉末年乔公两个女儿大乔与小乔，以美貌出名。大乔嫁孙策，小乔嫁周瑜。

④ 枚卜：占卜吉凶。它是用枚（木）占卜，区别于骨卜，比骨卜简便，起源理应为早。

⑤ 翼圣堂初集本无此评。

月明先在孤蓬上。　　潮响凄清，雁声嘹亮，总因客思无惆怅。若教提起一声愁，眼前好景皆魔障。

（眉批　梁冶湄①评：与"悠悠见南山"同一佳境。）

楚归江上悼亡姬

一派愁江，两条愁岸，合来才勾伤心半。去时舟即此时舟，可怜失却归湖伴。　　红蓼滩头，白蘋沙畔，当时好景谁同玩？一声玉笛楚江风，将身吹作梅花瓣。

（眉批　黄无傲评：那得不推当今柳七？②）

惜分钗③

无　题

天台路，刘郎误④，芳姿瞥见回人步。态初妍，发初鬇；衣袂无风，自觉飘然。仙仙。　　相逢处，秋波注，一痕逗起愁无数。纵无缘，亦堪怜；何故教人，目惹情牵？天天。

春闺怨

春光媚，人如醉，醉时偏洒怀人泪。祝东风，为花丛，脱得开时，看与谁同？空空。　　春光晦，人思寐，寐时宜淡相思味。

---

① 梁冶湄，翼圣堂初集本作"梁承笃"。

② 以李渔比柳七固然贴切，但是，此乃就总体而言；若具体到这首悼亡词，更使人想起宋代名家贺铸的悼亡名篇《鹧鸪天·半死桐》："重过阊门万事非。同来何事不同归？梧桐半死清霜后，头白鸳鸯失伴飞。　　原上草，露初晞。旧栖新垅两依依。空床卧听南窗雨，谁复挑灯夜补衣！"（《全宋词》，第502页）两相对照，一个说"重过阊门万事非，同来何事不同归"，一个说"去时舟即此时舟，可怜失却归湖伴"——无限悲伤，无限惆怅，无限深情，同样感人肺腑。

③ 《惜分钗》：词牌名，原是宋代词人吕渭老写的一首词，全称《惜分钗·撷芳词》。

④ 天台路，刘郎误：汉明帝时，刘晨、阮肇入山采药迷路而误入天台桃源洞和天台山二仙女成婚（见晋干宝《搜神记》，南朝刘义庆《幽明录》）。

见无从，念宜松。才入孤帏，又想孤踪。浓浓。

临江仙① 第三体②

偶兴二首

竹下常安卧榻，花前喜置鸣琴，不弹不睡也清心。俗缘随境
化，道味入林深。　往事茎茎白发，来时寸寸黄金，瓶中无酒
贳来斟。当时名利客，几个到如今？

（眉批　黄无傲评③：远过昔人警悟诸作。汪蛟门评④：情味
绝似眉公。吴薗次评⑤：旷达又类稼轩。）

又

身逐扁舟泛泛，眼随逝水茫茫，愿从鸥鸟卜行藏。得埋江上
骨，胜似葬沙场。　老向红裙队里，声销白苎歌旁，去从柳七
较宫商。但留词曲在，夜夜口脂香。⑥

（眉批　许竹隐评⑦：一肚皮肮脏，却写得如许洒脱。胡彦远

① 《临江仙》：由唐教坊曲而来的词牌，为双调小令。又名《谢新恩》、《雁后
归》、《画屏春》、《庭院深深》、《采莲回》、《想娉婷》、《瑞鹤仙令》、《鸳鸯梦》、《玉连
环》。《临江仙》的源起有许多不同说法，任二北据敦煌词有句云"岸阔临江底见沙"
（《全唐五代词》，第852页）谓词意涉及临江；明杨慎《词品》卷一"醉公子"云"唐
词多缘题所赋，临江仙则言水仙"（唐圭璋《词话丛编》，第432页）等，认为这些都与
该词牌来源相关。

② 第三体，翼圣堂初集本无此三字。

③ 据翼圣堂初集本补。

④ 翼圣堂初集本无此评。

⑤ 翼圣堂初集本无此评。吴薗次：名绮（1619—1694），号听翁、丰南、葹叟、
红豆词人、蕊栖居士，歙县籍、江都人，有《林蕙堂全集》、《纪红集》、《艺香词》等，
为李渔词作评。

⑥ 这首词，翼圣堂初集本作："身逐扁舟泛泛，眼随逝水茫茫，莫从鸥鸟卜行藏。
纵埋江上骨，何异葬沙场。　老向红裙队里，声销白苎歌旁，去从柳七较宫商。但留
词曲在，夜夜口脂香。"

⑦ 翼圣堂初集本无此评。

评①：绝代风流，真堪妒死。）

偶过狎鸥亭，见花竹扶疏，入座良久，不知主人为谁。戏题斋壁而去

看竹何须问主，狎鸥妙在忘机②，唤侬入户是黄鹂。为怜庭卉寂，拉取路人陪。　　半晌流连已足，去防谢客人归，问谁疥壁几时挥？季春初二日，湖上笠翁题。

（眉批　朱其恭③评：款字即落词中，千古创见。）

荆州亭④

闺　情

未到花落时候，便觉芳心僝僽（chán zhòu）。不是为花愁，卜面岂能无瘦。　　怨处人间清昼，欢处芳春难又。妒杀槛前花，香腻有人消受。

---

①　据翼圣堂初集本补。

②　狎鸥妙在忘机：《列子·黄帝》："海上之人有好鸥鸟者，每旦之海上，从鸥鸟游，鸥鸟之至者百住而不止。其父曰：'吾闻鸥鸟皆从汝游，汝取来，吾玩之。'明日之海上，鸥鸟舞而不下也。""忘机"是道家语，意思是忘却了计较、巧诈之心，自甘恬谈，与世无争。"鸥鹭忘机"即指无巧诈之心，异类可以亲近。后比喻淡泊隐居，不以世事为怀。辛弃疾《水调歌头·和王正之右司吴江观雪见寄》："谪仙人，鸥鸟伴，两忘机。"

③　朱其恭：名慎，号浮园、菊山。浙江武义人。有《浮园集》。与李渔诗书往来，为李渔诗文作评。

④　据翼圣堂初集本补。《荆州亭》：词牌名，又名《清平乐令》等。关于词牌来源，传元佚名《异闻总录》（商务印书馆1937年版）卷四云："旧传荆州江亭柱间有词曰：'帘卷曲阑独倚，山展暮天无际，泪眼不曾晴。家在吴头楚尾，数点雪花乱委，扑漉沙鸥惊起。诗句欲成时，没入苍烟丛里。'黄鲁直读之凄然曰：'似为余发也，不知何人所作？笔势类女子。'又'泪眼不曾晴'之句，疑为鬼耳'。是夕梦女子曰：'我家豫章吴城山，附客舟至此，堕水死，不得归，登江亭有感而作，不意公能识之。'鲁直惊寤曰：'此必吴城小龙女辈也！'时建中靖国元年云。"可备一说。

中 调

一剪梅①

述 怀

天将何物老闲身？诗酒三分，儿女三分。英雄气短笑由人，名冷红裙，利淡红裙。　　梁鸿妇②不厌长贫，饥也相亲，冻也相亲。一生傲骨犯时嗔，他不殷勤，孰肯殷勤？

（眉批　何醒斋评：现身说法，胜情人写照多矣。）

送故人子重游广陵

君昔曾为跨鹤游，钱聚扬州，又散扬州③。此番再过玉人楼，唤汝回头，切勿回头。　　隋家天子擅风流，名得千秋，实丧千秋。匹夫锦缆系邗沟，况是扁舟，不是龙舟。

（眉批　又评：长者言。）

---

① 《一剪梅》：词牌名。双调小令，六十字，上、下片各六句。此调因周邦彦词起句有"一剪梅花万样娇"（《全宋词》，第 623 页），乃取前三字为调名。又韩淲词有"一朵梅花百和香"句（《全宋词》，第 2247 页），故又名《腊梅香》，李清照词有"红藕香残玉簟（diàn）秋"句（《全宋词》，第 928 页），故又名《玉簟秋》。用这个词牌填的词，当数李清照第一。易安居士词曰："红藕香残玉簟秋。轻解罗裳，独上兰舟。云中谁寄锦书来？雁字回时，月满西楼。　　花自飘零水自流。一种相思，两处闲愁。此情无计可消除，才下眉头，却上心头。"特别是下片"花自飘零水自流。一种相思，两处闲愁。此情无计可消除，才下眉头，却上心头"，堪称千古绝唱。李渔的三首《一剪梅》，多了点儿市井气和喜剧味儿。这个市井老头儿只能向词界女皇称臣。

② 梁鸿妇：孟光。这里说的是孟光梁鸿"举案齐眉"故事。典出《后汉书·逸民列传》的"梁鸿传"。

③ 跨鹤游，钱聚扬州，又散扬州：南朝梁殷芸《小说·吴蜀人》："有客相从，各言所志，或愿为扬州刺史，或愿多赀财，或愿骑鹤上升。其一人曰：'腰缠十万贯，骑鹤上扬州。'欲兼三者。"后以"跨鹤扬州"指豪富冶游繁华之地。

送穷戏作

三杯浊酒助行鞭，只可今年，切勿来年。是神是鬼尽飘然，神上青天，鬼赴黄泉。　　阎罗上帝也无钱，莫听移迁，又到人间。旧家门户再来难，前阻银山，后隔珠渊。

（眉批　毛会侯①评：诙谐至此，几使曼倩②无舌。）

临江仙　第四体

闺　愁

小阁疏帘花睡醒，与人寥落相依。晨鸡听到午鸡啼，两餐空告熟，前后总忘饥。　　满腹装愁挨到晚，消磨十二良时。闭门不放燕双归，巢中惟一个，也使学孤栖。

丁药园③曰：予作此调，有云"怪他燕子故双飞"，此云"闭门不放燕双归"，更为婉致，真惭瑜、亮。

（眉批　曹秋岳④评：得法稼轩，益以疏宕。）

蝶恋花⑤

清明后一日归自燕京

迟放花枝因待我，天禁风吹，暗下葳蕤锁。今日问天天曰可，

---

① 毛会侯：名际可（1633—1708），号鹤舫、松泉道人。浙江遂安人。顺治十五年进士，工诗文、书画，有《安序堂文钞》、《松皋文集》、《松皋诗选》、《浣雪词钞》等，为李渔词作评。

② 曼倩：东方朔的字。东方朔性格诙谐，言辞敏捷，滑稽多智，常在汉武帝前谈笑取乐，皇帝始终视之为俳优。

③ 丁药园：丁澎，号药园，早年与李渔相识与金华，晚年相会于杭州，为李渔诗集作序、作评。已见前《窥词管见》注。

④ 曹秋岳：名溶（1613—1685），号鉴躬、倦圃、金陀老圃、锄菜翁。浙江平湖人。崇祯十年进士。工诗文，诗与龚鼎孳齐名，人称"龚曹"，朱彝尊曾师之。有《静惕堂诗集》、《静惕堂词》等，为李渔词作评。

⑤ 《蝶恋花》：词牌名，由唐教坊曲而来。或称该词牌本名《鹊踏枝》，宋晏殊词（"六曲阑干偎碧树，杨柳风轻，展尽黄金缕……"）改今名，但查中华书局1965年版《全宋词》第110页该词牌为《阮郎归》。或称冯延巳词有"六曲阑干偎碧树，（转下页）

金钱卜后人归果。　　柳不禁烟桃似火，杏未全开，褪出珠千颗。富贵但求名利躲，只祈风月天犹颇。

（眉批　陈天游评：用韵俱极自然。）

秋千架

误人最是秋千架，墙里无人，墙外空占卦。几阵莺啼高复亚。分明一队佳人话。　　道是非真偏不假，彩索飘飖，缩动墙头瓦。巧笑声低浑似哑，虚虚实实将人耍。

（眉批　汪蛟门[①]评：全从"误"字写出，虚虚实实，无限烟波。）

春　迟

极目望春春不到，闻说东皇，暗下留春诏。为怪不知天意好，待人自把春风造。　　忏悔无知须及早，此后逢春，爱惜春如宝。白日看花清夜祷，不教风雨生烦恼。

（眉批　倪服回[②]评：巧思创语。）

雪　夜

烂碎茅房亏雪补，初逐风来，后逐将风堵。积久窗棂如塞土，沉沉渐远谯楼鼓。　　门里欢欣门外苦，几树寒鸦，踧踖（cù jí）

（接上页）杨柳风轻，展尽黄金缕"句故亦名《黄金缕》，但查中华书局 1999 年版《全唐五代词》第 658 页冯延巳词，该词牌名《鹊踏枝》，而词句与晏殊《阮郎归》完全相同。又称赵令畤有"欲减罗衣寒未去，不卷珠帘，人在深深院……"句（《全宋词》，第 497—498 页），故亦名《卷珠帘》；但查《全宋词》第 224 页晏几道词亦有"欲减罗衣寒未去，不卷珠帘，人在深深院……"与赵令畤词完全相同，词牌亦同为《蝶恋花》。以上诸种说法混乱不堪，仅可参考耳。

　　①　汪蛟门：名懋麟（1639—1688），号季用、觉堂居士。江都人。康熙六年进士，授内秘书院中书舍人。工诗文，"辇下十子"之一，有《百尺梧桐阁文集》、《百尺梧桐阁诗集》、《锦瑟词》。他为李渔诗文作评，李渔为其《锦瑟词》而赠词《送我入门来》。

　　②　倪服回：生平未详，为渔诗文集写有眉评。

无宁处。修竹昂然从不俯，此时屈抑愁难吐。

（眉批　丁药园评：想见袁安卧雪时。）

黄梅雨

时到黄梅天作祟，梅子将酸，天早沾其味。雨雨风风都只为，妒花不许将人媚。　花掩啼痕天越恚，还道妆乔，故洒无愁泪。逐到人前无可避，去随流水心方遂。

（眉批　何醒斋评：秦九、柳七，无此新鲜。）

美人倚床图

茶在铛中香在鼎，尽可陶情，无奈风光冷。百计难消春昼永，书翻数叶才俄顷。　坐处思眠眠处醒，眠坐交参，逗出相思影。纤玉托腮鬟不整，眼波注却愁千顷。

朱其恭曰："坐处思眠眠处醒"，人人共有之情，未经说出。写入相思，尤为贴切。

（眉批　汪蛟门评：一幅张萱仕女图。）

弓　鞋

带拔量来三寸共，经过苍苔，一线惟留缝。天爱凌波操复纵，设钩钩使湘裙动。　绣处金针全不用，米大尖头，何处能栖凤？莫道步移难入梦，着来自有行云送。

范汝受曰：意致轻圆，脱手无碍，能使人人启发聪明，每调皆然，此为尤甚。

（眉批　宗定九①评：此题此词，千古绝唱。丁药园评：吾友吴赐如尝作《绣鞋赋》，予曾比之陈思，此词又非温岐卿可

---

①　宗定九：宗元鼎（1620—1698），字定九，一字鼎九，号梅岑，又号香斋、东原居士、梅西居士、小香居士、芙蓉斋、卖花老人等。江都人。工诗画，与兄元观、弟元豫、侄之瑾、之瑜时称"广陵五宗"。有《芙蓉集》、《小香词》、《新柳堂集》，为李渔词作评。

得拟也。）

钗头凤①

初　见

郎心幻，风流惯，初来未许将人看。屏风塞，纱窗隔，中庭端坐，茶汤羞吃。客、客、客。　才窥见，神情变，眼光直射如飞电。明相揖，私相识，窥人不见，赞声难得。贼、贼、贼。

（眉批 胡彦远评：*此必作者少年场实事，非贼口亲招，不能尽此狡狯。*范文白评：*彦远此评，可谓老吏断狱。*顾梁汾评：*忽而意中，忽而意外。*）

初　交

佳人美，花初蕊，爱郎情淡如秋水。初交日，赔双膝，求他相与，变欢为泣。不、不、不！　成亲矣，重提起，问他可觉芳心悔？口虽默，眼丢色，拈花簪鬓，点翻妆额。忒、忒、忒！

---

① 《钗头凤》：词牌名，又名《折红英》。原名《撷芳词》，相传取自北宋政和间官苑撷芳园之名；后因《撷芳词》有"可怜孤似钗头凤"词句，故名。《撷芳词》见《全唐诗》卷八百九十九《词十一·无名氏》，全诗为："风摇荡，雨濛茸，翠条柔弱花头重。春衫窄，香肌湿。记得年时，共伊曾摘。都如梦，何曾共，可怜孤似钗头凤。关山隔，晚云碧，燕儿来也，又无消息。"

以这个词牌填的词，最为今天的青年男女所喜爱的是南宋陆游和被迫休弃的夫人唐婉的两首，描写两人的爱情悲剧，催人泪下。陆游《钗头凤》："红酥手，黄滕酒，满城春色宫墙柳。东风恶，欢情薄。一怀愁绪，几年离索。错、错、错。春如旧，人空瘦，泪痕红浥鲛绡透。桃花落，闲池阁。山盟虽在，锦书难托。莫、莫、莫！"唐婉的和词："世情薄，人情恶，雨送黄昏花易落。晓风干，泪痕残，欲笺心事，独语斜阑。难！难！难！人成各，今非昨，病魂常似秋千索。角声寒，夜阑珊，怕人寻问，咽泪装欢。瞒，瞒，瞒！"与之相对照，李渔的《钗头凤》是喜剧。

唐多令①

蛰

尽有闷时光，悲秋着甚忙？未黄昏，先试愁腔。明识离人听不得，偏侧近，独眠床。　　趋避入回廊，随人脚又长。月明中，倍觉凄凉。怎得梦魂离却汝，声断处，即家乡。

（眉批　梁冶湄评：启口十字，画出一片蛰声。真绘风镂月手！）

中秋病作，辞友人看月之招

返照已难图，知他月有无？劝东君②，酒且停沽。况我亦遭云雾障，人与月，两模糊。　　若使兴难孤，高阳别有徒。也不须、强众随吾。只把嫦娥先约定，人病起、即当垆。

（眉批　沈遹声③评：人月模糊，趣绝幻绝。病起当垆，更幻更趣。）

后庭宴④

纪　艳

玉软于绵，香温似火，翻来覆去将人裹。福难消受十分春，

---

① 《唐多令》：词牌名，《太和正音谱》注"越调"，亦入高平调。也写作《糖多令》，又名《南楼令》、《箜篌曲》等。

② 东君：此处东君指东家，主人。元关汉卿《谢天香》第四折："我待要题个话头，又不知他可也甚些机縠，倒不如只做朦胧，为着东君奉劝金瓯。"

③ 沈遹声：名丰垣，号柳亭。仁和人。工词，有《兰思词钞》，为李渔词作评。

④ 《后庭宴》：词牌名。宋陈岩肖《庚溪诗话》卷下（清丁福保编《历代诗话续编》，中华书局 1983 年版）曰："宣政间，修西京洛阳大内，掘地得一碑，隶书小词一阕，名《后庭宴》，其词曰：'千里故乡，十年华屋，乱魂飞过屏山簇。眼重眉褪不胜春，菱花知我销香玉。双双燕子归来，应解笑人幽独。断歌零舞，遗恨清江曲。万树绿低迷，一庭红扑簌。'余见此碑墨本于李丙仲南家，仲南云得之张魏公侄椿处也。"此词前段近《踏莎行》，后段字句，又与前段不同。

只愁媚煞今宵我。　　奇葩难遇孤丛，异卉今逢双朵。欲谋同榭，两下无偏颇。邢尹①互相商，英皇②皆报可。

郑彰鲁③曰：此词当与乔王二姬传并读，有前日之欢娱，自应有今日之寂寞。造物妒之，宜也。

（眉批　汪蛟门评：起二句可作温柔乡小注。）

锦帐春④

画　眉

一笔难增，半丝莫减。何用把青螺匀染？为愁多，怜黛浅，觉春山渐远，新蟾微满。　　昨夜书来，今朝眉展，才一掠，色回光转。怪同侪，无近远，都不知心转，来摹新款。

渔家傲⑤

本　题

世上多男谁第一？渔人不解操何术，儿女满船难着膝。尤奇特，冲风冒雨无他厄。　　多少贵人求不得，渔家自视为常格。执此傲人人尽默。难回诘，其余乐事多难述。

---

① 邢尹：汉武帝宠妃邢夫人与尹夫人。据《史记·外戚世家》，二人同时被宠幸，汉武帝怕她们互相嫉妒，有诏二人不得相见。

② 英皇：舜帝之二妃女英与娥皇的并称。舜帝南巡，死于苍梧。二妃往寻，抱竹痛哭，泪染青竹，泪尽而死。

③ 郑彰鲁：生平未详。李渔于康熙十六年回乡时，曾作七律《寄怀郑彰鲁文学》，有"我已自惭新面目，君犹不改旧肝肠"句，推想郑彰鲁当为李渔旧日同乡友人。郑为渔词写评。

④ 《锦帐春》：词牌名，或称源自辛弃疾词句"春色难留"及"重帘不卷，翠屏天远"句（《全宋词》，第1919页），故名。可供参考。

⑤ 《渔家傲》：词牌名，北宋流行。此调始见于晏殊《珠玉词》，其词有"神仙一曲渔家傲"（《全宋词》，第99页），故名。

（眉批　方渭仁①评：渔人多子，举世皆然，从未引入诗词，又从"傲"字拈出，恰合本题，令人叫绝。）

饯　别

一曲骊歌三劝酒，阳关三叠杯倾九。客问主人情尽否？时将酉，回言毕竟难分手。　　也识将来还聚首，难经别去丝牵藕。纵使他年倾百斗，终须守，不如现在微沾口。

记渔父语

渔父劝侬舟且泊，无人行处波涛浊。未到江心浑不觉，风神恶，诱人到彼施残虐。　　多少忙人如猎较，但知驰骋无惊愕。不到临期谁悔错？渔人乐，便宜都在赢先着。

破阵子②

春　归

一度春来春去，几番添喜添忧。只为繁华人意满，引得凄凉不自由。何如终岁秋？　　若使春难抹煞，须教名实兼收。索性藏风兼匿雨，不损莺花阻胜游。春归应得愁。

---

① 方渭仁：名象瑛，号霞庄、金门大隐，浙江遂安人，康熙六年进士，有《健松斋集》、《松窗笔乘》。曾为李渔诗词作评。清王晫《今世说》卷三"文学"曰："方渭仁少年负气自豪，里中时有文会，每当同人搊管拈题苦吟面壁，方与毛会侯辄握手修篁怪石间，相与纵谭天下事，或诵近所为诗歌共质，间以谐谑，日向午，犹不肯成一字。友人来相敦迫，方始真比指数，涛怒云舒，不可端倪。"方为李渔词和《论古》作评。（《今世说》，台湾明文书局1986年版，第28页，该书亦有东方出版中心1996年版）

② 《破阵子》：由唐教坊曲而来的词牌名，一名《十拍子》。毛先舒《填词名解》曰："破阵子一名十拍子，然考之唐乐自是两曲，俱属教坊也。"（参见1984年中国书店据木石居校本影印清查继超编《词学全书》毛先舒《填词名解》之"破阵子"条）或曰该词牌与唐《破阵乐》相关，称宋陈旸《乐书》"唐《破阵乐》属龟兹部，秦王（唐太宗李世民）所制，舞用二千人，皆画衣甲，执旗旆。外藩镇春衣犒军设乐，亦舞此曲，兼马军引入场，尤壮观也"。可供参考。

苏幕遮①

山中待月，月果至

拨轻云，收薄雾，还我冰轮，莫待临时铸。雾若披猖云跋扈，明日重来，不使檐前住。　　出金蟾，来玉兔，天步艰难，我惯回天步。不索荣华不求富，只讨清幽，那怕无来路。

吴蕙次曰：具此幽怀，可以问天扪月。

（眉批　何醒斋评：似君家长吉歌行。毛会侯评：末二句见道之言。）

垂钓得鱼，喜歌一阕

柳初晴，山乍晓。梦醒巫山，天上行云杳。好句不烦人属草，一曲莺簧，槛外诗成了。　　酒情酣，棋兴饱。要有余闲，还是垂纶好。不道鱼来刚凑巧，手到功成，翻为机心少。

醉春风②　良时闺怨六首

岁　朝

搓得残年勾，却是新春又。任他门上没桃符，旧旧旧。性似

---

① 《苏幕遮》：唐玄宗时教坊曲名，后用作词调名。原是来自高昌"浑脱"舞曲。"浑脱"是盛水的工具，舞者以之互相泼洒，唐人称之为"泼寒胡戏"，为了不使冷水浇到头上，戴上一种涂了油的帽子，高昌语叫"苏幕遮"，《宋史·高昌传》说："妇人戴油帽谓之苏幕遮。"（《宋史》卷四百九十《列传》第二四九《外国》六"高昌"条，见上海古籍出版社、上海书店编《二十五史》，第1598页）

② 《醉春风》：词牌名，又名《怨东风》，双调六十四字，上下片各七句四仄韵、二叠韵。《钦定词谱》曰："醉春风赵鼎词，名《怨东风》。《太平乐府》、《中原音韵》俱入中吕类；《太和正音谱》，注中吕宫，亦入正宫，又入双调；蒋氏十三调注：中吕调。此调只有赵鼎词可校。按，赵词，前段第三句'鱼书蝶梦两消沈'，蝶字仄声；第五句'结尽丁香'，结字仄声；后段第二句'罗巾空泪粉'，巾字平声，泪字仄声；第三句'欲将远意托湘弦'，远字仄声；第六句'画帘悄悄'，上悄字仄声。谱内可平可仄据此。"（参见1983年中国书店据清康熙五十四年内府刻本影印《钦定词谱》卷十四上"醉春风"条）

娇花，一番移动，一番消瘦。　　不祝增年寿，但愿除更漏。五更缩四四更三，皱皱皱。皱尽时光莫教放，直待人归后。

范汝受曰：六首各自成篇，慧心灵腕，非时手可及。叠字处愈奇愈稳，化工无疑。

（眉批　汪蛟门评：古人缩地，此欲缩更，奇文幻笔。）

元　宵

才把年时别，又遇灯花节。欲观无力避春寒，怯怯怯。究竟非慵，其中有故，鹦哥能说。　　烟爆何时灭？箫鼓何时歇？不通人事是街坊，越越越。越搅愁肠，耳焚如火，心寒似铁。

端　阳　曹娥以五月五日沉江①

借泣曹娥泪，洒向龙舟会。暗从心里切菖蒲，碎碎碎。事事过期，他人端午，我应端末。　　女伴良心昧，下水拖人醉。倾杯一度不教空，啐啐啐。你有人扶，我凭谁唤，与花同睡。

（眉批　陈天游评：奇幻绝伦。）

七　夕

天上求欢好，必藉人间鸟。若从天上乞良缘，少少少。现有嫦娥，终年孤零，星河尤渺。闻说苏娘巧，技出天孙表。当年何故织回文，恼恼恼。巧是愁根，心丝萦尽，佳期方杳。

丁药园曰：天上嫦娥，人间苏蕙，扯来作伴。当令织女倾心，黄姑失笑。

（眉批　沈服回评：往往得之事外，旁见侧出，又恰好如题。

---

① 曹娥：《后汉书·列女传》记载："孝女曹娥者，会稽上虞人也。父盱，能弦歌，为巫祝。汉安二年五月五日，于县江溯涛迎婆娑神，溺死，不得尸骸。娥年十四，乃沿江号哭，昼夜不绝声，旬有七日，遂投江而死。"（《后汉书》卷一百十四《列传》第七四《烈女》之"孝女曹娥"条，见上海古籍出版社、上海书店编《二十五史》，第286页）

此管真神物也！）

中　秋

怕遇团圞节，强把珠帘揭。中秋偏我不中秋，缺缺缺。一只愁杯，两条寒箸，伴人孤子。　　未食先愁咽，未饮先教撤。知他今夜可凄凉，月月月。照得分明，与谁同饮，对侬轻说。

毛会侯曰：笠翁得力处全在一"近"字，如"中秋偏我不中秋"与"他人端午，我应端末"，皆本地风光，拈来即是。但其拈法不同，总是腕中有鬼。

（眉批　朱其恭评：孤子从杯箸中看出，愈浅愈深。郑彰鲁评："一只愁杯，两条寒箸"，八字伤心。不忍多读，然又不能不读。）

除　夕

除夕年年有，岁暮家家守。问谁肯守到天明？否否否。各有鸳衾，年头年尾，忍教离偶。　　同是人间牡，去牝能长久？不知今夜可羞惭，丑丑丑。我若同伊，恁般心劣，难箝人口。

酷相思[①]

春　闺

人喜人愁天不顾，一样把芳春布。怪酒痕泪点皆成露。人在也花千树，人去也花千树。　　花愈欢欣人愈苦，盼断归来路。若再得相逢难自误。爱我也留他住。恨我也留他住。

（眉批　余澹心评：语浅愈深，语拙愈巧，语平愈奇，总在人思索不到处。）

---

① 《酷相思》：词牌名，此调始见于宋程垓《书舟词》之《酷相思·惜别》（《全宋词》，第1999页），双调，六十六字，上下片各四仄韵，一叠韵。

行香子①

汪然明封翁索题王修微遗照②

这种芳姿，不像花枝，像瑶台一朵红芝。娇无淫态，艳有藏时。带二分锦，三分画，七分诗。　　沈郎病死，卫郎看杀，问人间谁可相思？吟腮自托，欲捻无髭。有七分愁，三分病，二分痴。③

丁药园曰：天然一幅美人图，其中非香非色，固非周昉辈所能知也。

（眉批　何醒斋评：前后十二分，谁人能道？许竹隐评：直令微道人九原心折，应勒生圹卷首。）

题九十三翁陆自明小像，像为倚马看松图

九十三翁，手不扶筇，尚垂涎柳下花骢。虽然未跨，势已凌空。羡地神仙，山宰相，老英雄。　　丹砂不服，酡颜常好，问如何陶养心胸？笑而不答，手指苍松。为惯栖云，能耐雨，不惊风。

（眉批　许竹隐评：柳七惯能作寿词，少此高脱渺致。）

---

① 《行香子》：词牌名，又名《爇心香》。行香，为拜佛仪式；爇，点燃也。双调，六十六字，上片五平韵，下片四平韵。《中原音韵》、《太平乐府》俱注双调，蒋氏《九宫谱目》入"中吕引子"。（参见1983年中国书店据清康熙五十四年内府刻本影印《钦定词谱》卷十四下"行香子"条）

② 汪然明：名汝谦（1577—1655），号松溪道人、湖山主人。歙县人。江南名士，仗义任侠，在西湖造不系园，广招宾客。工诗文，有《春星草堂楫》、《松溪集》、《不系园集》等，与李渔是忘年交，多有诗书往来。王修微（1600—1647），汪然明的红颜知己，名微，字修微，小字王冠，称草衣道人，江南名妓，富有才情，与柳如是齐名。

③ 这里的"带二分锦，三分画，七分诗。沈郎病死，卫郎看杀，问人间谁可相思？吟腮自托，欲捻无髭。有七分愁，三分病，二分痴"，用数字入词，描情写态，既俏皮，又生动。这也是中国古代诗人词人的常用手法。如苏轼《水龙吟·次韵章质夫杨花词》"晓来雨过，遗踪何在？一池萍碎。春色三分，二分尘土，一分流水"；李清照《一剪梅·红藕香残玉簟秋》"一种相思，两处闲愁"，都是绝好例子。

有携妖姬六人自塞上归者，及其未至，先寄一词谑之

去是轻装，来岂空囊，又添此黛翠肌香。人归绣户，马系垂杨。羡路四千，腰十万，璧三双。　　家家侧目，人人洗耳，听河东狮吼声张。早筹桑土，未雨先防①。办藏娇屋，忏罪膝，贮愁肠。

青玉案②

纪　遇

不期真到销魂地，做一夜，天台婿。是醒是眠还是醉？胡然天也，胡然而帝，总莫穷其异。　　说真底事何容易，说梦绝少模糊气。谁取两桩团作谜？由他懵懂，不须猜着，猜着何滋味。

（眉批　顾梁汾评：人境两俱夺。）

题唐子畏③曳杖晚归图

横云隔断归来路，几觅向、僧家住。亏得斜风能卷雾，驱人残照，引人新月，刚入柴扉暮。　　残编久矣将儿付，除却闲游没他务。只有一痕天未补。桃花源口，多栽荆棘，塞断人来路。

友人寄新词一帙，代柬复之

双鱼来自云间路，内剖出，诗无数。费却蔷薇多少露，浣成

---

① 早筹桑土，未雨先防：勤于经营谋划，防患未然。《诗·豳风·鸱鸮》："迨天之未阴雨，彻彼桑土，绸缪牖户。"《朱熹集传》："土，音杜。桑土，桑根皮也……我及天未阴雨之时，而往取桑根以缠绵巢之隙穴，使之坚固，以备阴雨之患。"《明史·赵世卿传》："古者国家无事则预桑土之谋，有事则议金汤之策。"

② 《青玉案》：词牌名，取于东汉张衡（平子）《四愁诗》之四（萧统《文选》，第414页）"美人赠我锦绣段，何以报之青玉案"句之"青玉案"而得名。又名《横塘路》、《西湖路》，双调六十七字，前后阕各五仄韵，上去通押。

③ 唐子畏：生平未详。只知李渔有词赠之。

香手，把吟朝暮，是曲皆堪度。　　几番欲作周郎顾[1]，无奈不留些子误。何日亲来桃叶渡，旗亭座里，歌儿唇上，洗耳闻香唾。

两同心[2]

鸳　鸯

怪杀双禽，幽情何恣。到飞时，才觉成双；但宿处，谁知为二。问当时，月下星前，几多盟誓？　　惯会搅人心志，益人愁思。忒修行，羡尔前生；甚福分，能消今世。问谁能，嫁个萧郎，和伊成四。

许竹隐曰："忒修行"、"甚福分"，绝妙好辞应令顽石点头，何况灵禽结舌。

（眉批　何醒斋评：那得如此尖稳。）

天仙子[3]

贺友生第六子

一子离胎诸事足，况报佳儿生第六。三双白璧映华堂，光可烛，清堪掬，何事宁馨偏尔育。　　但遇荒年都是谷，但遇丰年都是玉。不须皓首自穷经，书满屋，儿争读，封诰他年无断续。

（眉批　沈服回评：记颂语最易尘俗，那得如此浑雅。）

---

① 周郎顾：《三国志·吴书·周瑜传》曰："瑜少精意于音乐，虽三爵之后，其有阙误，瑜必知之，知之必顾。故时人谣曰：'曲有误，周郎顾。'"（上海古籍出版社、上海书店编《二十五史》，第153页）

② 《两同心》：词牌名，柳永、晏几道、杜安世都曾以《两同心》为词牌名作词。此调有三体，仄韵创自柳永，平韵创自晏几道，三声叶韵创自杜安世。《钦定词谱》曰："此调有三体，仄韵者创自柳永，《乐章集》注：大石调；平韵者创自晏几道；三声叶韵者创自杜安世。"（参见1983年中国书店据清康熙五十四年内府刻本影印《钦定词谱》卷十六上"两同心"条）

③ 《天仙子》：由唐教坊曲名而来的词牌，据唐人段安节《乐府杂录》"龟兹部"云，《天仙子》本名"《万斯年曲》，是朱崖李太尉（杜按李德裕）进此曲名，即《天仙子》是也"（见中国戏曲研究院编《中国古典戏曲论著集成》一，中国戏剧出版社1959年版，第5页）。属龟兹部舞曲。

贺王北山掌科①纳姬广陵　时典试回车，良缘毕②集，有姊妹二妙同归者③

才见马群空冀北，又挟飞仙游上国。奇才绝色数江南，清欲沥，娇如滴，玉笋琼花今并得。　　二十四桥追往迹，千百余年轮一夕。邗江忽地现迷楼，诸美集，奇缘逼，不觉身从天上立。

（眉批　清婉动人，如紫箫中吹出。④范文白评⑤：不粘并蒂，而二妙若在目前，妙笔妙舌。）

寿王阮亭⑥使君　广陵节推

廉吏称觞无所祝，人献广陵涛一掬。名流无个不挥毫，诗满轴，词盈袖，舍此知非公所欲。　　贺客登堂齐介福，绣衮丛中参野服。愿君德化遍寰中，贱菽粟，安樵牧，保我蓑衣终岁绿⑦。

（眉批　黄无傲评⑧：是元真子祝寿，非泛为颂祷。宋其恭评⑨：才是绝无烟火气。）

九日思家

去岁重阳身独立，今日登高仍少四。三年两度过家山，才欲

---

①　王北山掌科，翼圣堂初集本作"某太史"。

②　毕，翼圣堂初集本作"交"。

③　同归者，翼圣堂初集本此三字下有"友人作诗贺之，取'并蒂芙蓉本自双'旧句命题，其艳羡可知也"。

④　翼圣堂初集本无此评。

⑤　据翼圣堂初集本补。

⑥　王阮亭：王士禛（1634—1711），号阮亭，又号渔洋山人。山东新城（今桓台县）人。清顺治十五年进士，十六年授扬州推官，后官至刑部尚书，颇有政声。清初诗坛领袖，与朱彝尊并称"南朱北王"。诗论创"神韵"说。好为笔记，有《池北偶谈》、《古夫于亭杂录》、《香祖笔记》等。李渔与王阮亭结交于扬州，有诗书赠答。

⑦　保我蓑衣终岁绿，翼圣堂初集本作"护持我辈蓑衣绿"。

⑧　据翼圣堂初集本补。

⑨　翼圣堂初集本无此评。

入，天教出，归则俄然来也忽。　　尽有人贻肴共核，尽有客偕晨与夕。欢娱到处伏凄凉，醉易得，愁难失，朋友虽亲终让嫡。

（眉批　周雪客①评：**正是至情，人不肯道。**）

示儿辈

少小行文休自阻，便是牛羊须学虎。一同儿女避娇羞，神气沮，才情腐，奋到头来终类鼠。　　莫道班门难弄斧，正是雷门堪击鼓。小巫欲窃大巫灵，须耐苦，神前舞，人笑人嘲皆是谱。

（眉批　陈天游评：**有此老泉，何患无大小二苏。**）

贺余霁岩明府弄璋，与次男将开、阿倩沈因伯同赋　时公不在署

官署育麟麟可爱，更喜麟生官在外。不知不觉报添丁，欢喜在，忧愁卖，省得身居璋瓦界。　　漫道洗儿钱用派，贺客虽贫诗可代。鸡肥蟹壮及斯时，人可耐，诗难待，作速来还汤饼债。

（眉批　陈天游评：**字句生新。**）

前　题　沈心友因伯

多子壮怀难得遂，三凤一门今已备。纷纷贺客尽凝眸，汤饼会，充闾醉，问道神君归也未？　　巧在天心将锡类，有意先教尊者避。凤凰生不许人知，玉树异，芝兰贵，忽长庭阶方是瑞。

前　题　李将开信斯

五色祥云笼君治，忽报麒麟天上赐。今宵何物伴行台，灵鹊四，灯花二，梦见熊罴应有翅。　　问道双旌何日至？莫作寻常来往视。入门洗耳听呱呱，大禹事，今朝是，为国忘家同一致。

---

① 周雪客：名在浚，周亮工长子，好金石书画，有《梨庄集》等，曾为李渔诗词作评。

江城子①

夜行赠月

江南明月喜随人，逐芳尘，指迷津，渡水过桥，紧护夜游身。不似昨宵瓜步月，才数里，便藏云。　　明朝虽与暂时分，约黄昏，会吴门，相近枫桥②，觅一个有花村。由我踏歌谁禁夜，酹数盏，谢殷勤。

（**眉批　曹秋岳评：秀婉入情。**）

小桃红③

送友采真

一路寻芝去，带眼将人觑。踏碎芒鞋，拖残藜杖，归来休遽。笑当年蠢煞烂柯人④，空与神仙遇。　　莫为兵戈惧，莫为沧海虑。世界浮云，倏今倏古，有何凭据？只些儿道骨与冰心，未肯同飞絮。

睹落梅有感

一瞬西风恶，几阵梅花落。落尽梅花，尚愁梅蕊，倩谁牢缚。纵开时难释几天愁，愁把春担搁。　　老去情无托，止靠花行乐。我不怜花，倩谁怜我，终身萧索。忆当年愁病人有医，不仗花为药。

---

① 《江城子》：词牌名，或称起源于唐代的酒令，经过文人的加工，成为词调。唐五代时为单调，始见《花间集》韦庄词，至北宋苏轼始变为双调。

② 枫桥：苏州西郊的一座古桥，因唐代诗人张继的七绝《枫桥夜泊》而闻名天下。

③ 《小桃红》，曲牌名，亦词牌名，又称《武陵春》、《采莲曲》、《绛桃春》、《平湖乐》。

④ 烂柯人：典出南朝梁任昉《述异记》："信安郡石室山，晋时王质伐木至，见童子数人棋而歌，质因听之。童子以一物与质，如枣核，质含之而不觉饥。俄顷，童子谓曰：'何不去？'质起视，斧柯尽烂。既归，无复时人。"后以"烂柯"指世事变幻，烂柯人可指樵夫，也可指久离家而刚回故乡的人，亦指饱经世事变幻的人。

咏莺

最爱莺啼晓，不似鸡鸣早。当醒才闻，欲眠尚未，人情恰好。只一声惊放满园花，勿论他奇巧。　　同是人间鸟，不着寻常袄。但看金衣，是何颜色，便知分晓。只鸣岐少逊凤凰灵，品级原非小。

千秋岁①

贺七十双寿

古稀年岁，难得偕元配。羡梁孟，欣相对。身为堂上杰，子是人中最。天下福集来，齐放家庭内。　　今日耆英会，到处名贤萃。诗竞作，图争绘。出为河朔饮，入作希夷睡。休虑痒，麻姑②有指能搔背。

离亭燕③

饮村庄梅花下，留谢主人

愧我游春非乍，到处梅花开谢。只有一株留数朵，香气隔墙遥射。得此慰馋眸，也作风流佳话。　　不见酒旗高挂，但有竹篱茅舍。他处沽来斯地饮，片刻春光容借。为报主人贤，一幅新词留下。

---

　　① 《千秋岁》：词牌名。《钦定词谱》曰："千秋岁《宋史·乐志》：歇指调；《金词》注：中吕调，一名《千秋节》。"（《钦定词谱》卷十六下"千秋岁"条）另，唐教坊大曲有《千秋乐》调。据郭茂倩《乐府诗集》卷八十《近代曲辞二》张祜《千秋乐》诗"题解"引《唐书》曰"唐玄宗生日，大宴群臣，百官上表请定此日为千秋节"，可能由此产生《千秋乐》调。（郭茂倩《乐府诗集》，中华书局1979年版，第1136页）宋人根据旧曲另制新曲，又名《千秋节》、《千秋万岁》。

　　② 麻姑：麻姑又称寿仙娘娘，自称"已见东海三次变为桑田"。

　　③ 《离亭燕》：词牌名，一作《离亭宴》。《钦定词谱》曰："离亭宴调始张先，因词中有'随处是离亭别宴'句，取以为名。"（《钦定词谱》卷十八下"离亭燕"条）提到这个"燕"和"亭"字，不禁想到宋徽宗《燕山亭·北行见杏花》："裁剪冰绡，轻叠数重，淡着胭脂匀注。新样靓妆，艳溢香融，羞杀蕊珠宫女。易得凋零，更多少无情风雨。愁苦。问院落凄凉，几番春暮。凭寄离恨重重，这双燕，何曾会人言语。天遥地远，万水千山，知他故宫何处。怎不思量，除梦里有时曾去。无据。和梦也新来不做。"（《全宋词》，第898页）此词是宋徽宗赵佶于1127年与其子钦宗赵桓被金兵掳往北方时途中所写。如果李渔的《离亭燕》是喜剧，那么宋徽宗的《燕山亭》则是悲剧——自食悲果。

（眉批　沈服回评：苏大风流，往往有之。）

风入松①　第一体

僧舍芍药盛开，拉同人赴赏，题壁代偈

广陵芍药爱喧阗（tián），此独宜偏。万花会里嫌人杂，避来僧舍私妍。独向空中设色，时从笑里参禅。　老僧终日伴花眠，火里生莲。不信折将来供佛，看如来可作香怜？至美皆全佛性，幽芳怕结人缘。

百媚娘②

好　字

眉皱不知何事，腰瘦不知谁使？未遇芳心何等活，一见如何便死？试考当年经共史，谁是情夫子？　子女分开为二，何故合来成字？才识情由苍颉始，好事合该如此。此字朝朝不离纸，写出徒然耳。

（眉批　何醒斋评：创题创语。丁药园评：可补荆公《字说》。）

剔银灯③

索粉戏和文友

香粉从来不用，但用了，面如青肿。自别萧郎，肌肤渐减，

---

①　《风入松》：原为古琴曲名，由琴曲而入乐府，又由乐府而沿为词名。古人有不同说法，郭茂倩在《乐府诗集·琴曲歌辞四》解释《风入松歌》："《琴集》曰：'《风入松》，晋嵇康所作也。'"（《乐府诗集》，第876页）。清毛先舒《填词名解》（见1984年中国书店据木石居校本影印清查继超编《词学全书》）的说法是："风入松，古琴曲；李白诗：'风入松下清，露出草间白'，词取此以名。"李白诗《淮南卧病书怀寄蜀中赵徵君蕤》（《全唐诗》卷一百七十二，第1766页）

②　《百媚娘》：词牌名，据称始于宋张先《张子野词》。因张词中有"百媚等应天乞与"句，故取作词调名，张先《百媚娘》见《全宋词》，第64页。

③　《剔银灯》：词牌名。创始于宋代。清毛先舒曰："宋毛滂制此调，题云同公素赋侑歌者以七急拍七拜劝酒，以词中频剔银灯语名之。"（见1984年中国书店据木石居校本影印清查继超编《词学全书》之毛先舒《填词名解》卷二"剔银灯"条）

骨外尽多余空。体将衣饰，愁面上没些光宠。　况又白销黄重，托里既无丹汞。只得寻思，外加弥缝，也学他人调弄。知郎交众，向多处分些来送。

风入松　第二体

䁲①浴

兰汤携到不宽衣，生怕有人窥。门扃重把湘裙掩，才褪出叶底葳蕤。谁识蜂眉蝶眼，惯穿翠箔珠帏。　芙蓉香透水晶辉，红白艳成堆。从前爱把灯吹灭，不使见帐内冰肌。今日盘中托出，请从眼内收回。

题冯青士希颜居　因居陋巷，故名

科名列在万人前，风度拟神仙。送穷文是闱中牍，乘华毂，十有余年。久矣该同端木②，胡为尚作颜渊？　力能致富却无钱，才可继先贤。箪瓢陋巷门如水，其中乐，妙得真传。不似庸流计拙，因贫借口希颜。

又贺余霁岩明府生第三子

君家乐事勾徜徉，贺客为诗忙。巡游境外无多日，顿换却门内风光。去是一双公子，归来三位儿郎。　芝兰玉树③列成行，扑鼻尽书香。阿尊阿母皆年少，肠腹内子嗣方将。他日床头笏满，

---

① 䁲：窥视；偷看。

② 端木：指端木赐，字子贡（古同子赣），孔子的得意门生，孔门十哲之一，子贡在孔门十哲中以言语闻名，利口巧辞，善于雄辩，且有干济才，办事通达，曾任鲁国、卫国之相。他还善于经商之道，曾经经商于曹国、鲁国两国之间，富致千金，为孔子弟子中首富。

③ 芝兰玉树：优秀子弟。《世说新语·言语》记载谢太傅问诸子侄："子弟亦何预人事，而正欲使其佳？"诸人莫有言者。车骑答曰："譬如芝兰玉树，欲使其生于庭阶耳。"

何愁不作汾阳①。

自题湖上新居，寄四方同调六首　杭城井水咸而浊，惟予新居之侧有井曰郭璞圣井，与泉无异。

从前虚负自题名，湖上笠翁称。笠翁今果来湖上，纶竿具足慰生平。郭璞井边饭甑，虎跑泉上茶铛。　　楼船箫鼓日纵横，似为耀门庭。主人不喜翻憎闹，常扪耳自避歌声。止得黄鹂不厌，有时不语挑鸣。

又

六桥全设酒杯前，迟客作华筵。侑觞莫道无箫鼓②，楼船过复有楼船。与客纵听歌舞，有人代出金钱。　　只愁多费薛涛笺，触手尽佳篇。西园曲水名千古，咏游处少此天然。只愧孟尝贫煞，致令客散三千。

又

前门湖水后江潮，恰好住山腰。白云不隔东西岸，酒旗外帆影飘摇。一榻难分向背，横铺始免推敲。　　江深湖浅异波涛，风起暂停嘲。湖里欢娱江上恐，为他人忧乐相交。不睹乘舟艰险，焉知闭户逍遥。

又

孤山处士少邻家，添我种梅花。一年几树红兼白，三载后茅屋全遮。止许故人载酒，不令显考停车。　　还留余地种桑麻，

---

① 汾阳：指唐代名将郭子仪，别号郭汾阳。

② 箫鼓：泛指乐奏。汉武帝《秋风辞》："箫鼓鸣兮发棹歌，欢乐极兮哀情多。"南朝梁江淹《别赋》："琴羽张兮箫鼓陈，燕赵歌兮伤美人。"

止戒邵平瓜①。家贫最苦多儿女，未经熟早已呼爷。不使口中饕餮，难禁耳际喧哗。

（眉批　余澹心评：大自夸诩，他人又夺不去，使我妒杀笠翁！）

又

纶竿书卷一齐抛，尽日枕诗瓢。贪贫愈懒忘生计，三餐粥饱后难消。西子湖头濯足，东坡堤畔伸腰。　　寻芳无日不花朝，红紫论肩挑。桃李虽经戕伐尽，山深处野卉偏饶。四季兰边踯躅，万年松上凌霄。

郑彰鲁曰：先生有署门一联云："东坡凭几唤，西子对门居"，语工意切，遐迩争传。兹又易为"濯足"、"伸腰"，愈炙人口。居此地者众矣，微先生孰能道之？

（眉批　陈天游评：登其堂已堪心醉，读其词愈觉情移。梁冶湄评："伸腰"二字从五斗折腰来，此贫贱骄人语，好在不露。尽日伸腰，已称至乐，况在东坡堤上乎？那不令人妒煞！）

又

身慵无力鼓轻桡，一叶任风飘。青帘遇着随沽酒，霜林岸落叶堪烧。不必多携饮伴，二三白发渔樵。　　归来蓬户不须敲，有犬吠林皋。山童自识开门待，左接杖右接诗瓢。一枕生涯已足，三餐活计全消。

友人元宵后一日初度

新正月望是今朝，十六始元宵。恰好称觞逢此日，灯光盛，

---

① 邵平瓜：邵平乃秦朝的"东陵侯"，负责看护管理始皇帝生母赵姬之陵寝。秦亡后，为布衣，于长安城东南霸城门外种瓜，瓜味鲜美，皮有五色，世人称之"东陵瓜"。

上接云霄。举世为陈歌舞，庙堂若赐箫韶①。　　非君奇福那能消，上帝宠英豪。一年择遍生今日，充闾气十日难消。当日生申生甫②，未闻地震山摇。

（眉批　余澹心评：非大福人，那得享此大福。即此六词，已让笠翁早证仙果。）

寿孙无言六十

漫言七十古来稀，六十也难齐。羡君头未纤毫白，早占却大半期颐。年已杖乡杖国，力还能舞能飞。　　朝朝携酒听黄鹂，不肯放春归。断弦不续妻梅好，怪林逋先讨便宜。更羡追踪有子，不劳鹤影相随。

风入松　第三体

携樽赴友人斋头看芍药

携樽拉友趁晴天，同去把芳鲜。多时不见佳人笑，当倾城，一度流连。行到海棠未醒，主人亦伴花眠。　　金衣公子一声传，齐舞向樽前。异芳不似人间有，怪半春，风雨绵绵。何事连朝忽霁，答云我见犹怜。

扑蝴蝶③

咏蝶次文友韵

胜事非夸，真以香为国。无花作伴，不许留身宿。由他

---

① 箫韶：原是舜之乐名，泛指美妙的仙乐。

② 生申生甫：申指周代名臣申伯，甫指周名臣仲山甫，二人常常并称。《诗·大雅·崧高》："维申及甫，维周之翰。"

③ 《扑蝴蝶》：词牌名，双调七十五字。宋周密《癸辛杂识别集》上之"朔斋小姬"条云："吴有小妓，善舞《扑蝴蝶》。"（《癸辛杂识》，中华书局1988年版，第244页）疑是舞曲。清毛先舒《填词名解》云："唐东京二月为扑蝴蝶会。《杜阳杂编》云：穆宗时，禁中花开，夜有蛱蝶数万飞集，宫人或以罗布扑之，并无所获。上令张网空中，得数百，迟明视之，皆库中玉器也。一名《扑蝴蝶近》。"（毛先舒《填词名解》卷二"扑蝴蝶"条）。

蟾影①相攋，肯似蜂归去速。刻刻如云飘荡，无拘束。　　前花
恣采方足，后蕊随相续。两形双影，在在相驰逐。佳人不放孤单，
绣处还教影簇。落在春衫一幅。

（眉批　何醒斋评：嫩粉轻黄，飞来彩笔。）

一丛花②

题　画

绝无人处有人家，不畏虎狼耶？因避人间苛政苦，才甘受，
猿鸟波喳。还怕招摇，只愁牵引，不敢种桃花。　　主人闲出课
桑麻，带便饵鱼虾。钓竿闲着何曾使，为看云，忘却生涯。笑指
溪山，叮咛童子，切莫向人夸。

（眉批　何醒斋评：一幅辋川图。朱其恭评：不敢种花，翻却
桃园旧案，为隐家另辟一径。许竹隐评：全是写心，非止题画。）

送入我门来③

舟中飓风大作，尘飞蔽天，时泊清江闸口

河伯惊心，封姨④聒耳，终朝幞被⑤蒙头。满案飞尘，堆起别
乡愁。南方花鸟盈车弃，把北地风沙论斛收。　　若为荣华博取，
便食土羹尘饭，也类珍馐。雨笠烟蓑，来此欲何求。漫携清水滩
头钓，去远泛黄河淖里舟。

---

①　蟾影：月影；月光。唐徐晦《海上生明月赋》："水族将蟾影交驰，浪花与桂枝
相送。"

②　《一丛花》：词牌名，双调，七十八字，前后段各七句，四平韵。康熙《钦定词
谱》卷十八下曰："一丛花调见《东坡词》，有欧阳修、晁补之、秦观、程垓词校。"

③　《送入我门来》：词牌名，调见《草堂诗余》。宋胡浩然除夕词有"东风尽力，
一齐吹送，入此门来"之句，取名以此。胡浩然《送入我门来·除夕》见《全宋词》，
第3536页。

④　封姨：中国神话传说中的风神，又称封夷，亦称"封家姨"、"十八姨"、"封十
八姨"等。

⑤　幞被：行李，铺盖，被子。

梦　短

费尽千思，刚来一梦，也该做到三更。何事匆匆，片刻不多停。暗求杜宇催将去，怕留住伊魂不放行。　　可见人心越改，追忆初行时节，有梦难醒。絮语叨叨，听罢又重听。而今情被人分去，连梦也难教我独承。

（眉批　何醒斋评：**白描处但觉浓艳**。）

得　信

不望书来，但求人至，从来闺阁真情。口与心违，故作问书声。闻人说起平安字，觉星眼斜窥不愿听。　　及至开缄细阅，未定归期迟早，有信无凭。掷向妆台，留付夜来灯。几番报喜来空纸，怪檐鹊灯花没正经。

（眉批　黄无傲评：**又翻一纸家书案，说得万金不值半文。却是真情，并非创语**。）

谢张克念①郡伯饷米

不有三农，何来五谷，从前饮水知源。正在啼饥，欲籴恨无钱。一升可敌珠千颗，况论斛倾来若涌泉。　　公是悬鱼太守②，又值军兴时节，有俸难捐。天禄何由，分到野人边。饿夫得此成三咽，怕廉吏从兹减一餐。

（眉批　黄无傲评：**即推食常语，此说得痛切之至**。）

---

① 张克念：名葰，号敬庵。沈阳人。康熙年间曾任金华知府，李渔送子婺州就试，赠词、赠联。

② 悬鱼太守：东汉时南阳郡太守羊续在任上，廉洁自守，悬鱼在屋外拒贿，时称悬鱼太守。典出《后汉书·羊续传》。

最高楼①

伤心处二阕，悼乔王二姬于婺城旧寓

伤心处，切莫再停车，忌说是吾庐。曲径曾携樊素②手，幽房尝共小蛮居。再来人，全失汝，只存予。　　趁一片游魂花下袅，趁一线余音梁上绕，忘死字，尽欢娱。虚声虽似原声好，真形难与幻形俱。费凄其，劳辗转，勾嗟嘘。

（眉批　余澹心评：致李夫人于帐中，来杨太真于月下，千古伤心，泪痕如雨。③）

又

伤心处，切莫再听歌，触耳奈心何！旧曲敢云天上有，新声未必世间多。但人情，惟赞已，只嫌他。　　忘不了轻纤花下口，撇不下松圆弦上手，衫短毂，扇轻罗。有情但觉东施好，无缘空把太真苛。盼空房，来好梦，遣愁魔。

（眉批　陈天游评：断肠诗那得不作！）

---

① 《最高楼》：词牌名。龙榆生《唐宋词格律》曰："南宋后作者较多，兹以《稼轩长短句》为准。八十一字，前片四平韵，后片三平韵，过片错叶二仄韵。体势轻松流美，渐开元人散曲先河。"（《唐宋词格律》，第184页）

② 樊素：樊素与后一句的小蛮，都是唐代大诗人白居易的侍妾。有诗云："樱桃樊素口，杨柳小蛮腰。"

③ 前面的《踏莎行·楚归江上悼亡姬》，我曾与贺铸悼亡词《鹧鸪天·半死桐》对比；这里的《伤心处二阕，悼乔王二姬于婺城旧寓》，我又想到苏轼悼亡名篇《江神子·乙卯正月二十日夜记梦》："十年生死两茫茫，不思量，自难忘。千里孤坟，无处话凄凉。纵使相逢应不识，尘满面，鬓如霜。夜来幽梦忽还乡，小轩窗，正梳妆。相顾无言，惟有泪千行。料得年年肠断处，明月夜，短松冈。"（《全宋词》，第300页）同样感人，真乃"千古伤心"！

簇　水①

立春日醉后作

昨日今朝，一般风雪迷天地。人心作怪，却像有些儿春意。树上梅花未绽，何物香杯底？怪酒也变成春味。　　风来矣，冷绝处带些微暖，面未觉，心先会。人言我醉，错认作寒光退。若使人言果确，愈见春光美。问昨夜，可有丰年瑞？

（眉批　何醒斋评：初春实有此种气味，却被一口说破。）

江城梅花引②

冬夜旅愁

如年长漏不闻声，只初更，当三更，寂地一声谯鼓又分明。骇得离人魂欲绝，都若此，盼寒鸡，那得鸣。　　鸡鸣鸡鸣到天明，仗友生，慰旅情。若使若使风又雨，倍觉凄清。只当天明，依旧不天明。说到此间才是苦，笑愁客，话中愁，没半星。

（眉批　曹秋岳评：繁音促节，写尽愁怀。）

一枝花③

有怪予四壁悬画独无花卉翎毛者，欲以名迹见假，笑而答之

有画无庸借，懒向春时挂。挂愁桃李笑，鹦哥骂。既说好龙

① 《簇水》：词牌名，《钦定词谱》卷二十一上："调见《惜香乐府》，双调八十五字。……此亦谑词，因其调僻，采入以备一体。"

② 《江城梅花引》：词牌名，又名《摊破江城子》、《四笑江梅引》、《梅花引》、《明月引》、《西湖明月引》，双调八十七字。清毛先舒《填词名解》曰："采李白诗'江城五月落梅花'，其体盖取《江城子》前半调，《梅花引》后半调，合为此词也。"（见1984年中国书店据木石居校本影印清查继超编《词学全书》之毛先舒《填词名解》卷二"江城梅花引"条）清万树《词律》说"此词前半用《江城子》，后半用《梅花引》，故合为此名。"（见上海古籍出版社1984年据清光绪二年本影印万树《词律》卷二"江城梅花引"条）

③ 《一枝花》：词牌名，亦为乐曲名和散曲名。元代孙叔顺有《一枝花》散曲。

真，何劳叶公假。满眼春无价，醉芍药花前，卧在海棠枝下。　　也尝倩丹青摹写，鸟向枝头跨，纵能言不语终嫌诈。争似率天真，不肯乔妆哑。欲展名人画，须待春归莺老，荼蘼开谢。

（眉批　余广霞①评：芙蓉出水，自然可爱，若雕绘满眼，则词胜于情矣。读笠翁词者，当作颜谢优劣观。）

长　调

满江红②

呈索愈庵③相国二首

今日朝端，问谁是斯文宗主？三台上，巍然独建，中原旗鼓。矢口言言皆屈宋，作人在在成邹鲁④。更怜才不啻疗饥肠，婆心苦。　　衮职缺，凭公补。皇猷出，需公黼。溯荣华所自，总由稽古。一代政声光史册，千秋相业辉樽俎。看他时，绘像入麒麟，分茅土。

---

① 《余广霞》：未详。

② 《满江红》：词牌名，又名《上江虹》、《念良游》、《伤春曲》。龙榆生曰："《乐章集》、《清真集》并入'仙侣调'。宋以来作者多以柳永格为准。九十三字，前片四仄韵；后片五仄韵。一般例用入声韵。声请激越，宜抒豪壮情感与恢张襟抱。"（龙榆生《唐宋词格律》，第106页）唐人小说《冥音录》载曲名《上江虹》，后更名《满江红》。李渔词，自这首《满江红》以下，共写了55首长调。彭孙通《金粟词话》"清初长调作者"条说："长调之难于短小调者，难于语气贯串，不冗不复，徘徊宛转，自然成文。"（唐圭璋《词话丛编》，第725页）而李渔的长调，却是克服了"长调之难"，写得"语气贯串，不冗不复，徘徊宛转，自然成文"。

③ 索愚庵：索额图（1636—1703），号愚庵、别称索三，赫舍里氏，清代康熙年间权臣，满洲正黄旗人，大学士索尼第三子，孝诚仁皇后叔父，世袭一等公。康熙八年至四十年，先后任国史院大学士、保和殿大学士、议政大臣、领侍卫内大臣等职，曾参与许多重大的政治决策和活动。康熙帝继位之初，鳌拜擅权，索额图辅佐计擒鳌拜，并将其党羽一网打尽，故深受信任。李渔第二次游京师，曾拜会索额图。

④ 邹鲁：邹国、鲁国的并称。邹乃孟子故乡，鲁乃孔子故乡，因此邹鲁借指孔孟，又可指文化昌盛之地，礼义之邦。

又　时作洒墨屏笺十二幅赠之

咫尺龙门，徒自愧芒鞋竹杖。喜富贵，不憎贫贱，许登天上。绣裀鞹衣君见惯，烟蓑雨笠来何创。笑画堂宾客似依稀，头陀①样。　　云母扇，鲛绡障，龙绡袜，珍珠纳。是朱门长物，窭夫难饷。墨洒长笺十二幅，光腾瑞气三千丈。料野芹不值半文钱，君偏尚。

读丁药园《扶荔词》，喜而寄此，勉以作剧

傀儡词场，三十载，谬称柳七。向只道中原才少，果然无敌。止为名儒崇正学，不将曲艺妨经术。致么魔忽地自称尊，由无佛。　　魔数尽，真人出。旭轮上，灯光没。看词坛旗帜，立翻成赤。愧我妄操修月斧，惜君小用如椽笔。急编成两部大宫商，分南北。

（眉批　方绍村评：药园三十年刻徵咀商，今为丰干点破。）

水调歌头②

喜友至

独酌易生叹，独坐易成眠。君来破我幽寂，且慢出诗篇。同去豆棚闲坐，再向花间小饮，口耳莫教闲。我听君谈鬼，君听我谈天。　　天上事，乌怯弹，兔惊鞭。光阴迅极，休说行乐待他年。酒得友而更美，友得酒而愈乐，无事即神仙。既醉亦复饱，然后读新编。

（眉批　叶修卜评：且莫出新篇，文人快语，却都不肯道。又评：看他照映。）

---

①　头陀：出自梵语，指行脚乞食的僧人。

②　《水调歌头》：词牌名，又名《元会曲》、《凯歌》、《台城游》、《水调歌》，双调九十五字，上片九句四平韵、下片十句四平韵。唐朝大曲有"水调歌"，据《隋唐嘉话》，为隋炀帝凿汴河时所作。宋乐入"中吕调"（《碧鸡漫志》卷四"水调歌与河传"，见唐圭璋《词话丛编》，第105页）。凡大曲有"歌头"，此殆裁截其首段为之。

中秋夜金闻泛月

载酒复载月，招友更招僧。不登虎阜则已，登必待天明。上半夜嫌鼎沸，中半夜愁轰饮，诗赋总难成。不到鸡鸣后，鹤梦①未全醒。　　归来后，诗易作，景难凭。舍真就假，何事搁笔费经营。况是老无记性，过眼便同隔世，五鼓忘三更。就景挥毫处，暗助有山灵。

（眉批　陈天游评：分明说话，又道吟诗，不让欧阳公独步。曹顾庵评：读此等词，古人"一气如话"四字始有着落，不则河汉斯言矣。）

语同志

君有青萍剑，我有白鼻骊②。少年携此作客，今尽落谁家？不是新交缘浅，不是故人谊薄，自己命难夸。留得春光在，四月也开花。　　且高歌，权痛饮，免长嗟。莫因金尽，追悔昔日委泥沙。聚散从来有数，吝到此时亦了，风不避云霞。赢得悭名著，客到酒难赊。

叶修卜曰：坡翁水到渠成四字，抵一篇送穷文。世间惟水一物忽从天下，忽从地涌，可有而无，亦可无而有。笠翁识透此意，故能不悔。

（眉批　叶修卜③评：平恕若此，无怪乎到处逢迎。）

惜　花

谁遣催花雨，变做落花风？虽然无此亦谢，还耐几朝红。似玉亏他割舍，似锦随他蹂躏，如与盗相逢。徒损于春事，何益与

---

①　鹤梦：高超不凡的梦想。唐司空图《与李生论诗书》："地凉清鹤梦，林静肃僧仪。"

②　白鼻骊：一种骏马，白鼻黑喙的黄马（黄马黑喙曰骊）。李白乐府诗《白鼻骊》："银鞍白鼻骊，绿地障泥锦。细雨春风花落时，挥鞭直就胡姬饮。"

③　叶修卜：名臣遇，号孟美。浙江临海人。有《识小录》及《今又园诗集》等，李渔为之作序，并诗书赠答。叶为李渔作评。

天公？　　　旅怀增，诗兴减，酒情浓。满床书画，不扫不拭任尘封。其实无关得失，却似偶分贫富，胸次欠玲珑。荣瘁全因物，悲喜不由衷。

满庭芳①

十余词吴梅村太史席上作　词中限有十余字

酒人余香，花多余态，都因人有余情。尽欢竭量，客不剩余醒。只怪酒徒恋罚，余残滴，不使杯倾。觞政后，余波复起，刻烛待诗成。　　江淹才尽后，余葩落地，那有金声。笺长余尺幅，留待佳评。但羡病余残叟，不告乏，力气犹胜。若更使从头赋起，余兴尚堪乘。

金长真②太守擢江宪副，闻报之日，正在称觞，是日复有诞孙之喜

荣外加荣，乐中生乐，广陵歌沸如涛。郡侯一转，身已在云霄。堂上官加官爵，屏风后，儿产儿曹。闻此日，又逢华诞，三喜集眉梢。　　天教，将昔日封人所祝③，一举全包。享福寿多男，不待明朝。堪羡此邦廉吏，不望富，所获偏饶。见多少黄金满载，真乐反萧条。

上　滩

风若仇帆，牵如恋手，滩高百尺难升。蓬莱水浅，学鳌（ào）④

---

①　《满庭芳》：词牌名，又名《锁阳台》、《满庭霜》、《潇湘夜雨》、《话桐乡》、《满庭花》等。此调本于唐代吴融诗《废宅》"满庭芳草易黄昏"句（《全唐诗》卷六百八十六，第 7883 页）。

②　金长真：名镇（1622—1685）。浙江山阴人。康熙十二年任扬州知府，康熙十八年升江南按察使，好文，有《清美堂诗集》。李渔与金长真交往多年，有诗书赠答。

③　昔日封人所祝：用"华封三祝"典故。据《庄子·天地》："尧观乎华。华封人曰：请祝圣人，使圣人富，使圣人寿，使圣人多男子。"

④　鳌（ào）：夏寒浞之子，相传能陆地行舟。《论语·宪问》："羿善射，鳌荡舟。"

荡舟行。进寸其如退尺，波涛怒，有力难争。翻学得长房缩地，一缩浪千层。　　此舟宜倒坐，好将退步，认作前征。又焉知误处，是梦翻醒？曾见塞翁失马，人相吊，自贺休征。徘徊久，舟师来报，险路已将平。

（眉批　陈天游评：世途险岐，随处风波，惟福慧人过此，如历康庄。先生足迹遍中原，读此词服其心闲性定。）

睡　起

似醉才醒，如痴未已，乍伸乍屈纤腰。朱唇未裂，且莫劝吹箫。偶向花前小立，轻罗袖，易逐风飘。酣睡后，云鬟未整，依旧学垂髫。　　檀郎何处去？庭空院寂，一任无聊。尚含嗔未语，鹦鹉先挑。频说哥哥该打，己欲恕，物劝休饶。沉吟久，隔篱花动，风落紫荆条。

（眉批　余广霞评：天下有过情之语，无不及情之语，以情外之语非语也。读此词非关语至，只是情真。）

邻家姊妹

一味娇痴，全无忌惮，邻家姐妹双双。碧栏杆外，有意学鸳鸯。不止肖形而已，无人地，各逗情肠。两樱桃，如生并蒂，互羡口脂香。　　花深林密处，被侬窥见，莲步空忙。怪无端并立，露出轻狂。侬亦尽多女伴，绣闲时，忌说高唐①。怪今朝，无心触目，归去费思量。

相思味

一种相思，几般滋味，不经尝遍谁知？乍逢情淡，淡亦味滋滋。及至交深病起，甘心受，只觉如饴。淡加甜，如白受采，文

---

①　高唐：指宋玉《高唐赋》，写楚襄王与神女相会，行云雨之事。

质两相宜。 后来增一味，无中觅有，自乞邻醯（xī）。一酸随变苦，渐觉难支。万种猜疑毕集，姜同醋，永不相离。到如今，酸甜苦辣，才是和匀时。

（眉批 余广霞评：慧业文人，巧心妙手，俱从人所欲说而不能说处轻轻逗出，平淡之言遂成金石之论，毋谓文章一小事也。）

原 病

半捻腰肢，一条裙带，束来所剩还多。形容若此，休问意如何。虽说病从他起，人调摄，岂致违和。平分罪，梅香得半，切莫尽归他。 曾闻人语道：红颜命脆，易惹沉疴。试细细评论，又改金科。漫道那人罪少，梅香罪，也渐消磨。千万事，皆由薄命，只合自操戈。

（眉批 陈天游评：代作闺阁中爰书，果然平反得宜。）

说 梦

他觅他魂，我寻我梦，梦中到底相随。有神引路，夜夜不教迷。但怪氤氲使者，许同至，不许同归。觉来时，代神索解，前是后应非。 枕边余地有，何妨送到，再去非迟。却随蝴蝶影，半路分飞。此是离人幻想，无聊极，思里寻思。神有耳，随他听见，说梦笑人痴。

凤凰台上忆吹箫[①]

元 日 是年三十初度

---

① 《凤凰台上忆吹箫》：词牌名。《钦定词谱》卷二十五上引《列仙传拾遗》："萧史善吹箫，作鸾凤之响。秦穆公有女弄玉，善吹箫，公以妻之，遂教弄玉作凤鸣。居十数年，凤凰来止。公为作凤台，夫妇止其上。数年，弄玉乘凤，萧史乘龙去。"宋词始见于晁补之《晁氏琴趣外篇》题作《自金乡之济，至羊山迎次膺》（《全宋词》，第554页）。通常以《漱玉词》为标准。双调九十五字，前片十句四平韵，后片九句五平韵。（龙榆生《唐宋词格律》，第43页）

昨夜今朝，只争时刻，便将老幼中分。问年华几许，正满三旬。昨岁未离双十，便余九，还算青春。叹今日，虽难称老，少亦难云。　闺人也添一岁，但神前祝我，早上青云。待花封心急，忘却生辰。听我持杯叹息，屈纤指，不觉眉颦。封侯事，且休提起，共醉斜曛①。

（眉批　叶修卜评：世人驰逐名利，都在三十左右。笠翁当此时已置封侯不道，是何等识量！故有今日之必传。）

春游先归，次日柬同人索和

饮酒无多，看花片刻，如何精力全消？良朋都未起，先别芳郊。一路捻须自问，不因诗，也费推敲。伤春矣，是愁是病，只看今宵。　谁料天机偶触，因去年游伴，举目寥寥。化彩云飞去，即是今朝。次日题诗谢友，无他故，不用心劳。都只为，凤凰台上，偶忆吹箫。

烛影摇红②

咏绿烛

烛影摇红，如何今夜偏摇绿？浑如满院种芭蕉，怀素③临池屋。剔处浑如折柳，炙残膏④，分明汗竹⑤。杯中浮蚁⑥，鬓上堆

---

①　斜曛（xié xūn）：黄昏，傍晚。

②　《烛影摇红》：宋吴曾《能改斋词话》卷二"烛影摇红词"条："王都尉有忆故人词云：'烛影摇红，向夜阑，乍酒醒，心情懒。尊前谁为唱阳关，离恨天涯远。无奈云沉雨散。凭栏干，东风泪眼。海棠开后，燕子来时，黄昏庭院。'徽宗喜其词意，犹以不丰容宛转为恨，遂令大晟别撰腔。周美成增损其词，而以首句为名，谓之《烛影摇红》云。"（唐圭璋《词话丛编》，第151页）

③　怀素：唐代书法家，以"狂草"名世，史称"草圣"。与张旭齐名，合称"颠张狂素"。

④　残膏：残余的灯油，意思是将灭的灯。

⑤　汗竹：借指史籍、书册。

⑥　浮蚁：意思是酒面上的浮沫，借指酒。

鸦①，差堪配烛。 结蕊生花，兆来不是寻常福。红裙盼煞绿衣郎②，报道归来速。他日华堂昼锦，红绿具，四条温玉。再加一对，御赐金莲，焕然成六。

（眉批 王安节评：二词即用词名作起结，妙在恰好。天巧随人，文章能事尽此矣！）

戏柬新婚

昨夜鸡声，未交半夜先啼起。赚郎不寐望天明，悬揣将梳洗。谁料今宵不闰，翻闰在昨宵更里。天几忘晓，闷煞牛郎，愁翻织女。 此际双星，多应踏着灵禽背。又愁红日不西沉，倒把红丝系。好向神前默祷，既缩就长房远地。莫教咫尺，翻使难亲，久虚鸳被。

（眉批 陈天游评：创句。得未曾有。）

看花限韵

树上非花，一年一度仙姬出。散花人自现花身，对面谁能识。世上佳人多矣，但如花，便称绝色。顾名思义，如者维何，犹云仿佛。 即此评论，名花不止能倾国。但嗟薄命累红颜，更比人归疾。便是神仙亦尔，况凡人能逃此厄。一番赞羡，几度沉吟，数声叹息。

（眉批 毛会侯评：是赋，是记，是论，一篇绝大文字，缩为数十字用之。读者至此，赞美、沉吟、叹息，亦俱不免。）

春 暮

才过清明，黄鹂舌带三分强。啼来未必不如初，耳自分升降。斗酒双柑携取，学柳絮，随风飘飏。从教莺老，一任花残，莫将

---

① 堆鸦：形容发黑而美。
② 绿衣郎：唐代新科进士例赐绿袍，因称绿衣郎。

杯放。　　游女纷纭，纵教春去犹堪当。老来佳兴莫输人，别事都堪让。万事总归黄土，北邙山①现多成样。黄粱易熟，赤日将升，梦魂休妄。

大江东　即念奴娇②

登燕子矶与黄无傲同作

秣陵③雄胜，有矶名燕子，倚江为麓。临去系舟登一度，胜买画图千幅。水自巴山，舟来巫峡，远近分迟速。溯流直上，千里未穷双目。　　料得王谢④当年，行惯车轮熟。鸟语涛声皆当乐，何必更偕丝竹。人物风流，江山奇丽，千古谁能续？两家燕子，不知今在谁屋？

（眉批　白仲调⑤评：淋漓慷慨，唾壶口缺，燕子欲飞。）

---

　　①　北邙山：在洛阳北面，黄河南岸，多古代帝王和名人墓地。

　　②　《念奴娇》：念奴是唐天宝年间著名歌妓，调名本此。又名《大江东去》、《千秋岁》、《醉江月》、《杏花天》、《赤壁谣》、《壶中天》、《大江西上曲》、《百字令》等十多个名称。说到《念奴娇》这个词牌，人们会想到许许多多佳作，当然首推苏轼。然而今天我要讲的是人们不太熟悉的一位词人和他的《念奴娇》，这就是金朝第四位皇帝完颜亮的《咏雪》："天丁震怒，掀翻银海，散乱珠箔。六出奇花飞滚滚，平填了山中丘壑。皓虎颠狂，素麟猖獗，掣断珍珠索。玉龙酣战，鳞甲满天飘落。谁念万里关山，征夫僵立，缟带沾旗脚。色映戈矛，光摇剑戟，杀气横戎幕。貔虎豪雄，偏神英勇，共与谈兵略。须拼一醉，看取碧空寥廓。"（唐圭璋编《全金元词》，中华书局1979年版，第27页）没有想到一位女真族皇帝能写出气韵苍凉、文思奇诡的如此好词，被誉为"一吟一咏，冠绝当时"。

　　③　秣陵：即指南京。

　　④　王谢：六朝望族琅琊王氏与陈郡谢氏之合称，后成为显赫世家大族的代名词。唐刘禹锡的《乌衣巷》："朱雀桥边野草花，乌衣巷口夕阳斜。旧时王谢堂前燕，飞入寻常百姓家。"

　　⑤　白仲调：名梦鼎，号蝶庵，江宁人，康熙九年进士，有《天山堂诗古文稿》，为李渔作评。

帝台春①

本　题　初入都门作

帝台春色，今朝始识得。禁柳苑花，妙在容观，可离难即。马首无人杀风景，似显者频呼得得。顺风来，天上箫韶，恩波洋溢。　朝臣入，衣冠湿；宫僚出，星辰没。求富贵须忙，为贪惏，脱不下雨蓑烟笠。随路折腰非索米，带便看花由乞食。喜东郭贤豪，不吝杯中滴。

（眉批　冯青士评：委婉详尽，何必更赋《帝京篇》！）

客中秋兴

今秋少雨，天能恕逆旅。蓬户昼开，客伴常过，不忧无侣。我费杖头人亦费，酬引酢未尝空与。讨便宜，世说多闻，集添新语。　当垆女，斟佳醑；吹篪姬，歌金缕。便终岁离家，得逍遥，也不算独行踽踽。我爱黄金天却吝，人恋乌纱神不许。只撒漫莺花，满地随侬取。

（眉批　余澹心评：撒漫莺花，何人拾取？李郎可以南面百城矣。）

金菊对芙蓉②

闻友人江行被盗，寄此解嘲

十万钱多，三千路远，腰缠压倒行舟。倩谁人解缚，若个分忧？绿林不愧称豪杰，守钱奴代认无羞。因愁载满，权将堵撒，立使家浮。　从此旅病全瘳，为财多身弱，稍减风流。得此番洗濯，仍与天游。千金散复千金聚，仍跨鹤，再上扬州③。东隅失

---

① 《帝台春》：本是北宋李甲所作的一首表达春晚怀旧之情的词（《全宋词》，第490页），后成为词牌名。

② 《金菊对芙蓉》：词牌名，收入《钦定词谱》卷二十七下，仅一体，双调九十九字。

③ 跨鹤，再上扬州："跨鹤上扬州"指冶游富贵繁华之地。典出南朝梁殷芸《小说·吴蜀人》，已见前注。

却，桑榆收取①，造物相酬。

玉蝴蝶②

梦　醒

梦醒那人还在，明呼小玉，暗诵多情。一霎如何便杳，声在茶铛。枕攲斜，无形可觅；花闪烁，有目空瞠。费寻思，欲终前梦，料必难成。　　凄清。梁间燕子，和雏飞去，添我伶仃。记得初时，呢喃却似有人声。绣屏前，虚张博具；画桌上，枉设棋枰。要同敲，梅香手劣，不解相争。

咏半开花蕊

花不全开避雨，深藏妩媚，曲耐欺凌。九十春光未了，肯遂飘零？绕旁枝，窥残粉蝶；登高树，啼杀黄莺。任他催，花心不动，止放星星。　　闲评。未开嫌小，既开愁老，都搅心情。只有斯时，不肥不瘦称芳龄。据侬观，尽宜爱护；休再恃，日渐娉婷。到全开，回思此日，有梦难成。

花心动③

心　硬

十个男儿心硬九，同伴一齐数说。大别经年，小别经春，比我略争时月。陶情各有闲花柳，都借口不伤名节。问此语出何经

---

① 东隅失却，桑榆收取：东隅乃指东方日出处，指早晨；桑、榆指日落处，即日暮。比喻一处失败别处得胜。典出《后汉书·冯异传》："始虽垂翅回溪，终能奋翼黾池，可谓失之东隅，收之桑榆。"

② 《玉蝴蝶》：唐曲，《金奁集》入"仙吕调"。四十一字，前片四平韵，后片三平韵。宋教坊衍为慢曲，《乐章集》亦入"仙吕调"，九十九字，前片五平韵，后片六平韵。（参见龙榆生《唐宋词格律》，上海古籍出版社1978年版，第11页）

③ 《花心动》：词牌名。《钦定词谱》卷三十三上："花心动：金词注'小石调'。元词注'双调'。曹勋词名《好心动》，曹冠词名《桂飘香》，《鸣鹤余音》词名《上升花》，《高丽史·乐志》名《花心动慢》。"

典？谅伊词嗫。　　制礼前王多缺，怪男女同情，有何分别？女戒淫邪，男恕风流，以致纷纷饶舌。男儿示祖左男儿，始作俑，周公贻孽。无今古，个个郎心如铁。

（眉批　王西樵①评：宛然闺阁聚谈语，作男子而免此悲怨者，几人哉？读此皆宜自省。陈天游评：惜不令周母制礼。）

又

尽有男儿心不硬，从未归来信有。惟恐多疑，不变初心，书里还将神咒。虽然未必都堪信，使嗟怨，暂时停口。争似汝，经年无字，笔难沾手。　　纵有书来亦否，察言外神情，似侬该守。欲识情怀，但看言词，纸上现闻花柳。若非旁有夺情人，假胸膈，也须略剖。虽隔远，猜着真情八九。

（眉批　西樵又评：前后二词，益人不浅。作客者不可不读，写家书者尤不可不读。）

戏题梅闰玉斋头所挂梅花书屋图

四壁萧然无所有，止剩梅花一幅。不避寒威，四面窗开，知是林家书屋。当年独处无妻室，全赖此，同眠同宿。尽消受，醒时妖冶，梦中芬馥。　　今日此花谁属？试考系征名，与君同族。异姓可妻，同谱难婚，休践旧时芳躅。林逋虽死剩梅妻，料此妇断弦难续。是姊妹，切莫误称嫂叔。

（眉批　丁筠雪②评：观梅咏画，题之最易腐人者，欲新不能，欲奇不得。此独于姓系中生出妙义，不拾牙后一语，固是心灵，亦由笔快。）

---

① 王西樵：名士禄（1626—1673），号子底、西樵山人，王阮亭兄。顺治九年进士，少工文章，有《十笏草堂诗集》、《辛甲集》、《上浮集》、《炊闻词》等，曾李渔《资治新书》作序，为李渔词作评。

② 丁筠雪：生平未详，曾为李渔词写眉评。

王安节席上观女乐

此曲只应天上有，今日创来人世。听有余音，看有余妍，演处却全无意。当年作者来场上，描写出，毫端笔底。虽爱饮，只愁忽略，不教沉醉。　我亦逢场作戏，叹院本虽多，歌声尽沸。曲止闻声，态不摹情，但使终场而已。焉能他日尽如斯，俾逝者常留生气。借君酒，权代古人收泪。

丁筠雪曰：观女乐而分肌劈理，描到十分绮密，犹人所同也；观女乐而收视返听，悟出无限机缘，则此词所独也。

（眉批　**吴菌次评：以苏辛之气，写温李之题，遂使觉其妩媚者复增其英慨**。）

二郎神慢①

和尤悔庵观家姬演剧，次原韵②　时寓③姑苏之百花巷

百花巷，虽隘小，高车时降。喜同调嘉宾无尔我，相对处旅怀增放。主不识羞姬忘丑，曲有误，人前争唱。周郎好，明知不顾，越引得歌声飘飏。　惆怅，今宵容隐，难逃日上。怕到处逢人开笑口，亲见无盐劣相。好色登徒今若此，叹目睹何如想象。听此等歌声，不若酣眠梅花纸帐。④

（眉批　**尤悔庵⑤评：笠翁所言皆司空见惯语，然正于谦处见**

---

① 《二郎神》：由唐教坊曲而来的词牌。《乐章集》注"双调"。徐伸词名《转调二郎神》（《全宋词》，第814页）。吴文英词名《十二郎》（《全宋词》，第2914页）。

② "和尤悔庵观家姬演剧，次原韵"，翼圣堂初集本作"次韵和尤展成观家姬演剧"。

③ 寓，翼圣堂初集本作"遇"。

④ 这首词，翼圣堂初集本作："百花巷，地窄小，高车难降。喜同调嘉宾非俗客，相对处襟怀增放。主不识羞姬忘丑，曲有误，人前争唱。周郎好，知而不顾，越引得歌声飘飏。　惆怅，今宵容隐，难逃日上。怕到处逢人开笑口，亲见无盐劣相。好色登徒皆若此，要美丽徒劳想象。听此等声歌，不若酣眠梅花纸帐。"

⑤ 悔庵，翼圣堂初集本作"展成"。

誉①。李东琪评②：翻顾误一案，偏有声色。）

归朝欢③

饮梨花下

一树梨开半轮月，今日是花明日雪。与君执盏傲东风，风能造愁我造悦。看花须有诀，不须定使杯盘列。想开筵，即来风雨，美馔徒虚设。　　遇酒便斟无苦洌，拈曲便歌无巧拙。一年一度见花开，如人交客逢妻妾。岂暇修仪节？但情真，不嫌辐亵（yóu xiè），得趣夸蝴蝶。

喜　醋

果是佳人不嫌妒，美味何尝离却醋。不曾薄幸任他嗔，嗔来才觉情坚固。秋波照常顾，司空见惯同朝暮。最堪怜，疑心暗起，微带些儿怒。　　他怒只宜佯恐怖，却似招疑原有故。由他自妒一场空，冤情默雪无人诉，芳心才悔误。远山边，收云撤雾，才有诗堪赋。

吴菌次评：极寻常事，极奇幻想，聚而成文，乃生异彩。此真莲生舌上，可使顽石点头。

（眉批　丁药雪评：妒之一字，切齿于人久矣。读此不觉可恨，翻觉可怜。不惟使佳人悦服，又能使妒妇心倾，诚怪事也！陈皇后千金买赋，未曾得此。）

交　谪

终日吟诗吟不了，底事全忘昏复晓？少年翻笑老人痴，啼饥不顾儿孙绕。共嗟生计少，都因握笔招烦恼。做来诗，篇篇

---

① "然正于谦处见誉"，翼圣堂初集本作"然自谦实自誉也"。
② 翼圣堂初集本无此评。
③ 《归朝欢》：柳永创制的词牌（《全宋词》，第22—23页），《乐章集》注"夹钟商"。

郊岛①，现出饥寒殍。　　无米难炊空说巧，有酒能赊终见讨。输他马上好男儿，一丁不识全家饱。闻言诗兴扫。要停挥，难禁词好，掩耳终残稿。

友人子向予贷钱，兼索诗，口占以答

且酌一尊花下酒，莫启一声杯外口。最愁听处是无钱，若还我有君先有。君呼侬作叟，自云二十才余九。过来人，不堪回首，曾识章台柳。　　纵有诗篇入君手，也代娼家封酱瓿。不如两命总相方，或能安分将贫守。莫言君妇丑，问高邻，尽称佳偶。君自轻箕帚。

窃　茶

未共鸳帏还是客，何事窃杯尝口泽？残茶往往被伊偷，吸干不使留余滴。谁知郎计谲，空杯又取斟来吃。问其中，有何气息，直恁贪如蜜？　　但解钻营都是贼，但效殷勤都是术。只愁蜂蝶为花忙，近花便觉花无色。念他可怜极，再倾杯，剩些余汁，只当施残粒。

（眉批　叶修卜评：情之所钟，空杯亦有至味。读此宜补《闲情》二句云“愿在器而为杯，承口泽之余芳”。）

寄指甲

指甲生来长半尺，为碍弹琴三去一。自君别却手离弦，由他自长无人剔。攀花偶着力，齐根界断浑如画。自相怜，谁云可惜，委向妆台侧。　　君在跟前定收拾，付与珍藏还值得。可怜一片惜花心，从今弹指无声息。寄来搔痒脊，代麻姑，稍均劳逸。轻重郎心识。

---

　　① 郊岛：中唐诗人孟郊、贾岛的合称。皆遭际不遇，官职卑微，一生穷困，一生苦吟。

防　窥

绣阁深沉扃四壁，生怕人窥偏有隙。晓来妆罢换衣裳，背光不向纱窗立。小鬟施狡黠，故摇窗影将人怵。看分明，汗衫已湿，如此藏身密。　　只为一人担恐吓，只为一人留爱惜。一人今在阿谁边，阿谁如我知难必。此情天识得。靠天知，天常默默，一句何曾述。

丁筠雪曰：巧不伤雅，隽补背道，为闺人写出一段贞洁苦心。令作客者人人思内，有关风教非浅。至词内一种温柔敦厚之致，犹是三百篇遗风。

（眉批　倪服回评：极平淡语，说得绚烂若此。以写情致到极真细处也。）

与友人醵钱泛月

我办醍醐君办榼，君出扁舟我出月。两家劈半认东君，其余但使闻嗟咄。名茶须早泼，未愁饥馁先愁渴。肉休多，恐将粲夺，所尚惟蔬蕨。　　止许陈平[1]司宰割，莫使刘伶[2]监出纳。瓮边醉倒毕家郎，主人碍体难呼喝。轻桡须缓拨，饮三杯，后分题跋，洗耳闻诗曰。

合欢带[3]

称　谓

问今宵胡帝胡天，辞绛阕，到人间。唤作嫦娥嗔不应，呼织女默地称冤。天孙月姊[4]，非初出阁，曾嫁当年。向灯前月下，自矜眉黛，暗抚胸前。　　檀郎会意，泛叫神仙，才能稍并香肩。

---

① 陈平：西汉王朝的开国功臣之一，《史记》称之为陈丞相。少时喜读书，有大志，曾为乡里分肉，甚均，父老赞之，他感慨地说："使平得宰天下，亦如此肉矣！"

② 刘伶：魏晋时期名士，与阮籍、嵇康、山涛、向秀、王戎和阮咸并称为"竹林七贤"。刘伶嗜酒不羁，被称为"醉侯"。

③ 《合欢带》：词牌名，双调一百零五字，前段九句五平韵，后段十句四平韵。

④ 天孙月姊：天孙即织女星，月姊即月亮，嫦娥。

一朵琼花初近露，颤葳蕤，越觉芳鲜。明朝欲作，寻常称谓，又恐如前。只自呼后羿牵牛①，微辞暗射良缘。

望远行②

北上度邗关，别送行诸弟侄

轻桡此际分南北，愁见隋堤③烟树。一路青青，半空漠漠，待送人归何处？把酒离亭，去日凄凉如许，来日欢娱难据。唱《阳关》④、只听"渭城"三句。　　飞絮，一任飘摇无着，终有日，浮萍归聚。蓬矢男儿，桑弧志愿，肯被家山留住？不用悲歌慷慨，流连追逐。且挂半帆疏雨，幸笔砚携将，糇粮粗具。

离别难⑤

扪　虱

汝自何来，贯重裘，直入裈裆。痒肌肤，思浴兰汤。爱搔爬，误认疥和疮。谁料伊，暗袭皮囊。不因诗瘦，豢汝何妨。愧年来膏血，书中耗尽，欲济恨无粮。　　肥不食，瘦偏尝。枉多情，辜负伊行。忆当时，相须游遍，近天颜，御目看翱翔。今即上揩大腮边，吟髭易断，难免彷徨。只博得败絮衣中难觅，牢固

---

① 后羿牵牛：后羿，帝尧时代的射师，传说迎娶嫦娥为妻；牵牛，即牵牛星就是牛郎，牛郎织女天河配，是中国美丽的传说。

② 《望远行》：由唐教坊曲而来的词牌。原只小令，《金奁集》入"中吕宫"。北宋演为慢调，《乐章集》入"仙吕调"，又入"中吕调"，句读小有出入。

③ 隋堤：古堤名，因筑于隋代，故名。隋炀帝大业元年，开通济渠，自西苑引谷水、洛水入黄河；自板渚引黄河入汴水，经泗水达淮河；又开邗沟，自山阳至扬子入长江。此处指邗沟堤岸。

④ 《阳关》：指《阳关三叠》古琴曲，又名《阳关曲》、《渭城曲》，是根据唐代诗人王维的七言绝句《送元二使安西》谱写的一首著名的歌曲。原诗为："渭城朝雨浥轻尘，客舍青青柳色新。劝君更尽一杯酒，西出阳关无故人。"。

⑤ 《离别难》：唐教坊曲名。段安节《乐府杂录》"远别离"条云："天后朝，有士人陷冤狱，籍没家族。其妻配入掖庭，本初善吹觱篥，乃撰此曲，以寄哀情。"（中国戏曲研究院编《中国古典戏曲论著集成》，第58—59页）

作家乡。

摸鱼儿^①

和黄仙裳^②别予归广陵

和君词，送君归去，昨夜才颁新句。骊歌卒急原难唱，况触满怀愁绪。同游处，妒煞汝，一身飘忽轻如羽。天留不住。将雨洒风吹，马嘶鸡唱，都认作归途趣。　　侬偏惧。枉学齐人乞食，墦间东郭无遇。^③讪人妻妾，随人系，未许便同飞絮。休长虑，且寄语江南江北花千树。今冬辜负。须缓放春枝，多含晓萼，缀我归时路。

（眉批　白仲调评：仙裳新句最富，今遇笠翁，不知鹿死谁手？）

旅邸闻邻家夫至

怪邻家，远人初到，笑声乍起如哭。下机只问郎饥饱，不管封侯迟速。催人浴，忒觉得，远归似娶郎芬馥。旅怀忌触。奈此等声音，实难卧听，忙起觅残烛。　　烧来读，又被惊风寒竹，如雷震响空谷。离人何罪今如此，合受天人涂毒。呼睡仆，凭仗

---

① 《摸鱼儿》：原唐教坊曲名，本为歌咏捕鱼的民歌，后用作词牌。一名《摸鱼子》，又名《买陂塘》、《迈陂塘》、《双蕖怨》等。宋词以晁补之《琴趣外篇》（《全宋词》，第554页）所收为最早。

② 黄仙裳：名云（1621—1702），号旧樵。泰州人。工诗文，健谈，慷慨负气，有《桐引楼稿》、《悠然堂稿》、《倚楼词》等，李渔与其有诗书赠答，黄为李渔诗文作评。《今世说》记关于故事："黄仙裳幼赴童子试，为州守陈澹仙所知。后陈官给事中，以事系狱，贫甚。黄售其负郭田，得百金，尽以赠陈，与之同卧起图圄中。陈后得释，两人同出白门而去。陈殁后，黄赴桐乡往吊之。至之日，正陈忌辰，举声哀号，感动行路。泰州守田雪龛居官廉，黄仙裳与周旋，绝不干以私。后田落职在州不得去。黄自汝宁归，囊中仅有二十金。乃先至田寓，分半以赠。后语人曰：'是日吾先至家，则家中需金甚亟，不得分以赠田矣。'"

③ "枉学齐人乞食，墦间东郭无遇"：典出《孟子·离娄下》之《齐人有一妻一妾》墦（坟）间乞食故事。

汝梦中先把归装束。邯郸漏促。任釜内黄粱，自翻斛斗，莫问几时熟。

（眉批　郑彰鲁评：可将此等词朗诵千遍，则下笔如流，虽不能为完全笠翁，亦可得其一体。）

贺新郎[①]

纳乔王二姬，和诸友所寄花烛词

莫把新郎贺。问前生带来花烛，几番烧过？烂旧青衫穿复补，新妇几人叨做？轮不着后来双个。纵有葳蕤花并蒂，怕怜香不似当年我。减数岁，便称可。　　茅妆金屋绳为锁。料进门预先准备，束愁包裹。所幸原非倾国色，女貌郎才俱颇。鸠与鹊，便难同伙。人事无烦调理密，赖天公有目安排妥。词过誉，怪相左。

周栎园曰：乔王二姬，真尤物也。舞态歌容，当世鲜二。此予击节赏心，诧李郎贫士，何以致此异人者也。初阅此词，所谓司空见惯，犹以寻常乐事目之；及登场领略后，取而再读，始知李郎一生洪福被此二人折尽，无怪乎坎坷困顿，囊无一钱，即因贫致死，亦难以终身之不足，偿此时一日之

---

① 《贺新郎》：词牌名，又名《金缕曲》、《乳燕飞》、《貂裘换酒》。以《东坡乐府》所收为最早，原名《贺新凉》，因词中有"乳燕飞华屋，悄无人，桐阴转午，晚凉新浴"句（《全宋词》，第 297 页），故名。后来将"凉"字误作"郎"字。用这个词牌填的词，佳作甚多，而我偏爱"宋末四大家"（周密、王沂孙、张炎、蒋捷并称"宋末四大家"）之一蒋捷（号竹山）的数首《贺新郎》，立意深远，构思精妙，语言尖新。如《秋晓》："渺渺啼鸦了。互鱼天，寒生峭屿，五湖秋晓。竹几一灯人做梦，嘶马谁行古道。起搔首、窥星多少。月有微黄篱无影，挂牵牛数朵青花小。秋太淡，添红枣。愁痕倚赖西风扫。被西风、翻催鬓鬓，与秋俱老。旧院隔霜帘不卷，金粉屏边醉倒。计无此、中年怀抱。万里江南吹箫恨，恨参差白雁横天杪。烟未敛，楚山杏。"（《全宋词》，第 3432 页）还有《兵后寓吴》："深阁帘垂绣。记家人、软语灯边，笑涡红透。万叠城头哀怨角，吹落霜花满袖。影厮伴、东奔西走。望断乡关知何处，羡寒鸦、到着黄昏后。一点点，归杨柳。相看只有山如旧。叹浮云、本是无心，也成苍狗。明日枯荷包冷饭，又过前头小阜。趁未发、且尝村酒。醉探枵囊毛锥在，问邻翁、要写《牛经》否。翁不应，但摇手。"（《全宋词》，第 3433 页）读之数日，那"月有微黄篱无影，挂牵牛数朵青花小。秋太淡，添红枣"和"万叠城头哀怨角，吹落霜花满袖。影厮伴、东奔西走。望断乡关知何处，羡寒鸦、到着黄昏后"的形象，总之萦回心间。

有余。这位新郎，真足贺也！

代贺娶妾　冰人①系作县令者

昨夜东风急，为催开众花齐斗，进门颜色。谁料花心空自捧，展转效颦不得。将异卉、变成荆棘。只有牡丹差可拟，又同开笑口终嫌默。果何似？倩郎述。　　道他不是神仙谪。问冰人得来何处？一双凫舄。媒妁既从天上至，便识新人来历。接待处，定逾凡格。求举孟光青玉案，要先抍承嗣黄金膝。初约法，在今夕。

桐江道上乘风作

一幅轻帆挂。喜今朝，矢作扁舟，飞来如射。好景只愁容易尽，忽略世间名画。过眼处，便嗟神化。贱杀鲈鱼曾唤买，怪船轻风急篷难卸。无一物，酒难下。　　未终五岳愁婚嫁。为四方，路途辽远，奔驰无暇。似此天风终日有，绝顶何难齐跨。破浪舵，恨难常把。偶然得福须知足，怕贪心，致祸天难惹。日将晚，系舟罢。

友人无钱束装，托予转贷，求之不得，寄此

昨话今休矣！看人情，秋云似薄，再难提起。他不贷侬侬赠汝，敢谓囊空如洗？但稍慰咨嗟而已。掷去漫言金可惜，但持回，便觉侬堪鄙。充余滴，助残米。　　此去虽然三百里，但从来旅囊涩处，偏多余费。故国田文难再得，他处平原有几？劝饮酒，但酣无醉。此外难将风景杀，只"无邪"一语诗堪蔽。似橄榄，有余味。

---

① 冰人：媒人也。宋胡继宗《书言故事大全》（凤凰出版社 2015 年版）之"媒妁类"记载："媒曰冰人。"

春风袅娜①

归　思

是谁家吹笛，不避离人？从白昼，到黄昏。细听来，如有针藏字里，一声一刺，悉中愁根。始信当年，楚歌非谬，只有聋人难断魂。家在枕边闻叹息，妻来梦里欠温存。　　篱菊此时开遍，归期太早，凭雁足，约定初春。诳月夕，诳花晨。愁随夏至，怨逐秋分。酬愿家堂，备陈香烛，洗尘筵席，畜老鸡豚。谁知还困在楚头燕尾，波涛泽国，风雨江村。

送年家子游蜀

劈相思一半，与汝平分。风拭泪，雨销魂。唱骊歌②，不是徒然劝酒，阳关一出，无地非春。软美情多，切偲（cāi）③交寡，有舌难随从此扪。亲老莫矜头未雪，家贫须记釜生尘。　　父执他乡虽有，旱求雨泽，涓滴好，难望倾盆。稍得趣，即抽身。留欢莫竭，他日还亲。但有余钱，莫投哄市，若无旅伴，休宿荒村。与乖宁蠢，见秦楼旖旎，由他自笑，我若含嗔。

（眉批　朱其恭评：笠翁长者，人但以风流目之，则窥一斑而昧全豹矣。然每与风流处讲道学，故人不觉其腐；不觉其腐，焉得不以风流目之？陈天游评：此等词，想见作者交谊之笃。）

（手抄本夹批：深情苦口乃有此词，读之字字药石、语语肺腑，作者交谊之笃，于斯可想见矣。）

---

① 《春风袅娜》：清毛先舒《填词名解》曰："黄钟羽调曲，宋冯艾子作春恨词自度此曲，取首句以名之。"（见《词学全书》之毛先舒《填词名解》卷三"春风袅袅"条）

② 骊歌：古人离别时所唱之歌。先秦有一首名为《骊驹》的逸诗（即除诗三百之外的诗），为客人离别时所唱。后以骊歌即指代《骊驹》，李白有诗《灞陵行送别》："正当今夕断肠处，骊歌愁绝不忍听。"（《全唐诗》卷一百七十六，第1796页）

③ 切偲：劝勉也。《论语·子路》："朋友切切偲偲，兄弟怡怡。"

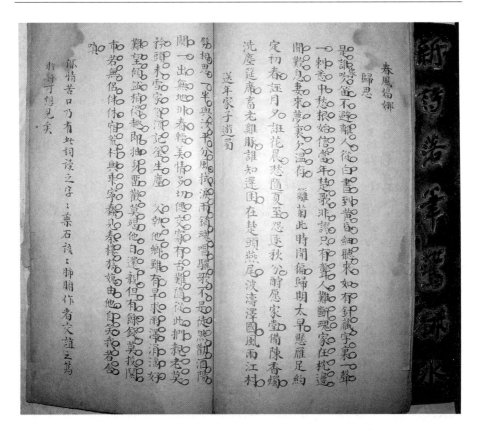

手抄本笠翁词《送年家子游蜀》夹批："深情苦口乃有此词，读之字字药石语语肺腑，作者交谊之笃，于斯可想见矣。"

题风雨闭门图

怪虎头一幅，摄尽江南。才启轴，乍开函。碧沉沉，幻出一天风雨，凭空泼墨，到处拖蓝。远树披蓑，高山戴笠，渔父科头[1]眠正酣。更羡两翁天不怕，狂风卷屋尚清谈。　　此际愁人多少？江湖朝市，非有约，旧恨齐添。儿眼底，妇眉尖。虽居两处，一样难堪。争似山中，不知名利，既居人外，那识贪廉？因观妙染，

---

① 科头：不冠露髻也。《战国策·韩策一》："秦带甲百余万，车千乘，骑万匹，虎挚之士，跿跔科头，贯颐奋戟者，至不可胜计也。"鲍彪注："科头，不着兜鍪。"兜鍪即头盔。

使倦游孤客，不思重橐，欲挂轻帆。

（眉批　余澹心评：情真景真，直如说话，此等填词，唐宋以来未有。）

多　丽①

过子陵钓台②

过严陵，钓台咫尺难登。为舟师，计程遥发，不容先辈留行。仰高山，形容自愧；俯流水，面目堪憎。同执纶竿，共披蓑笠，君名何重我何轻？不自量，将身高比，才识敬先生。相去远，君辞厚禄，我钓虚名。　　再批评，一生友道，高卑已隔千层。君全交未攀衮冕，我累友不恕簪缨。终日抽风，只愁载月，司天谁奏客为星？羡尔足加帝腹，太史受虚惊。知他日，再过此地，有目羞睁。

沈因伯曰：妇翁一生，言人所不能言，言人所不敢言，当世既知之矣。至其言人所不肯言与不屑言，则尚未之知也。如"朋友虽亲终让嫡，我费杖头人亦费"，"最愁听处是无钱，若还我有君先有"等句，皆人所不肯言者。此词累累百余言，无一字不犯人所耻，人皆不屑，而我屑之，岂非诧事？然人所不肯言、不屑言者，皆其极肯为而极屑为者也。但诚于中，而必不肯形于外者何哉？欲知妇翁之为人，但观其诗文即燎然矣。

春风吊柳七③　　此题虽佳，词中未有，愿海内同人和之

---

① 《多丽》：词牌名，唐教坊曲有《绿头鸭》，又以之名，亦名《鸭头绿》、《陇头泉》等，双调一百三十九字，前片六平韵，后片五平韵。毛先舒《填词名解》曰："张均妓名多丽，善琵琶，词采以名，一名《多丽曲》；一名《绿头鸭》，然《绿头鸭》是唐教坊曲名。"（见《词学全书》毛先舒《填词名解》之"多丽"条）

② 子陵钓台：位于浙江富春山麓，因东汉严子陵隐居于此得名。严子陵，名光，字子陵，会稽余姚人，东汉初年隐士。少时曾与刘秀同游学。刘秀即位后，严子陵不愿出仕，遂更名隐居，"披羊裘钓泽中"。刘秀再三盛礼相邀，授谏议大夫，仍"不屈，乃耕于富春山"。后老死于家，年八十。

③ 柳七：宋代词人柳永排行第七，人称柳七。

到春来，歌从字里生哀。是何人，暗中作祟，故令舌本慵抬？因自向神前默祷，才知是作者生灾。柳七词多，堪称曲祖，精魄不肯葬蒿莱。思报本，人人动念，醵分典金钗。才一霎，风流冢上，踏满弓鞋。　　问郎君，才何恁巧，能令拙口生乖。不同时，恼翻后学；难偕老，怨杀吾侪。口袅香魂，舌翻情浪，何殊夜夜伴多才。只此尽堪自慰，何必怅幽怀。做成例，年年此日，一奠荒台。

莺啼序①

吴梅村太史园内看花，各咏一种，分得十姊妹

二美难容，问此辈何能不妒？红骄白，既解争妍，妍为群怨之府。纵使花无人起嫉，先招蜂蝶皆堪怒。羡群芳不角，一任东君分付。　　茜色罗裳，银红衫子，深浅无常度。似轮流迭换新妆，妆成彼此相顾。羞独坐，致恨无聊，爱同游，为行多露。笑东风，日并香肩，青春无负。　　纷纷桃李，自持无双，难并立内家门户。及至春残，一样飘零，于身何补？争似瑶台，霓裳有伴，方能合拍成歌舞。才离却同侪便凄楚。世间国色，从来不怕相衡，愈比愈增娇妩。　　逐名细点，过二逾三，巧合成双五。不识何方灵秀，若个胞胎，怀珠孕玉，亏他阿姆。量肥比瘦，不差些子，十分容貌都堪惜，须十全夫婿才堪伍。休提薄命成言，搅花心，变欢成苦。

余广霞曰：世人本无才调，便执笔作诗作词，似贫儿请客，肴核全无，只有空杯穷碗，岂复知有琼筵滋味耶？笠翁既负长才，又多巧思，长不拖沓，巧不尖纤，冲口说出，只是寻常穿衣吃饭，便觉衮衣绣服、龙肝凤髓无以逾之。如此长调，一气呵成，足使片玉销魂，屯田失步。

---

① 《莺啼序》：词牌名，又名《丰乐楼》。此调传为最长词牌，始见吴文英《梦窗词集》之《莺啼序》（《全宋词》，第2907页）。又，金代王哲《莺啼序》有"莺啼序时绕红树"句，切本词牌。

（眉批　陈天游评：花魂有知，应向先生解语。）

（手抄本夹批：此笔第一，斯才无双！）

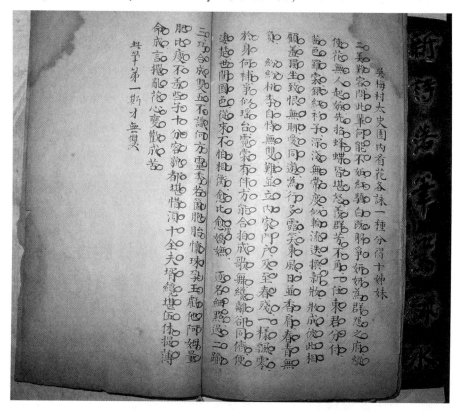

手抄本笠翁词《莺啼序》夹批："此笔第一，斯才无双"

《耐歌词》校注后记

1

李渔主要以传奇、曲论、小说名世，不论生前身后，一提李渔，总想到他是大戏曲家、大曲论家、大小说家，而他作为诗人、词人和散文作家，反而被掩盖在阴影之中了。其实，李渔的诗词散文，也是很出色的，我在前几年写的《戏看人生——李渔传》（作家出版社 2014 年版）中已略作陈述。但是，李渔的诗特别是词，至今仍然并不广为人知——李渔的许多优秀词作被尘封在馆阁之内而不能摆在人们的精神餐桌之上被阅读、被品尝，殊为可惜。现在，趁编辑、注评《李笠翁词话》（即《窥词管见》）之机，也顺带将李渔的词，即《耐歌词》加以校注，附于后，贡献于读者面前。今天我要在此文中特别向读者推荐李渔的词作，对它的基本情况和艺术特色作简要介绍和评论，与读者共赏，也就教于方家。

据考，李渔生前亲手编定的词集有两种版本①：一种是康熙十

---

① 关于这个问题，我同黄强教授进行过交流。他 2017 年 4 月 13 日给我的信中说："李渔生前亲手编定的词集有两种版本：一种是《笠翁一家言初集》本，其中《诗集》卷七的下半卷（上半卷收七言绝句）与卷八收入词作，目录及正文均标目为'诗余'。此本于康熙十二年夏编定，收入的绝大多数是小令，可以肯定是其康熙十二年夏以前所作令词的全部作品，仅有 3 首中调和 1 首长调，但这些词都不能确定是以年编次的。另一种是《耐歌词》，系李渔词作的总集，分小令、中调、长调三部分。也就是说，李渔没有'以年编次'的'诗余'。"黄教授对李渔生平、著作有深入研究和认真考证，他的意见是可信的。

二年夏编定并由翼圣堂印行的《笠翁一家言初集》中的"诗余"，其中绝大多数是小令，仅有 3 首中调和 1 首长调，这是他在康熙十二年夏以前所填词作——这一年是 1673 年，李渔 63 岁。另一种是李渔词作的总集《耐歌词》，分小令、中调、长调①三部分，共 368 首（其中包括李渔的女儿和女婿 3 首）。他的两部词集都不是以年编次，而是以词调长短为序。而且，《耐歌词》并不在李渔自己编定的《笠翁一家言》"二集"②内，而是有单行本，大约是在康熙十六年（1677）或康熙十七年（1678）李渔亲自编定由翼圣堂刻印。《耐歌词》面世时，李渔撰写了"自序"。雍正八年（1730），芥子园主人将李渔的诗文、《闲情偶寄》、史论、杂著等作品汇集在一起（但不包括传奇），重新编为《笠翁一家言全集》出版，其卷之八为词作总集（即《耐歌词》），但标为"笠翁余集"。

　　我所读到的是国家图书馆藏翼圣堂刻《耐歌词》，并参阅了中国社会科学院文学研究所藏芥子园本《笠翁一家言全集》之"笠翁余集"。这次校注，主要依据的就是上述两个本子，并参照了浙江古籍出版社 1991 年版《李渔全集》③。

---

　　①　长调、中调、小令：一般根据词的长短，将词分为：小令，也叫单调，一般认为五十八字以内；中调，一般分上下阕（或称上下片、上下段），五十八—九十六字；长调，超过九十六字，一般两阕（片、段），三阕（片、段）或三阕（片、段）以上。李渔的好友毛先舒《填词名解》基本依小令、中调、长调分类，但也留有活话——他在《填词名解》之"略例八则"中说："是书先后原以字数为序，但间有不及详稽者，亦复随意列去，且古词亦有一名而字数或多寡者，故不能略无参差也。"（1984 年中国书店据木石居校本影印清查继超编《词学全书》毛先舒《填词名解》之卷首）今人王力《汉语诗律学》之第三章《词的字数》一节，则主张以六十二字为界，分为小令和慢词（《汉语诗律学》，上海教育出版社 2005 年版，第 503 页）。也有按段分类：单调（一片）、双调（二片，即二段）、三叠（三片，即三段）、四叠（四片，即四段）。

　　②　《笠翁一家言》二集乃康熙十七年戊午（1678）编辑出版，而且李渔生前只编辑出版了《笠翁一家言》初集和二集，可能并未编辑出版过全集。这需要进一步考证。

　　③　《李渔全集》第二卷第 374—503 页为《耐歌词》，编者选了多种版本进行汇校，作了很好的工作；但个别地方也有疏漏，如第 401 页《春光好》之三"寄语满城箫管"的"箫"，《李渔全集》本误为"萧"，第 414 页《杏园芳·春色》题下作者自注："以下和方绍村侍御春词二十首"，《李渔全集》本误为"十二首"，等等。

前些年，我的一位老友发现了一部载有蒲松龄钤印的手抄本笠翁词，乃蒲家祖传之物，首页从《南乡子 第一体》之《寄书》起，下有"松龄之印"（阴刻篆书）和"蒲氏留仙"（阳刻篆书）两方钤印（带有钤印的手抄本首页整张图片见《耐歌词》正文）。

蒲松龄钤印（放大）

我把手抄本笠翁词上这两枚钤印照片发给蒲松龄研究专家马瑞芳教授看，她 2017 年 5 月 27 日给我的电子信中说："印章与现存的两枚很像，是否当初刻的初稿？蒋维崧老师在就好啦！《聊斋志异》手稿也有非蒲松龄亲笔，未及比对。"已知蒲松龄印章，据我的了解，有蒲松龄74岁时请人作的画像（悬挂于蒲松龄故居聊斋正房）上钤印6枚[①]，有"文革"期间红卫兵从蒲松龄坟中挖出来、现存淄川蒲松龄博物馆的4枚[②]；画像上的6枚钤印中之"蒲氏松岭"和"柳泉小景"与坟中出土的4枚实物印章中之"蒲氏松岭"和"柳泉小景"，十分相像，但又不完全相同。据蒲松龄十三代孙蒲伟业考索：二者"貌似形离"。主要差异有："蒲氏松岭"章中草字头局部顶天，钤印中全部顶天；"氏"（篆体字）字底部不同；"松"（繁体字）字下部"口"字不同；"龄"（繁体字）字中"令"字不同。"柳泉小景"中的柳树等3处不同。也许原本它们就不是同一印章。

　　马瑞芳教授说手抄本上的钤印"与现存的两枚很像"，即与现存所知蒲松龄数枚中的两枚很像，或是初刻稿。研究者称，蒲松龄钤印的篆刻，有的是同窗好友李希梅刻赠，有的是自己所刻，有的是两人合作而为，其篆刻年代始于青年时代。这么长时间篆刻印章，肯定有不少作品，据说，蒲伟业搜集到了蒲松龄生前的20枚钤印，这些流传下来我们看到的印章，不过是其中少数而已。经过比对，我认为手抄本上的钤印，可能不在已知那数枚印章之内。然而，即使手抄本笠翁词上的钤印不像通常大家看到的印章，也并不能断定说不是蒲松龄的印章：一、如马瑞芳教授所说，这两枚"是否当初刻的初稿"？二、虽然已知蒲松龄印

---

　　① 此画像悬挂于蒲松龄故居的聊斋正房，据蒲松龄后人蒲伟业破译，画像上的6枚印章分别是"绿屏斋"（阳刻，印面为长方形）、"卧云"（阴刻，印面为长方形）、"奉天"（阴刻，方形）、"启闶"（八棱章，趋于阴刻）、"蒲氏松岭"（圆形，阳刻）与"柳泉小景"（方形，阳刻）。

　　② 蒲松龄墓中4枚印章是"松龄留仙"（正方形，阳文篆书）、"留仙"（正方形，阳文篆书）、"蒲氏松岭"（圆形，阳文篆书）、"柳泉小景"（正方形，阳刻柳树、小桥、人物，图寓柳泉）

章有画像上钤印 6 枚和坟中出土 4 枚，但并不能说蒲松龄一定没有此外别的印章（蒲伟业不是搜集到了蒲松龄生前的 20 枚钤印吗），也许手抄本上的两枚就是新发现的蒲松龄名章。倘如是，那么，除了画像上钤印 6 枚与坟中挖出的 4 枚之外，又增加了两枚印章了，那就扩大了我们的认知范围，并且为蒲松龄研究增添了新资料。

这个手抄本，字体工整，每首词都用墨笔句读圈点，清晰好读。我将它与《耐歌词》对照，并研读多时，初步作出如下判断：

第一，因为笠翁词手抄本乃蒲家祖传之物，上面印有蒲松龄的两方图章，所以它真实可信。从两方钤印看，它应该是蒲松龄在世时手藏笠翁词集；从字迹看，虽有可能是蒲松龄手笔——《耐歌词》于康熙十七年（1678）印行时，蒲松龄不到 40 岁，如果手抄本是蒲松龄亲为，也许那时的笔迹与康熙五十二年（1713）他晚年（74 岁）为画像题跋时的笔迹有所不同；但也有可能并非蒲松龄亲笔，而是请人代为抄写（据马瑞芳教授说《聊斋志异》的部分手稿"也有非蒲松龄亲笔"），然后由蒲松龄盖章保存。这需有关专家进一步研究鉴定。无论如何，仅从手抄本上郑重钤印、精心收藏而言，说明蒲松龄十分喜爱笠翁词。

第二，该抄本依据的应该是康熙翼圣堂印行的《耐歌词》。虽然手抄者按自己的爱好对《耐歌词》有所选择——不是从《耐歌词》的首页《小令·花非花》开始，而是从《南乡子·寄书》开始；而后面各调，也有所舍弃，《耐歌词》共 368 首，手抄本大概只有 290 首左右。但是经过对照，抄本与《耐歌词》原刻本顺序完全一致，所抄写的作品，其字句与《耐歌词》几无差错。抄本略去了绝大部分眉批，但也保留了个别眉批，其中就有《浪淘沙》词的余霁岩和冯青士的眉批，而这两则眉批为《一家言初集》本所无，只《耐歌词》所有。于此证明，抄本依据的肯定是康熙十七年（1678）翼圣堂《耐歌词》刻印本，或是之后的翻刻本。

第三，手抄者精心阅读体味，作了句读和圈点，而且我发现至少在四个地方作了夹批，鉴赏力颇高。我认为这些夹批有可能是出自蒲松龄手笔，也有可能不是蒲松龄亲笔而是抄写者所为（因为手抄本的字迹毕竟与蒲松龄74岁在画像上亲笔题跋的字迹有差别，需要有关专家进一步考证鉴定），但不管怎样，它们都是蒲松龄那个时候的文人所新加的批语而《耐歌词》原刻本诸多眉批或夹批中所无，因此亦很可贵。现在我将这些夹批补充进《耐歌词》中（图片见《耐歌词》正文）。这是它们300多年来首次问世。

2

下面谈我对《耐歌词》的阅读。

先来说说李渔为《耐歌词》写的《自序》。请看《自序》开头这一段：

> 三十年以前，读书力学之士，皆殚心制举业，作诗赋古文词者，每州郡不过一二家，多则数人而止矣；余尽埋头八股，为干禄计。是当日之世界，帖括时文之世界也。此后则诗教大行，家诵三唐，人工四始，凡士有不能诗者，辄为通才所鄙。是帖括时文之世界，变而为诗赋古文之世界矣。然究竟登高作赋者少，即按谱填词者亦未数见，大率皆诗人耳。乃今十年以来，因诗人太繁，不觉其贵，好胜之家，又不重诗而重诗之余矣。一唱百和，未几成风。无论一切诗人皆变词客，即闺人稚子、估客村农，凡能读数卷书、识里巷歌谣之体者，尽解作长短句。更有不识词为何物，信口成腔，若牛背儿童之笛，乃自词家听之，尽为格调所有，岂非文学中一咄咄事哉？人谓诗变为词，愈趋愈下，反以春花秋蟹为喻，

无乃失期伦乎？予曰不然，此古学将兴之兆也。曷言之？词
必假道于诗，作诗不填词者有之，未有词不先诗者也。是诗
之一道，不求盛而自盛①矣。且焉知十年以后之词人，不更多
于十年以前之诗人乎？往事可观，必有以少为贵者矣。四声
八韵，视为已陈之刍狗，必不专尚；所未专尚者，惟古文词
一道耳，何虑汉之班、马，唐之韩、柳，宋之欧、苏，不复
见于来日乎？予故曰古学将兴之兆也。

这段话的重要价值，在于它留下了一段关于明末清初词学的
宝贵史料，至少是李渔笔下的他眼中的简要"当代词史"，应引起
文学史家，尤其是词学史家关注。

此序写于康熙十七年（1678）。李渔在这段话中谈到文坛变化的
三个时间段，可以见出，所谓词"复兴于清"，究竟是怎样起始的。

第一段是"帖括时文"仍然盛行的时代。那是顺治五年（1648）
以前，再往前推即明朝晚期以至中期、早期。因为李渔所谓"三
十年以前"，是从康熙十七年（1678）往前推，即大约是顺治五年
（1648）以前。就是说，通常人们说"词复兴于清"，而李渔认为
直至顺治五年（1648），词尚未"复兴"。那之前，按李渔的说
法，是"殚心制举业"的时代，是"为干禄计"而"埋头八股"
的时代；"作诗赋古文词者"寥寥无几。总之，"当日之世界，帖
括时文之世界也"。不过，通过今天全面考察，我发现李渔的说法
也不够准确，因为明末清初，与士子们"殚心制举业"、"埋头八
股"的同时，以陈子龙（1608—1647，字卧子、号大樽）为领袖
的云间词派，已成气候，明末清初许多著名词人，"自吴梅村以逮
王阮亭翕然从之"②；有的学者说，当时的许多词人，有的曾亲身

---

① 雍正八年芥子园本有一"者"字。
② 谢章铤：《赌棋山庄词话续编》卷三"陈聂恒栩园词弃稿"条，见唐圭璋《词话丛编》，第530页。

受到陈子龙等"三子"① 的教诲奖掖，如西泠十子、陈维崧、毛奇龄等，有的则私淑子龙，如王士禛、邹祗谟、彭孙遹等。② 陈子龙只比李渔大三岁，可以说他们是同代人也。李渔青年时代正是陈子龙诗词创作旺盛期并发生重要影响的时代，1647 年陈子龙殉明就义，云间诸公如宋征舆（1617—1667）、宋征璧（约 1602—1672）、宋存标（约 1601—1666）等依然活跃了一二十年。李渔自序没有提到陈子龙和云间词派，殊为不解。

　　第二段是从"帖括时文"转向"诗赋古文"的时代。时间大约是从顺治五年至康熙七年（1648—1668）的 20 来年。那时，按李渔的说法是"诗教大行"的时代，由"帖括时文之世界，变而为诗赋古文之世界"。然而，李渔认为此时词仍然没有复兴，"按谱填词者亦未数见，大率皆诗人"，作诗者多，填词中少。李渔此言亦可稍作修正：此时词的创作，如果不说"大行"，也可谓"中行"——在陈子龙引领和羽翼下，之后的丁澎、毛先舒为代表的西泠十子词派，以王士禛为首的广陵词派，以陈维崧为首的阳羡词派等，也蔚然成风。也可说此时段乃积蓄能量，不久即是大爆发，清初词界众多词人（李渔所谓"眼前词客"），特别是人们时常称道的清初三大家陈维崧、朱彝尊、纳兰性德等，大显身手，以各自独特风格在中国词史上留下光辉词作。

　　第三段是康熙七年（1668）之后，词真正开始复兴。按李渔的说法，即"乃今十年以来，因诗人太繁，不觉其贵，好胜之家，又不重诗而重诗之余矣。一唱百和，未几成风。无论一切诗人皆变词客，即闺人稚子、估客村农，凡能读数卷书、识里巷歌谣之

---

　　① 陈子龙、宋征舆、李雯三人皆为云间（即松江华亭，今上海松江）人，时称"云间三子"。

　　② 孙克强：《清代词学》，中国社会科学出版社 2004 年版，第 128 页。

体者，尽解作长短句"①。正是在这个时期，收录清初著名词人词作的《十五家词》共三十七卷，于康熙十六年（1677）刊行。该书编者是布衣孙默。关于该书编辑情况，当事者王士禛在其所著《居易录》卷六略微述及："新安孙布衣默，居广陵，贫而好客。四方名士至者，必徒步访之。尝告予欲渡江往海盐，询以有底急，则云欲访彭十羡门，索其新词，与予及邹程村作合刻为三家耳。陈其年维崧赠以诗曰：'秦七黄九自佳耳，此事何与卿饥寒。'指此也。"② 由最初这三家，逐渐增为十五家。③ 此书是清初优秀词人词作的一次大展示。在这前后，又有《浙西六家词》以及朱彝尊、陈维崧、纳兰性德、顾贞观等许多著名词人的个人词集或二人合集问世，如雨后春笋，一片繁荣景象，标志着清代词体的盛行。李渔在《窥词管见》第五则中所列举的 12 位"眼前词客"，董文友、王西樵、王阮亭、曹顾庵、丁药园、尤悔庵、吴蔺次、何醒斋、毛稚黄、陈其年、宋荔裳、彭羡门等，都是与他有所交往甚至过从甚密者，他们均活跃在这段时间，其中大多为《十五家词》的作者。其中董文友即董以宁（文友其字也，号宛斋），在康熙初与邹祇谟齐名，是清初的重要词人，与邹祇谟、陈玉璂、龚百药并称"毗陵四子"，精通音律，尤工填词，善极物态，著有《蓉渡词》，李渔向其组稿，《四六初征》曾收其文；王阮亭即王

---

① 与《耐歌词》差不多在同一时段的《名词选胜》，李渔在《序》中也说"十年以来，名稿山积，缮本川流"，并且说"自有词之体制以来，未有胜于今日者"，语气与《耐歌词·自序》完全一样。（该《序》，见《李渔全集》第一卷，第34—35页）

② 语见王士禛《居易录》卷六。该书共三十四卷，载于《四库全书》子部十。该书又有王云五主编"丛书集成初编"之王士禛《居易录谈·附居易续谈》，商务印书馆1936年版。

③ 《十五家词》三十七卷，孙默编。默字无言，休宁人。十五家为：吴伟业《梅村词》二卷，梁清标《棠村词》三卷，宋琬《二乡亭词》二卷，曹尔堪《南溪词》二卷，王士禄《炊闻词》三卷，尤侗《百末词》二卷，陈世祥《含影词》二卷，黄永《溪南词》二卷，陆求可《月湄词》四卷，邹祇谟《丽农词》二卷，彭孙遹《延露词》三卷，王士禛《衍波词》二卷，董以宁《蓉渡词》三卷，陈维崧《乌丝词》四卷，董俞《玉凫词》二卷。各家以小令、中调、长调为次。

士祯（原名王士祺，字子真，一字贻上，号阮亭，又号渔洋山人，世称王渔洋，谥文简），为清初文坛领袖，与其兄王西樵（即王士禄，字子底，一字伯受，号西樵），均善词，王阮亭有词集《衍波词》，王西樵有《炊闻词》，二人皆与李渔有信札交往或诗词赠答，王阮亭在扬州任推官时，康熙二年癸卯（1663）八月二十八日是其三十岁生日，李渔曾作《天仙子·寿王阮亭使君（广陵节推）》为其祝寿，而王西樵则曾为李渔《资治新书》初集作序；曹顾庵即曹尔堪（字子顾，号顾庵），填词名家，与山东曹贞吉齐名，世称"南北两曹"，著有词集《南溪词》、《秋水轩词》等，为李渔诗词作评；丁药园即丁澎（字飞涛，号药园），清初著名回族词人，与同乡吴百朋、陆圻、紫绍炳、陈廷会、孙治、沈谦、毛先舒、虞黄吴、张纲孙合称为"西岸十子"、"西泠十子"，诗词俱佳，有《扶荔词》，与李渔相识三十余年，曾为李渔诗集作序，为诗词作评；尤悔庵即尤侗（字展成，一字同人，早年自号三中子，又号悔庵），亦是填词行家，著有《百末词》六卷（自称是"《花间》、《草堂》之末"），与李渔交往甚多，是李渔作品评家之一；吴菌次即吴绮（字菌次，一字丰南，号绮园），以词名世，小令多描写风月艳情，笔调秀媚，长调意境和格调较高，有《林蕙堂集》、《艺香词》等，为李渔词作评；何醒斋即何采（字敬舆，号醒斋，又号南涧），工词、善书，有《南涧词选》（存词493首），为《耐歌词》作评；毛稚黄即毛先舒（字稚黄，又字驰黄），"西泠十子"之一，又与毛奇龄、毛际可齐名，时人称"浙中三毛，文中三豪"，善词，有《鸳情集填词》，李渔好友，可谓交往终生；陈其年即陈维崧（字其年，号迦陵），更是填词大家，是清初最早的阳羡词派的领袖，才气纵横，善长调、小令，填词达1629首之多，用过的词调有四百六十种，词风直追苏、辛，豪放、雄浑、苍凉，有《湖海楼诗文词全集》五十四卷，其中词占三十卷，曾为李渔词作评；宋荔裳即宋琬（字玉叔，号荔裳），诗词俱佳，有《安雅堂全集》二十卷，其中包括《二乡亭词》，与李渔有诗书赠答，为李渔诗文作评；彭羡门即彭孙遹（字骏孙，号羡门，又号金粟山人），其词亦常被人称道，著有《延露词》、《金粟词话》等，也是李渔词评家。

　　其实，清初还有一些著名词家，李渔没有提到。特别是纳兰性德（1655—1685），字容若，乃清初"三大家"之一，史称抒情圣手，二十四岁编成《侧帽集》和《饮水词》——那时李渔已垂垂暮年，隐居杭州层园，很可能没有读到容若词作。还要特别提及的是浙西词派诸人，如朱彝尊、李良年、李符、沈皞日、沈登岸、龚翔麟等（比他们更早的是曹溶即曹秋岳，李渔曾论及）。康熙十一年（1672），朱彝尊与陈维崧的词合刻成《朱陈村词》，《清史·文苑传》称其"流传至禁中，蒙赐问，人以为荣"①。康熙十八年（1679），钱塘龚翔麟将朱彝尊的《江湖载酒集》、李良年的《秋锦山房词》、李符的《耒边词》、沈皞日的《茶星阁词》、沈岸登的《黑蝶斋词》、龚翔麟《红藕庄词》合刻于金陵，名《浙西六家词》，陈维崧为之作序。此外属于陈维崧阳羡词派的还有任绳隗、徐喈凤、万树、蒋景祁等等。不知何故，李渔虽然与浙西派先驱曹溶（字秋岳）有所交往，而且曹溶还为李渔《临江仙·闺愁》作评，但李渔却始终没有提及在当时已经颇有名气（在后来的整个清代也非常有影响）的朱彝尊和浙西词派诸人。如果说浙西词派代表作《浙西六家词》编成时已是康熙十八年（1679），李渔进入垂暮之时，可能没有引起注意；但朱彝尊个人的词集《江湖载酒集》在康熙十一年（1672）即行世，也是在这一年朱彝尊与陈维崧的词合刻成《朱陈村词》，且"流传至禁中，蒙赐问，人以为荣"，李渔不可能不知道，为何

① 《清史稿》之《列传·文苑一》"陈维崧"条，见上海古籍出版社、上海书店编《二十五史》，第1525—1526页。

只说到陈维崧而不提朱彝尊呢？其中缘故，未便臆测，待专家进一步考索。

晚清词论家张德瀛《词徵》卷六也谈到"清初三变"："……本朝词亦有三变，国初朱、陈角立，有曹实庵、成容若、顾梁汾、梁棠村、李秋锦诸人以羽翼之，尽祛有明积弊，此一变也。樊榭崛起，约情敛体，世称大宗，此二变也。茗柯开山采铜，创常州一派，又得恽子居、李申耆诸人以衍其绪，此三变也。"[①] 此虽事后考察（特别是关于"国初"那个时段即相当于李渔所说第一段和第二段的情况）而不像李渔那样亲身感受来得更踏实，但仍然可以参照

顺便说一说，为什么人们通常认为词衰落于元明[②]，而在大兴文字狱之恶劣环境下的清代却得以中兴呢？这是一个很有趣的问题。社会上的事物尤其是文化现象是极其复杂的。清代，满族统治者为了保障自己的政权安全，的确通过文字狱等残忍手段对民众舆论特别是汉族知识分子的思想言行强力钳制和大肆打压，但这只是一个方面；另一方面，清朝统治者为了治理他的国家，巩固他的异族政权，又要通过倡导儒学、发展文化，笼络人心，特别是争取汉族知识分子的支持。顺治十二年（1655），顺治帝爱新觉罗·福临谕："朕惟帝王敷治，文教是先，臣子致君，经术为

---

① 张德瀛：《词徵》卷六，见唐圭璋《词话丛编》，第 4184 页。

② 蒙元王朝统治中国，北"曲"渐盛而南"词"渐微，元人虞集《中原音韵序》说："我朝混一以来，朔南暨声教，士大夫歌咏，必求正声。凡所制作，皆足以鸣国家气化之盛。自是北乐府出，一洗东南习俗之陋。"（见《四库全书》集部十·词曲类五《中原音韵》卷首）明代徐渭《南词叙录》说："今之北曲，盖辽金北鄙杀伐之音，壮伟狠戾，武夫马上之歌，流入中原，遂为民间之日用。宋词既不可被管弦，世人亦遂尚此，上下风靡，浅俗可嗤。"（《中国古典戏曲论著集成·南词叙录》，第 240—241 页）。明人较为普遍地存在着一种轻视词体的观念，不仅统治者不提倡，而且许多文人也视词为"小道"，称"填词于文为末"，像何景明、李梦阳这样的文坛领袖认为"填词能损诗骨"，不肯"降格为之"，甚至"耻不屑为"——这也许是元明词衰微的原因之一。这与下文谈到的清朝最高统治者和一般文人对词的态度形成鲜明对照。

本。"又说："今天下渐定，朕将兴文教，崇经术，以开太平……凡经学道德经济典故诸书，务须研求淹贯，博古通今。"① 康熙十七年（1678），康熙帝爱新觉罗·玄烨命开博学鸿词科："我朝定鼎以来，崇儒重道，培养人才，四海之广，岂无奇才硕彦，学问渊通，文藻瑰丽，可以追踪前哲者？凡有学行兼优，文词卓越之人，不论已仕未仕，在京三品以上及各科道官在外督、抚、布、按，各举所知，朕将亲试录用。"② 被康熙帝录用者中，就有李渔的几个词界朋友，如尤侗、陈维崧等。与词直接有关的是：清朝的皇帝如顺治、康熙等，对一些词人词作也很重视。据说，陈维崧和朱彝尊的词集《朱陈村词》传入禁中，曾蒙康熙帝赐问褒赏。康熙年间还曾御定《历代诗余》、《词谱》等，康熙帝为《御定历代诗余》作序云："朕万几清暇，博综典籍，于经史诸书，有关政教而裨益身心者，良已纂集无遗，因浏览风雅，广识名物，欲极赋学之全而有《赋汇》，欲萃诗学之富而有《全唐诗》，刊本宋金元明四代诗选。更以词者继响于诗者也，乃命词臣辑其风华典丽悉归于正者，为若干卷，而朕亲裁定焉。"③

　　以上可能只是清词繁荣的原因之一。另外，清代那么多人作了那么多词（有人估计清代词人多达万余，词作逾20万首），也可能与词的美学特性有关。按传统的说法：诗言志而词言情。言志者，容易与政治牵连；言情，则可能避开敏感的政治问题。据说，清代文字狱，多出于诗文，而没有一例涉及词。因此有学者认为："正是在这种背景下，清代文人作词的风气渐盛。"④

　　① 《清世祖实录》卷九十，中华书局1985年版，第712页。

　　② 《清圣祖实录》卷七十一，中华书局1985年版，第910页。

　　③ 康熙：《御定历代诗余选序》，见《御定历代诗余选》卷首，吉林出版集团2005年版。

　　④ 孙克强：《清代词学》，中国社会科学出版社2002年版，第10页。

3

李渔为《耐歌词》作的这篇自序的最后，不无幽默地引述了苏东坡与郭祥正"七分读、三分诗"的故事以自嘲《耐歌词》。

郭祥正（1035—1113），北宋诗人，字功父（一作功甫），诗风奔放，酷似李白，为世人称道。据说有一次功父路过杭州，把自己的诗送给苏东坡。未及东坡看诗，功父自己先洋洋得意地吟咏起来。吟毕，问东坡："这些诗能评几分？"东坡曰："十分。"功父大喜，又问何以能得十分？东坡笑答："你所吟诗，七分来自读，三分来自诗，故曰'十分'。"这个故事载于据说苏东坡撰文而由后来明代王世贞编次的《调谑编》（有明刻本）中；苏东坡所谓"七分读三分诗"的故事在宋代周密的《齐东野语》中也有记载。

李渔说："予谓是书（指《耐歌词》）无他能事，惟一长可取，因填词一道，童而习之，不求悦目，止期便口，以'耐歌'二字目之可乎？所耐惟歌，余皆不耐可知矣。"虽然李渔此处乃笑谈，但也道出了他的词作的一个重要特点："便口"，即耐歌、耐读，朗朗上口。这与李渔作为著名传奇作家有关，传奇是要唱出来的，他深谙音律，不但深谙传奇（当时主要以昆腔演唱）唱腔的音律，而且深谙填词的平仄韵律，撰写过《笠翁词韵》一书，因此，他的词当然便于诵读、便于歌喉——这包括两个方面，一是便于诵读，即平仄韵律中规中矩，诵读起来顺口，且朗朗有金玉之声；一是便于歌喉即演唱，犹如现代的流行歌词，配上曲子即可畅行城乡，绝不会"拗折天下人嗓子"。李渔的词，在语言上，大半如是。

当然，仔细阅读《耐歌词》，你会觉得李渔的词绝非他所自谦的"所耐惟歌，余皆不耐可知矣"；而是除了外在形式上的"便口"、耐歌、耐读，从内容上或者从内在意蕴上说，更是有着别人不可及之处。总的说，李渔的许多词，无论从内容上说还是从形式上说，都应该是清初词中之精品，他应该属于张德瀛《词徵》中所谓清初词坛上"尽祛有明积弊"从而促成"一变"的词人之一——他的大部分词，明朗晓畅，清新自然，向晚明许多词作的纤弱萎靡的词风作了有力冲击。

而且，李渔是清初文坛上的大家，是一个成熟的有"自己标识"的作家，读者从《耐歌词》会看到，其中大都打着"李渔"的标签，具有"李渔"式的鲜明特色和独特风格。

4

《耐歌词》的第一个显著特色是平民化、生活化、口语化——或可简言之，粗略地归结为通俗化。这本是李渔的鲜明主张："诗词未论美恶，先要使人可解。白香山一言，破尽千古词人魔障——爨妪尚使能解，况稍稍知书识字者乎？"（《窥词管见》第十则）又说："……'如话'则勿作文字做，并勿作填词做，竟作与人面谈；又勿作与文人面谈，而与妻孥臧获辈面谈；有一字难解者，即为易去，恐因此一字模糊，使说话之本意全失。"（《窥词管见》第十二则）

如果从某种角度说，自唐宋到明清存在一些相互对照、差别显著的词风，如"豪放"与"婉约"，"雅"与"俗"，等等；那么，单就"雅"与"俗"两种词风而言，李渔突出的是一个"俗"字，这与宋代周美成（邦彦）、姜白石（夔）诸人"清丽精雅"之词风，吴梦窗（文英）琢字炼文、大量用典、不惜陷入"掉书袋"以成深文雅致之词风，宋末张炎（玉田）大力倡导"雅正"之词风，以及清初朱彝尊等标榜"家白石而户玉田"的所谓"春容大雅"之词风，形成鲜明对照。粗略说，他们共同追求的是一个"雅"字（虽然"雅"中又有差别），而他们共同排异的是一个"俗"字。①

　　李渔的词，大都写的是人们生活中的寻常事，说的是寻常百姓的话。由此，他的词也大量运用口语，平易亲切，自然流畅，绝不忸怩作态，亦绝不装腔作势，如同与邻居寻常说话，家长里短，轻松自如。胡适在"五四"时期出于提倡白话文的目的，说宋人所写的一些词是所谓"白话词"，他在《南宋的白话词》一文中曾写道："词的进化到了北宋欧阳修、柳永、秦观、黄庭坚的'俚语词'，差不多可说是纯粹的白话韵文了。"② 这话当然不足为训，不能依此定北宋词就是所谓"白话韵文"，但是李渔的许多词确有"白话词"的味道，如《三字令·闺人送别》："临别话，怕愁伊，不多提。提一句，泪千垂。望君心，如妾愿，早些归。归得早，你便宜，免重妻。生儿女，早和迟。没多言，三字令，与君知。"③再如，《迎春乐·望春不至》："春风不见侬家面，闻去岁，将他怨。有情也学无情汉，些个事，将人叛。空闲着秋千侣伴，空冷却有花庭院。须约人心同转，倚着门儿盼。"还有，《阳台梦·护花》中这两句："惜花非是将花惜，做些样子教人识"，等等，这些词句，没有读过书的老太太也会听得懂且易被打动。

---

　　① 我在写成此文之后，送给诗词专业的一些朋友和编辑指正。有位好心的年轻学者阅后提醒我，近些年已有不少评论李渔词作的文章，阐述过笠翁词的风格特点。我赶紧找来几篇拜读，深受启发，受益匪浅，恨以往学问做得粗疏，竟如此孤陋寡闻。读后所欣慰者：我虽与诸多研究者从未谋面，也未交流，但对李渔词的特色所见大体一致，表明我这个李渔词的业余研究者并未走偏。但有位研究者认为李渔词的主要特点之一是"雅俗相和"（骆兵：《浅者深之 高者下之——论李渔〈耐歌词〉雅俗相和的艺术特色》，《南都学坛》2002 年第 3 期），我倒有点儿不同看法：虽然李渔自己说"词之腔调则在雅俗相和之间"，但就主导方面看，李渔词突出的是一个"俗"字，而"雅"者较少。"雅俗相和"的词在李渔那里是有的，但并非主导，因而也可以说不是李渔词的主要的和突出的特点。

　　② 胡适：《南宋的白话词》，《晨报副刊》1922 年 12 月 1 日。

　　③ 《花间集》有欧阳炯一首《三字令》："春欲尽，日迟迟，牡丹时。罗幌卷，翠帘垂。彩笺书，红粉泪，两心知。人不在，燕空归，负佳期。香烬落，枕函欹。月分明，花淡薄，惹相思。"与李渔《三字令》两相对照，词风迥异。

读李渔词，令人想起敦煌曲子词的平民和口语风味儿，如写孟姜女哭长城九首《捣练子》联章词"孟姜女，杞梁妻，一去燕山更不归。造得寒衣无人送，自得自己送征衣"（其一）[1]。词产生的初期，一些文人也填词，如中唐的白居易《忆江南》"江南好，风景旧曾谙。日出江花红胜火，春来江水绿如蓝，能不忆江南"[2]，刘禹锡《潇湘神》"湘水流，湘水流，九疑云物至今愁。若问二妃何处所，零陵芳草露中秋"[3]，似乎沾染了民间词的神气，流丽而通俗，读之，气息和畅，如沐春风。有些宋词，也有非常口语化的，如曹组（字符宠）《相思会》："人无百年人，刚作千年调。待把门关铁铸，鬼见失笑。多愁早老。惹尽闲烦恼。我醒也，枉劳心，漫计较。粗衣淡饭，赢取暖和饱。住个宅儿，只要不大不小。常教洁净，不种闲花草。据见定、乐平生，便是神仙了。"[4]再如，向镐（字丰之）的两首《如梦令》之一："谁伴明窗独坐，我和影儿两个。灯烬欲眠时，影也把人抛躲。无那，无那，好个恓惶的我。"[5] 有的，即使不是全词，个别句子也十分口语化，如女词人魏夫人（名玩，字玉汝）《系裙腰》的最后三句"我恨你，我忆你，你争知"[6]。

　　李渔填词也像他作诗为文一样，总是善于从寻常生活之中，从平易事物之中，找趣，找美。别人觉得稀松平常、毫无诗味、正眼不屑于一看的事，他却发现了趣、发现了美，获得了艺术灵感。他甚至能把别人弃之如敝屣的东西，魔术般变成艺术品，化腐朽为神奇。在他笔下，处处都有意趣，处处皆是美。

　　而且，在李渔那里，日常生活中的一切，皆可入词。

---

① 敦煌曲子词《捣练子》，见《全唐五代词》，第 888 页。
② （唐）白居易：《忆江南》，见《全唐五代词》，第 72 页。
③ （唐）刘禹锡：《潇湘神》，见《全唐五代词》，第 62 页。
④ （宋）曹组：《相思会》，见《全宋词》，第 802 页。
⑤ （宋）向镐：《如梦令》，见《全宋词》，第 1971 页。
⑥ （宋）魏夫人：《系裙腰》，见《全宋词》，第 348 页。

　　例如，遇到霜雾连朝的天气，菊残蟹毙，这时惜花嗜蟹的李渔不胜怅惘，遂顺手填词，以之解嘲："嗜蟹因仇雾，怜花复怒霜。无穷好事为天荒，一度掷秋光。造物将侬负，还令造物偿。急开梅蕊续秋芳，不许蛰无肠。"（《巫山一段云·霜雾连朝，菊残蟹死，不胜怅惘，赋此解嘲》）

　　月光之下闻箫声，逗起情思，他便赋《菩萨蛮·月下闻箫》词一首："中庭露下凉飕彻，湘帘虽挂浑如揭。非近亦非遥，谁家吹洞箫？竹音娇似肉，想见唇如玉。何处情人教？多应念四桥。"

　　偶过狎鸥亭，见花竹扶疏，入座良久，不知主人为谁。戏题斋壁而去："看竹何须问主，狎鸥妙在忘机，唤侬入户是黄鹂。为怜庭卉寂，拉取路人陪。半晌流连已足，去防谢客人归，问谁疗壁几时挥？季春初二日，湖上笠翁题。"（《临江仙第三体·偶过狎鸥亭，见花竹扶疏，入座良久，不知主人为谁。戏题斋壁而去》）

　　旅次中，旅邸闻邻家夫至，也写出一首非常有趣的词："怪邻家，远人初到，笑声乍起如哭。下机只问郎饥饱，不管封侯迟速。催人浴，忒觉得，远归似娶郎芬馥。旅怀忌触。奈此等声音，实难卧听，忙起觅残烛。烧来读，又被惊风寒竹，如雷震响空谷。离人何罪今如此，合受天人涂毒。呼睡仆，凭仗汝梦中先把归装束。邯郸漏促。任釜内黄粱，自翻斛斗，莫问几时熟。"（《摸鱼儿·旅邸闻邻家夫至》）

　　别人向他借钱，也可入词。《归朝欢·友人子向予贷钱，兼索诗，口占以答》："且酌一尊花下酒，莫启一声杯外口。最愁听处是无钱，若还我有君先有。君呼侬作叟，自云二十才余九。过来人，不堪回首，曾识章台柳。纵有诗篇入君手，也代娼家封酱瓿。不如两命总相方，或能安分将贫守。莫言君妇丑，问高邻，尽称佳偶。君自轻箕帚。"

生病也能成为词料，《昭君怨·病后作》曰："知为吟诗生疾，三日不吟加瘦。诗病仗诗医。代参蓍。诗与病成知己，引入膏肓不死。越瘦越精神，类松筠。"

借用刘熙载《艺概》中评苏轼词的话，李渔词亦是"无意不可入，无事不可言"①。许多论家都指出：词在苏轼手里，以诗为词，大大扩展了词的题材；至辛弃疾，以文为词，对词的题材作了彻底解放，所有束缚扫除殆尽。我看，在李渔那里，他的生活有多宽广，词的题材即有多宽广——只是，他是个"卖赋糊口"的文人，他的词题材虽说很广，也是在他"卖赋糊口"的生活范围之内。经国大事、战场厮杀等等，非他生活所及，他的词也达不到。我们不能对李渔（或对任何其他作家）作不切实际的苛求。

5

《耐歌词》的第二个显著特色是，李渔的词不但总是善于从寻常生活之中，从平易事物之中，找趣，找美，而且善于从寻常生活之中，从平易事物之中，出新、出奇。他的填词主张即是如此。他在《窥词管见》第五则中说："文字莫不贵新，而词为尤甚。不新可以不作，意新为上，语新次之，字句之新又次之。所谓意新者，非于寻常闻见之外，别有所闻所见，而后谓之新也。即在饮食居处之内，布帛菽粟之间，尽有事之极奇，情之极艳，询诸耳目，则为习见习闻，考诸诗词，实为罕听罕睹，以此为新，方是词内之新，非齐谐志怪、南华志诞之所谓新也。人皆谓眼前事、口头语都被前人说尽，焉能复有遗漏者？予独谓遗漏者多，说过者少。唐宋及明初诸贤，既是前人，吾不复道；只据眼前词客论之，如董文友、王西樵、王阮亭、曹顾庵、丁药园、尤悔庵、吴

---

① 刘熙载《艺概·词曲概》中说："东坡词颇似老杜诗，以其无意不可入，无事不可言也。"见刘熙载《艺概》，上海古籍出版社 1978 年版，第 108 页。

蔼次、何醒斋、毛稚黄、陈其年、宋荔裳、彭羡门诸君集中，言人所未言，而又不出寻常见闻之外者，不知凡几。由斯以谭，则前人常漏吞舟，造物尽留余地，奈何泥于前人说尽四字，自设藩篱，而委道旁金玉于路人哉。词语字句之新，亦复如是。同是一语，人人如此说，我之说法独异。或人正我反，人直我曲，或隐跃其词以出之，或颠倒字句而出之，为法不一。昔人点铁成金之说，我能悟之。不必铁果成金，但有惟铁是用之时，人以金试而不效，我投以铁，铁即金矣。彼持不龟手之药而往觅封侯者，岂非神于点铁者哉？所最忌者，不能于浅近处求新，而于一切古冢秘籍之中，搜其隐事僻句，及人所不经见之冷字，入于词中，以示新艳，高则高，贵则贵矣，其如人之不欲见何。"他的朋友方绍村评曰："细玩稼轩'要愁那得工夫'及'十字上加一撇'诸调，即会笠翁此首矣。……笠翁著述等身，无一不是点铁，此现身说法语也。钟离以指授人，人苦不能受耳。"

李渔确是"点铁成金"的能手。譬如《减字木兰花·田家乐》四首，李渔能从农家的日常生活获得艺术灵感，找到出新、出奇之点，如他的友人何醒斋所说"笠翁一生歌舞场中，能现老农身说法"："父耕子读，一岁秋成诸事足。风雨关门，除却看花不出村"；"鸡豚自养，酒出田间鱼在港。客至陶然，款待何尝费一钱"；"黄牛不畜，畜来又早生黄犊。才可儿骑，力逐风生又负犁"；特别有意思的是，李渔把农家的茅草房也写得如此有味道："黄茅盖屋，每到秋来增几束。增过三年，只戴黄茅不戴天。邻居盖瓦，三岁两遭冰雹打。争似侬家，风雨酣眠夜不哗"。① 陆丽京眉批："茅屋之胜瓦，全在风雨无声，阴晴一致。此语未经人道，

---

① 人们称赞苏轼《浣溪沙》"麻叶层层苘叶光，谁家煮茧一村香。隔篱娇语络丝娘。垂白杖藜抬醉眼，捋青捣麨软饥肠。问言豆叶几时黄"开拓农村题材，是一幅农村风景画，充满生活气息和泥土芬芳，的确如此；现在再来看看李渔的《农家乐四首》，并不逊色，它不但尖新可爱，谐趣盎然，而且更为平民化，泥土味十足。

又被笠翁拈出。王安节评：直到极处。"

请看：这不是从平易之中出新出奇的例证吗？李渔词中还有很多这样的例子。

6

《耐歌词》的第三个显著特色，是词中充满了"谐趣"，即李渔词所写的情趣和意趣之中浸透了诙谐幽默，什么都可以拿来开玩笑，包括佛祖如来。如《秋夜雨·友人性酷嗜饮，每逢岁首，礼僧伽一月，因断荤酒。代作此词解嘲》：

> 问予岁饮几何日？一年三百三十。因何无足数？为断酒、除荤期月。如来算帐宜清楚，寿百年、应该加一。只吃自己食，并未扰、阿弥陀佛。

在这里，佛祖成了笑料。

李渔的词，处处"谐趣盎然"。为什么我要在这里突出一个"谐"字？因为李渔的许多词表现出来的不是一般作家和诗人的所谓"情趣"或"意趣"，而是别有风味——许多作家的优秀作品也都会有"情趣"有"意趣"；李渔不同，他的许多词，抒情、写意总是以诙谐幽默出之，"情"、"意"中充满着或轻松或辛辣的喜剧色彩。这种充满诙谐幽默的"情趣"、"意趣"，乃是李渔词的独有色彩，是他作为喜剧大师带给《耐歌词》的一大特质，这个特质与他的传奇和小说中一以贯之的喜剧特色相近。

如《月照梨花·忆梦》："春睡愁晓，偏闻啼鸟。梦极分明，被他颠倒。性急再拥寒衾，杳难寻。朦胧犹记仙人道，授伊秘稿，是必藏好。早知未别梦先阑，趁在邯郸拆来看。"把一个人好梦被啼鸟打断时的心态，写得如此诙谐有趣，特别是"朦胧犹记仙人道，授伊秘稿，是必藏好。早知未别梦先阑，趁在邯郸拆来看"，真乃神来之笔。

又如《虞美人·问情》："不知情是何人造，沁骨弥心窍。当年作俑岂无人，好倩阎罗天子代勾魂。问他人各分男妇，何用心相顾？些儿孽障古传今，那得绣针十斛，刺他心！"谁人无"情"？正如李渔的朋友冯青士评论此词时所说："天下人多事，固为多情，然无情不成世界。"然而，李渔写"情"，多在诙谐幽默之中出之，常常富有嬉笑色彩，这与别的作家不大一样。如汤显祖《牡丹亭》，全由一个"情"字而起、而终，感人肺腑，催人泪下；但那是从正面抒情，你可以为此感动得涕泗横流，但是并无诙谐或幽默。曹雪芹《红楼梦》写贾宝玉与林黛玉之爱亦如是，女孩子痴迷于《红楼梦》而得病，当父母烧书时，她会要死要活地喊："奈何烧杀我宝玉？"① 这里面没有诙谐和幽默，只有实实在在的情之苦。李渔《问情》词不一样，他作为喜剧大师，则用戏谑之口吻写"情"，他要追讨情之作俑者，"好倩阎罗天子代勾魂"，且欲以"绣针十斛"刺作俑者之心，让人在啼笑中体味"情"之"沁骨弥心窍"的魅力和"罪孽"。

李渔非常善于描绘心理，他还在词中涂上一层喜剧色彩。如《生查字·春游书所见》写一个青年女子春游时的隐秘心态："谁家窈窕儿，面色芙蓉腻。游伴偶相同，越显眉峰翠。忽地遇鸳鸯，羞怯思回避。无数好儿郎，妒杀他家婿。"他的好友杜于皇批曰："惯能写人心曲。"然而我们应该体味到：这"心曲"中，是带些酸味儿的。

《生查字·闺人送别》写为情郎送别时的微妙心理："郎去莫回头，妾亦将身背。一顾一心酸，要顾须回瞥。回瞥不长留，越使肝肠碎。早授别离方，睁眼何如闭。"李渔的晚辈朋友王安节评

---

① （清）陈其元《庸闲斋笔记》卷八"红楼梦之贻祸"（中华书局1989年版，第200页）记载：杭州某商人女，酷嗜《红楼梦》致成瘵疾。父母以是书遗祸，取投于火。女在床乃大哭曰："奈何烧杀我宝玉？"遂死。

此词曰："无限苦情数笔勾出。"其实，李渔的特别之处不在于写出了目送情郎时的"无限苦情"，而在于写如何想法解除这目送时的"无限苦情"，即最后两句"早授别离方，睁眼何如闭"：送别时，你何不闭上眼，不去看他啊！读之，不免令人发笑。李渔给这位痴心女子开了个玩笑。

李渔常常以玩笑之笔墨写人的微妙心曲。如《钗头凤·初见》，这样写青年人相亲："郎心幻，风流惯，初来未许将人看。屏风塞，纱窗隔，中庭端坐，茶汤羞吃。客、客、客。才窥见，神情变，眼光直射如飞电。明相揖，私相识，窥人不见，赞声难得。贼、贼、贼。"李渔友人胡彦远评曰："此必作者少年场实事，非贼口亲招，不能尽此狡狯。"又如《唐多令·蛰》，写秋虫以自己的叫声引起"离人"的愁绪和思乡之情，而且它如此调皮，死缠着"离人"不放："明识离人听不得，偏侧近，独眠床"；当离人"趋避入回廊"时，它"随人脚又长。月明中，倍觉凄凉。怎得梦魂离却汝，声断处，即家乡"。李渔一生，半在旅途之中，想必此词是他的亲身体验，但是应该看到：他体味出来的是喜剧味道的离人之苦。

李渔是儿女场上老手，对女人的心态，把握得极为细腻生动，独特之处在于充满诙谐幽默。如《减字木兰花·闺情》："人言我瘦，对镜庞儿还似旧。不信离他，便使容颜渐渐差。裙拖八幅，着来果掩湘纹縠。天意怜侬，但瘦腰肢不瘦容。"余怀（澹心）评曰："宁叫身敝，不愿色衰。情至语，谁人解道？"

总之，在这类词中，李渔是给它们加上些喜剧的酸味儿的。

李渔的词，常常通过诙谐幽默而使得词的味道更加醇厚。《耐歌词》不仅耐歌、耐读，而且让你在笑中长久琢磨、体味。其《忆秦娥·立春次日闻莺》词曰："春来了，枝头寂地闻啼鸟。闻啼鸟，多时不见，半声亦好。黄鹂声最消烦恼，杜鹃声易催人老。催人老，由他自唤，只推不晓。"最后几句"杜鹃声易催人老。催人老，由他自唤，只推不晓"，你读后，能不会心一笑吗？

他的许多词，读了，不但会心一笑，而且如饮绍兴老酒，觉得后劲儿十足。正如吴梅村评他的那首《竹枝·春游竹枝词》（十二首之一）"新裁罗縠试春三。欲称蛾眉不染蓝。自是淡人浓不得，非关爱着杏黄衫"时所说："'淡人浓不得'，读之三日口香。"

7

李渔是一位语言大师。普通人看来平平常常的语言，在他笔下不知怎的就会变得如此有魅力，像磁石般吸住你眼睛不放。很少有人像他那样纯熟地将语言玩弄于股掌之上，随意而为。在他手里，语言就如孩子们玩儿的橡皮泥，想捏一只小狗就是一只小狗，想捏一只小猫就是一只小猫，无不心想事成，而且栩栩如生，惟妙惟肖。如那首《行香子·汪然明封翁索题王修微遗照》："这种芳姿，不像花枝，像瑶台一朵红芝。娇无淫态，艳有藏时。带二分锦，三分画，七分诗。沈郎病死，卫郎看杀，问人间谁可相思？吟腮自托，欲捻无髭。有七分愁，三分病，二分痴。"正如李渔的朋友何醒斋眉批中所说："前后十二分，谁人能道？"汪然明乃江南名士，明末即誉满江湖，李渔寓杭州时，是他"不系舟"的座上客，两人成忘年交；王修微是江南才女，汪然明的红颜知己，为李渔所熟知。王修微的早逝令人痛惜。汪老先生为王修微遗照索题，李渔饱含感情赋词一首，乐而不淫，情深而词谐。特别不可思议的是，李渔竟然在其中写出了"前后十二分"：前是"带二分锦，三分画，七分诗"，后是"有七分愁，三分病，二分痴"，文字玩到这种程度，真乃绝妙好辞！

即使给李渔戴上重重枷锁，他也能把舞跳得美妙无比，譬如《满庭芳·十余词吴梅村太史席上作》，词中限有十个"余"字："酒人余香，花多余态，都因人有余情。尽欢竭量，客不剩余醒。

只怪酒徒恋罚，余残滴，不使杯倾。觞政后，余波复起，刻烛待诗成。江淹才尽后，余葩落地，那有金声。笺长余尺幅，留待佳评。但羡病余残叟，不告乏，力气犹胜。若更使从头赋起，余兴尚堪乘。"这里不仅是文字游戏，而是写出情趣。此词充分显示出李渔的文字功夫。

8

李渔具有艺术天性，艺术感觉之敏锐，天下独步。如《忆秦娥·离家第一夜》中"昨愁不夜，今愁不晓"，《忆秦娥·春归二首》中"春归矣，绿归山色红归水"，《减字木兰花·闻雁》中"压背霜浓飞不起"……李渔以他极强的艺术触觉，把那种非常微妙的感觉敏锐地把握住并表露于笔端。记得好像是意大利美学家克罗齐有一段话，大意是说：人人天生都是艺术家，不过有人是大艺术家，有人是小艺术家。李渔是一个天生的词人、天生的诗人、天生的艺术家；不过他不是小艺术家，也不是一般的艺术家，而是大艺术家，而且是能够化腐朽为神奇的艺术家。

李渔于词，有创作、有理论，值得称道，在当时，就有许多名家对李渔的词倍加赞赏。除了上面吴梅村说李渔词"读之三日口香"之外，又评其《捣练子·惜花》"花片片，柳丝丝。天为春工费不赀。一岁经营三日尽，直呼天作荡家儿"曰："惜花妙语。封姨有口，何从致辨。"顾梁汾评李渔《花非花·用本题书所见》"花非花，是人血。泪中倾，恨时泄。鹧鸪声里一春寒，杜鹃枝上三更热"曰："石破天惊，得未曾有。"陈天游评李渔《南乡子 第一体·寄书》"幅少情长，一行逗起泪千行。写到情酣笺不勾，捱咒；短命薛涛生束就"曰："归怨薛涛，情思飘忽。"

今天的读者也一定能从李渔词中找到乐趣，获得美的享受。

9

按照传统的说法，词是"艳科"。自唐及宋以至李渔生活的明末清初，词的题材、路向、格调、风貌虽然几经扩展变化，而"花间"词风在词史上从来没有断过。甚至像明末民族英雄、大诗人、大词人陈子龙，他的词作和词学思想，也明显偏重"婉约"，其词之五分之四，属"艳科"，其中有不少是他与青楼女子交往、特别是与柳如是之间的爱情词。这种传统当然影响到李渔。自称"登徒子"的李渔，其不少词作自然富有"艳科"味道，描写"艳语"、"艳情"，在他可谓得心应手。这些作品，有相当部分格调不高，难称佳作。当然也并非他的所有写男女之情的词都不可取，一律口诛笔伐；与当代某些写"艳情"的文学作品（有些还是得奖的优秀作品呢）相比，也许并不觉得李渔多么可厌——人性的某种常情常态而已。

另外，李渔也有部分词是在不同场合下的应酬之作甚至是逢迎干谒之作，读之，令人觉得俗不可耐，甚至嗅到某种臭味儿，如写给康熙年间炙手可热的权臣索额图的词。这不能不说是李渔人品上的某些欠缺之处。如果拿李渔与南宋姜夔比，两人皆才华盖世，堪称艺术大家；但姜夔布衣终老、清贫一世、死无葬资，却从不以文字干谒权贵以乞食。当然，设身处地，也应对李渔以同情的理解。李渔作为一个"卖赋糊口"并且到处"打秋风"以维持生计的文人，这是他的生活处境下的无奈之举——连杜甫也未能免俗："朝扣富儿门，暮随肥马尘。残杯与冷炙，到处潜悲辛。"（《奉赠韦左丞丈二十二韵》）而李渔的好处是能够无情披露自己这种不太高雅的内心世界，并不掩饰自己的那个"小"。就此而言，他比那些嘴上仁义道德、满肚子男盗女娼的伪君子好得不知多少倍。在他那首《多丽·过子陵钓台》中，把自己同严子陵比较了一番："过严陵，钓台只尺难登。为舟师，计程遥发，不容先辈留行。仰高山，形容自愧；俯流水，面目堪憎。同执纶竿，共披蓑笠，君名何重我何轻？不自量，将身高比，才识敬先生。相去远，君辞厚禄，我钓虚名。再批评，一生友道，高卑已隔千层。君全交未攀衮冕，我累友不恕簪缨。终日抽风，只愁载月，司天谁奏客为星？羡尔足加帝腹，太史受虚惊。知他日，再过此地，有目羞瞠。"读此词，反觉李渔坦率得十分可爱。正如他的女婿沈因伯在评《过子陵钓台》时所说：

> 妇翁一生，言人所不能言，言人所不敢言，当世既知之矣。至其言人所不肯言与不屑言，则尚未之知也。如"朋友虽亲终让嫡，我费杖头人亦费"，"最愁听处是无钱，若还我有君先有"等句，皆人所不肯言者。此词累累百余言，无一字不犯人所耻，人皆不屑，而我屑之，岂非诧事？然人所不肯言、不屑言者，皆其极肯为而极屑为者也。但诚于中，而必不肯形于外者何哉？欲知妇翁之为人，但观其诗文即燎然矣。

读李渔词，可窥见他的真率人格。

李渔的词，在清初词坛应该有一席之地。
要想知道笠翁词的味道，还请读者诸君亲自捧读。

2017 年 4 月 14 日草，9 月 17 日修改

后　记

完成了《李笠翁词话》（包括附在后面的《耐歌词》）的编辑、注释、评析，并且为《李笠翁词话》写了长篇前言（作为学术论文在《文艺争鸣》发表时它的标题是《〈李笠翁词话〉之前前后后》）、为《耐歌词》写了长篇后记（作为学术论文在《文艺研究》发表时编辑给它的标题是《李渔〈耐歌词〉新论》），我长长地舒了一口气：自个儿心目中的一个重要课题总算大"工"告"捷"了，多年来的一个心愿总算了结了。

在别人看来也许是"敝帚自珍"。然而，"敝帚"就"敝帚"吧，自个儿养的孩子，再丑也亲。

或问：你为何如此看重这项工作，如此看重这本书？

答曰：以往我虽然写过几本有关李渔的论著，但所论领域，始终觉得那是别人已经开垦过的土地——我是在别人耕耘了多遍的土地上插空拾荒、捡漏补苗。但这次不是。《李笠翁词话》（包括附在后面的《耐歌词》）的编辑、注释、评析，是我新开垦的处女地。

我的这本《李笠翁词话》注评（附《耐歌词》注评），有几个"首次"：

一、首次把《李笠翁词话》印成单行本（三百年来未见单行本行世）。

二、首次对《李笠翁词话》作了详细的注释和评析（三百年来未见如此注释和评析）；特别是评析部分，我是非常用心写的，亦可作为一篇篇小的学术论文。

三、首次对李渔的词集《耐歌词》进行注释（三百年来没有人把它如此印出来进行如此注释）。

四、首次披露三百年前蒲松龄家藏《耐歌词》手抄本，手抄本中还有四段批语，十分珍贵。

《李笠翁词话》的前言和《耐歌词》的后记共四万余言，比较全面阐述了我有关词学的学术观点和对《李笠翁词话》及《耐歌词》的评价。这是我的两篇重要的有关李渔研究的学术论文，它们浓缩了我多年来研究李渔词学理论和李渔填词创作的学术成果。《李笠翁词话》前言两万四千多字，以《〈李笠翁词话〉之前前后后》为题发表于《文艺争鸣》2017 年 9 月号；《耐歌词》后记两万言，以《〈耐歌词〉新论》为题发表于《文艺研究》2017年第 12 期。这两个刊物乃全国有名的学术刊物，具有一定的权威性。说明学术界对我学术观点的肯定。黄强教授阅读《文艺研究》拙文后给我来信说：“……评价李词客观公允，挖掘李词的艺术魅力深入全面，对蒲松龄抄写《耐歌词》的版本问题分析留有余地。有此一文，李词从此可无忧矣。您可谓发现李词价值的功臣。”“功臣”云云，自然是过誉了。我只是对李词作了一些比较认真的阅读和思考而已。

屈指数来，我正业之外研究李渔已经整整四十年。但我始终认为处于业余水平。好在我的学术朋友遍天下，我不断向他们请教。从扬州大学的黄强，到我母校山东大学的小师妹马瑞芳，到兰溪李渔的裔孙李彩标，以及文学研究所我的众多同事——例如王学泰、刘扬忠，我的老同学陈祖美（这三位已经仙逝，深感痛惜），还有已经调到南方工作的蒋寅，虽然退休仍然不懈工作的李玫（贵人太多，恕我不一一列举他们的尊姓大名）……虽然他们年龄在我之下，但学问却在我之上，他们都是我李渔研究的良师兼挚友。我的一系列李渔研究工程都是边干边学，边学边干，在众多师友的热心帮助下完成的。

谢谢老师们和朋友们。

2019 年 4 月 18 日于北京安华桥寓所